聖女の毒杯　その可能性はすでに考えた　井上真偽

圣女的毒杯

那种可能性早已料及

/[日]井上真伪 著/　　/邵懿 译/

北京时代华文书局

前言
Preface

文库，原本是指收纳书物的仓库和书库，也指收纳书与记事簿，以及不常用物品的小箱子。以前者为例，京浜急行线的“金泽文库站”就是以前镰仓时代北条氏用来收藏汉书用的，“金泽文库”的由来便是如此。东京都的世田谷区也存在着收集着珍贵汉书的“静嘉堂文库”。后者则更多地被称为“手文库”。

江户时代以来，可以放入袖袂的小开本书籍逐渐流行起来，被称为“袖珍本”。明治36年（1903年），富山房发行了小开本的丛书，起名《袖珍名著文库》。随后，明治44年（1911年），讲述战国时代的猿飞佐助和雾隐才藏系列故事的讲谈社“立川文库”发行出版。讲谈是日本民间艺术，以口语化的方式讲述历史故事的形式。而“立川文库”则是将讲谈收录成册集中出版的丛书，据统计当时刊行量为200册左右。从那时起，文库就脱离了原本的释意，逐渐演变成了现在的类书集丛。

文库说法借鉴了日本出版业界的传统说法。而千本樱源自日本奈良县吉野山樱花盛开的奇景，世人皆称“一目千本樱”来形容樱花美景。千本樱文库的纳入作品皆为日系作品，题材包括推理，悬疑，幻想，青春，文化等类型，正如千本樱满山盛开的绝景。

现代日本，以“文库”命名刊行的丛书系列有200种以上，所谓“文库本”只不过是统称而已。日本传统的“文库本”常用的是A6尺寸的148mm×105mm，也叫“A6判”。千本樱文库的所有书籍将在“文库本”的基础上提升，达到148mm×210mm的开本标准。追求还原的前提下，力图带给读者更清晰的阅读体验。

从上世纪70年代以来，日系推理小说逐步进入中国读者的视野。随着时代更替，涌现出了各种不同风格的作家。日系推理能够长久不衰的原因之一在于设立的各种新人奖，这些新人奖能为日本文坛输送新鲜血液，不断地创作优秀作品。其中，以自由度著称的梅菲斯特奖独树一帜。梅菲斯特奖是讲谈社旗下的公募新人奖，其特色在于不限题材，不设字数限制，能够充分发挥作者的想象力和创作力。因此，获奖作品都具有鲜明个性。同时，如森博嗣、京极夏彦、辻村深月等人气作家也都出道于梅菲斯特奖。梅菲斯特作家系列的引进出版，会给读者带来更多的个性之作。

《圣女的毒杯》是井上真伪的第3部推理小说，奇迹侦探的故事也将就此告一段落。正如作者所言，列出所有的可能性来证明奇迹存在，乃是一条荆棘之路。尽管可能性系列将暂时告别，但是侦探上苙丞仍会不断求证奇迹的存在。接下来，千本樱文库将会给读者带来久负盛名的小说家西尾维新的作品集。

千本樱文库编辑部

作家
Writer

梅菲斯特奖作家系列

- 井上真伪
- 西尾维新
- 天祢凉
- 殊能将之
- 木元哉多
- 北山猛邦

鲇川哲也奖作家系列

- 相泽沙呼
- 芦边拓
- 城平京

推理大师系列

- 三津田信三

目录

contents

◎ 第一部 婚（HUN）

第二部 葬（ZANG）

第三部 悼（DAO）

◎登场人物介绍

〈主要登场人物〉

上苙丞……想要证明奇迹存在的蓝发侦探。

姚扶琳……中国人，借给上苙丞大量高利贷。

八星联……原上苙的弟子。头脑清晰的少年侦探。

宋俪西……曾经和扶琳一起共事的同事。教祖最高顾问。现正作为列圣省的审查委员，进行梵蒂冈的奇迹认定。

〈事件关联人物〉

和田濑那……嫁到俵屋家的新娘

和田一平……新娘的父亲

和田时子……新娘的伯母

俵屋广翔……新郎

俵屋正造……新郎的父亲

俵屋纪纱子……新郎的母亲

俵屋爱美珂……新郎的大妹

俵屋绢亚……新郎的小妹

山崎双叶……新娘身边的伴娘

室伏珠代……俵屋家的女仆

橘翠生……爱美珂她们的表兄弟

第一部

婚（HUN）

断想

夹竹桃之枝，有杀人之毒。

——这句话源于一个自杀的朋友之口。而当下想起如此危险的对话，着实不是自己的本意。今天是她的周年祭，那么至少该去回忆起一些美好的过往，但脑子里浮现出来的，尽是与她谈论的毒药和自杀的话题。哎，那是何等灰暗的高中生活啊。

然而，说起她的去世，那一幕幕情景生动地跃然眼前。这也是她所希望的。我们的人生从未如所想那样万事皆能如愿，如果仅有一次选择权，我想任何时候人生的帷幕都将这样落下。所以，她启用了这个选择权，放弃了本应属于她的人生舞台。勇猛！果敢！就像一名派遣到战场上的士兵一般，在战场上华丽地凋零。

我从心底对这样的决断表示佩服，带着羡慕、嫉妒、恨的心情崇敬着她。但我真的学不来。做不到！我只是单纯的害怕、厌恶痛、厌恶苦。害怕现实中这样的我，“湮灭”以后会前往不安定的世界。

因此，如果让我选择死亡方式的话，我会考虑到使用毒药，不痛不苦，就像睡着般的温柔之毒。这样的毒药是否存于世上？还要做一下调查。她推荐的果然还是安眠药，不过，最近的安眠药都不大能致死，即使是能致死的种类也是要吃到把整个胃撑起来。吞下大量药丸对于平日细嚼慢咽的我来说，就如同遭受拷问一样，因此这是一件非常难办到的事情。

我望向半开的拉门，种在庭院里的夹竹桃的绿叶随风飘扬。仲夏之季，仔细看树叶之间已有点点盛开的花蕾，不久就会开出纯白色的花朵吧。何时？也许是明天，也许是下周，又或许是下个月吧。

到那时，我应该已经不在了吧。我还是想尽快找到温柔的死法。我的视线落在大腿上的小行李箱上，暂且先考虑一下今晚使用的方法。听说，单独使用安眠药效果一般，要是加上酒精一起服用，会有事半功倍的效果。胆小的我寄希望于今晚那微小的可能，逼着自己将助眠的药丸吞进肚里，顺着酒的流动冲入了胃中。

第一章

矿渣水坝——似乎是这么称呼的。

眼皮底下能够清楚地看到一座水坝。矿渣，其实也就是临近的矿山所留下的废液积累而成的水坝，换句话说，也称为“产业废弃物蓄水池”。

因此，从悬崖上望下去，能见到的湖水都是红褐色的，表面漂浮着肮脏的油层——怎么想都觉得有毒。不过，眼见不一定为实。湖底沉积着大量的铜、锰、砷、镉等物质，那些对人体有害的重金属如同千层酥般堆叠着。

水坝就像毒壶一样。说起来，世界上到处都有这样的水坝。其中，也发生过由于水坝崩塌，对生态环境造成了严重影响的案例。如果真到了这一步也是毫无办法。这样的水坝如同蛊毒之法——就是让毒虫们共同生活食宿，培养出更毒的毒虫。

但是，比起这些更令人胆寒的是……

“请饶了我……请您饶了我……”

人类心中的毒——也就是“谎言”。扶琳将心爱的烟管衔在嘴里，思考着有点伤感的问题。遭到信任的对象背叛，却没有让她感觉到心痛。

“请您饶了我……绝对、绝对不会有第二次了……我不会再背叛您了。”

听着这个年轻男人带着哽咽哭声的恳求，扶琳表情冷漠地吐着烟。到底什么情况，正是因为自己忍无可忍才采取了眼前的措施。那么，这个男人至少也该在死前保留下最后一点尊严吧。

“喂，高桥……”

扶琳带着像是训斥孩童的口气说道。

“谎言，有能够弥补和不能弥补之分。你这家伙的谎言属于无法弥补的类型。我信任你，让你管理公司。但是你却背叛、辜负了我的信任，让我蒙受了巨大的损失。所以，就用你的命来弥补，喂！至少让我瞧瞧你的诚意行吗？”

已经说得如此委婉，可还是没能等来回答。耳边传来的只有苦闷的抽泣声。这家伙可真没用，面试他的时候还觉得是个有点骨气的男人。

算了，说到底他只不过是一个傀儡。要饶了他吗？不行，就眼下的情况来看，他可是整件事情的始作俑者。扶琳开设了一家专门洗黑钱的皮包公司，而这个男人正是这家公司的傀儡社长，结果他却对公司的钱下了手。

但棘手的问题出现了，公司的黑钱来自扶琳曾经供职的某恶势力组织。她本人现在已经脱离那个组织，在日本的新宿勉强经营着高利贷业务，也就不得不作为终端接洽各种人脉，进行各组织间的洗钱业务。

这样的话，缴给组织高额的赔偿金当作谢罪，再送上这小子的人头，应该就可以了。而且，公司还要开下去，再找一个社长继任也迫在眉睫。另外，还有许多事情要去善后。哎，烦人，到底要花多少时间和心思才能摆平这件事……

“对不起……

终于，背对着悬崖的男人带着哭声问道。

“那个，我现在要干什么？”

扶琳听他这么一说，有点吃惊。这家伙到现在还没搞清楚情况吗？难道他以为我带他来这里是来参观的？

“喂，你身后有什么？”

“水坝。”

“一般来说水坝里有什么？”

“水。”

“对了。说起来，你们日本人有一句话叫‘入水自杀’，你知道的吧。”

男人回头看看背后的水坝，又胆战心惊地瞄了瞄脚下。

“如果我从这里跳下去的话，这样就能被当作自杀是吗？但是……”

察觉到扶琳些许心思的男人，不禁打起了寒战。果然那里面的水污染太严重了，很可能会让人产生抵触情绪，看上去也不像是适合的自杀场所。

不过，这一点完全没问题。等待日落以后再跳下去，反正也看不清楚水面，警察就不会怀疑自杀者的心理了。

不久，男人回过神来，用颤抖的声音对扶琳说：

“不过，水，不是没有水吗？下面……”

扶琳身子一怔。

然后绕开男人一点距离，小心翼翼地朝悬崖下望去。男人说得没错。可能由于今年冬季降水量较少，湖岸边的岩石都裸露了出来。干涸——日本的夏季倒是经常能听到这个词，可是现在正值初春，没想到居然会碰到，是自己大意了呢。

算了，总有人算不如天算的时候。

扶琳呼呼吐出烟来，终于到这一步了。换个死法似乎也没什么问题。反正对全局都没有影响。于是，她摆出一副若无其事的样子。

“你小子以为我会失误？我怎么可能让你淹死。你的死因不是溺亡……”

停顿，短暂思考。

“而是……坠落死。”

*

坐上新干线，发现自己的座位被一个孩子占领了。

柔软的卷发，额头宽阔的童颜。看上去相当眼熟的小子。扶琳如木雕泥塑一般，拿着车票直挺挺地戳在那里。小家伙停下了正抓着零食准备塞进嘴里的手，天真地向扶琳投以微笑。

“啊，扶琳姐，早上好。今天真是个好日子……”

扶琳猛地转身。走向两节车厢间的连接处。倚着车门，从手提包内取出手机，拨通了电话本上的号码。

拨号音响过数次后，对方接起了电话。

“……是我。”

“我，姚扶琳。”

“呀，扶琳。现在打电话来是不是有点急了？应该还没到这个月付利息的时间吧。”

听到这个不太经过大脑思考的声音，扶琳觉得脑壳痛。电话的那头正是她的客户，无脑、无聊的蓝发侦探。

“有个问题想要问你，你的前弟子为什么会抢了我的新干线座位？”

“我的弟子？你是说联？哎？为什么联会抢你的……”

侦探一阵沉默之后，小声嘟哝道：“哈，啊，为什么呢……”

“少废话，快说！”

“是那个吧。说起来联的父母都有工作。由于双亲都很忙，所以夏天也没时间陪他旅行，所以，联就央求我代其父母和他一起去收集独角仙。可是我最近忙于奇迹调查……然后，联因为小学的建校纪念日正在放假，我又想到你刚好在外地出差，以前也跟你说过，顺便带着他……”

扶琳咬牙切齿地挂断了电话。要不是这个手机还要谈业务，就直接往车窗上扔过去了。大不了赔偿铁路公司就是了。

带着倦色回到自己的座位上，小孩子一脸天真地将脸贴在车窗边。发现她回到座位旁边，马上兴奋地喊着“扶琳姐！扶琳姐！快看，快看，有牛……”不过说完之后就立马转为严肃的表情，用沉重的语气向扶琳道歉，“啊，对不起。没跟扶琳姐说，我就擅自换到了靠窗的位子。”

扶琳猜测他可能是理解错了自己生气的理由。摇了摇头，随后慢慢地放低身子坐下，带着无奈的心情，从手提包里取出罐装啤酒和袋装的下酒零食。

似乎有视线飘了过来，扶琳转头看去，八星联正注视着自己的手边。

“那个……是什么？”

“炙烤鱼鳍。”

“炙烤鱼鳍——是将可食用的红魟和雁木魟等软骨鱼的鱼鳍干燥处理后，进行加工的水产品。用火烤颇为美味。东北地区也有煮着吃的做法，听说法国料理中会使用黄油煎炸后撒上切碎的芹菜和柠檬汁，被称为黄油面拖鱼。”

“吃吗？”

扶琳递过一包，小家伙的两眼如同见到珍宝般闪闪放光，然后接了过来，使劲儿凑近闻闻味道，然后，有点诚惶诚恐地将炙烤鱼鳍送入嘴中。

“……好硬。”

“加油，就当是锻炼颚骨的机会。”

八星斜着脑袋，开始使劲咀嚼起来。怎么看都像狗啃骨头的感觉。

扶琳单手握着罐装啤酒，注视着正在跟自己较劲的孩子。

“……喂，你真的打算跟我一起走？”

“是啊。给您添麻烦了吗？”

“你是什么时候产生的不会给我添麻烦的错觉呢？说到底我这次不是去玩的，而是有重要的事情要办。所以，我不能带着你去。”

“呃……这么说吧，我绝对不会给你的工作添麻烦。那个独角仙我自己去抓就是了。”

“不是添不添麻烦的问题。”

“果然还是不行吗？可是师傅说……”

“师傅？”

“师傅他说扶琳姐一个人出行会很寂寞……虽然她嘴上说讨厌，但心里肯定很高兴。可是，现在看来，扶琳姐是不是不太喜欢孩子呀？”

听到这话，扶琳有一种想将罐装啤酒倒过来直接扣在小家伙头上的冲动。

不能在公共场所做出引人注目的行为，好不容易克制了这种冲动。内心却反而泛起一阵内疚感。

也许是看到了扶琳紧握的拳头。八星露出一副放弃的表情，叹了口气说道：

“好吧，那么就今天好了，您就带我去可以当天往返的地方。然后，我自己一个人回去。这样总可以了吧。”

说完就老老实实地观赏起了窗外的景色。扶琳暂时安下心来，不过一抹不安立即又涌上心头。这家伙……真的就这么放弃了？

八星联是刚才电话那边的蓝发侦探上苙丞最得意的前弟子。外貌看上去是纯真无邪的小学生，但实质上却是连大人都自愧不如的天才。头脑明晰、博览群书、才气横溢。甚至可以熟练运用中文，有着与生俱来的语言天赋。若是自己跟这种天才比拼脑力，小家伙必然会以压倒性的优势胜出。

对于拥有如此聪明头脑的小家伙，这种程度的回绝就能轻易地打发他了？他难道是打算先敷衍我一下，再盘算着要怎么偷偷地跟着我，那该如何是好呢？

扶琳还在疑神疑鬼地揣摩着，八星慢慢地向窗边伸过手去，拿起放在窗边的饮料瓶，喝了起来。不过，看上去饮料瓶已空，他不动声色地睁着一只眼从瓶口望去，继而向扶琳投以可怜的眼色。

“那个，不好意思，扶琳姐。你有没有饮料？刚刚吃了那个鱼鳍，嘴巴有点渴了……”

扶琳皱着眉头，将手提包放在膝盖上，在包里翻了一通，取出一瓶乌龙茶。

“我喝过的，如果你不嫌弃，可以全部喝完。”

看到乌龙茶被略显粗暴地取出，八星“哇”的一声，满脸喜悦地接过瓶子，迅速打开瓶盖，像是要吸吮母乳的婴儿般，咕咚咕咚一饮而尽。

扶琳眯着眼睛盯着小家伙的侧脸。突然，她注意到车窗上稍显模糊地倒映着自己的表情，迅速收起了微微扬起的嘴角。

扶琳刚抵达目标车站，就拨通了目的地地址的电话，等待对方到车站检票口迎接。

说起来虽是地区的小镇，却也并非十分偏僻的村落。不过车站周边没有显眼的店铺，也没有便利店，才会带给人一种偏僻寂静的印象。

不过也算是一个观光地吧，走出检票口就会发现周边观光景点的大幅广告和出租车扬招点。但是，迟迟未见有观光客和车辆经过。抬头望去，能够远眺到树木繁茂的小山。据说那座山的另一侧也有一个车站，那边正在发展。于是，便形成了以山为中心的观光客流的争夺。

就在扶琳无所事事地观望广告牌边上竖立的裸女像时，手机震动了一下。她拿起手机查看。

“过分了哦，扶琳姐。竟然对小学生下安眠药，你是魔鬼吗！”

手机屏幕上传来这样一条信息。扶琳眼睛一扫，立刻按下删除键。

由于担心无法应付那个孩子，就在给他喝的乌龙茶里混进了安眠药，让他睡着以后滞留在车上。

小孩子很容易睡着。想想递给他饮料的时候，那无防备的脸上还挂着笑容。所以说啊，轻而易举地相信别人，对别人没有防备。从这些方面来说，他毕竟还是孩子。扶琳把联的车票改签到了终点站，想必是要酣睡到底了吧。自己为了抵达现在的车站，也是七转八弯地转乘了好几次私铁①。所以，就算那孩子知道自己下车的新干线车站，要到达现在的目的地，也绝非易事。

可是被称为魔鬼，还是有点意外。被孩子控诉使用这种手法的确很没大人样，应该使用更稳妥的手段。

在认真思考这个问题的时候，眼前停下一辆小型家用车。

从车里走出一个扎着马尾的日本女性。她一溜小碎步过来，不时地点头打招呼。她叫山崎佳织，就是自己要等的人。

“实在抱歉，李小姐，让您特意跑一次乡下。”

李是扶琳给自己取的假名。山崎三十五岁左右，穿着蓝色的棉布衬衫，打扮简单干净。不知是否由于生活的疲惫，最近她看起来老了很多。

“最近好吗？”

“托您的福，说得过去。”

“生活呢？”

“还好。”

“就在这里谈吗？”

扶琳做出手握方向盘的姿势后，又那么使劲一握。山崎快速打开后车门，傻傻地笑了起来。

“这附近可没有柏青哥[②]哦。”

*

扶琳坐进车后，山崎发动了汽车。

时间已经接近黄昏。离开车站一点点以外，便是广袤的田园风光。比起分布稀疏的农家，反而是停留在电线杆上的麻雀和乌鸦更显眼。

“不好意思，之前走的那座桥现在禁止通行了，要稍稍绕点山路过去。”

山崎一边解释着，一边踩紧油门。扶琳只是看着窗外的风景。

“……相当荒凉呢。”

“是的。”

“不觉得无聊吗？”

“无聊。啊，不……说是这么说啦。不过每天忙得晕头转向，像是生活的琐事啊，照顾女儿什么的。”

“女儿已经读初中了？”

“嗯，是的。那个学费……对了，说起来，非常感谢李小姐送来的入学贺礼。双叶也非常高兴。”

提及此事，扶琳自己都忘了是否送过这样的贺礼。她打开已经愚钝的记忆。难道送的是钢笔？要么是为了突显特别，送的中国产的香木？算了算了，反正不是什么值钱的东西。

“那个……”

山崎带着略显僵硬的声音问道。

“今天，李小姐这趟过来，应该不是来催我还钱吧。”

扶琳苦笑起来。

“你还有借款没还清吗？”

“不，全部还了。”

“那就请放心吧。我也不是只知道催款的魔鬼。今天来是有事跟你商量。”

“有事跟我商量？”

“没错。详细的事宜之后我会跟你说的……我问你啊，有没有兴趣做社长？”

听了这话的山崎，不顾开车危险，转过头向后座看了一眼，立刻将视线拉回前方。

“社长？”

“是啊，没错。”

“不，不，这怎么可能。虽然不知道是什么样的公司，可是对于我这种一无是处的女人来说……”

“说是社长，其实只不过是个傀儡，空架子。不需要什么业务能力，最重要的是做人。”

“说实在的，怎样做人我都没什么自信。”

“也就是信守承诺的人。你这家伙之前沉迷柏青哥的时候，每次都能在还款的截止日前准时还款。直到最后还清所有的借款。可以视为面试合格了。”

“哎，说到这个，我只是怕催款……”

山崎貌似想到什么似的，突然收声。

“说起来，李小姐身边像这样的候补人选多多少少有几个吧，就算不特意选我也……”

“也不是你想象的那样。在我们这个业界，要找没有野心的人比有能力的人难多了。而且……”

“而且？”

“不，没什么。好了，山崎，这份差事怎么样？每个月给你增加点额外的收入，我想也不是坏事吧。”

山崎陷入了思考中，无声地开着车。

过了一会儿，她开口说道：

“能得到李小姐的赏识，真的十分受宠若惊……但是，我到底能不能胜任这么重要的职位呢？”

家用车又在田地间跑了一阵。

直到前方出现一处被高大威严的围墙环绕的宅院。宅院外的篱笆上，盛开着如淡雪般的洁白色花朵。

那是由夹竹桃构成的篱笆。

深绿色的树叶映衬出可爱的纯白之花。宛如旧时战国大名的武家宅院才有的风雅。四处蔓延着的是文化遗产所特有的古色古香。

“对了。”

就在途经宅院大门前的时候，驾驶席传来话语声。

“明天在这家大宅子里要举行婚礼。而我的女儿双叶也要出席。”

扶琳一听略显惊讶。

“啊？你女儿？出席婚礼？”

“嗯，是的。啊，当然不是我女儿结婚。只是被拜托当新娘的陪衬。”

开了一路的车，都没怎么谈论自己家事的山崎，突然打开了话匣子。

“只是负责斟酒，参加助兴节目什么的，据说明天的婚礼是严格按照这地方上的传统来进行的。有必要的话，附近的年轻女子还会被邀请到俵屋家……今天上午那边有婚礼彩排，我闺女也过去了，今天她就读的中学正好临时休息。也不是作为母亲自夸，她真的很可爱。”

声音逐渐爽朗起来。

“俵屋先生，就是刚刚那座宅院的所有者。明天是他的长子大婚之日。当然，关于那家的风闻都是负面报道。不过，人家会支付报酬，也邀请了电视台进行直播。呵呵，虽然是地方上的电视台。要是双叶被什么制作人看上了……哈哈，好像在做梦了。”

扶琳苦笑起来。像这种突然飞黄腾达的梦想，总比赌博要好多了。山崎可能也是这么想的。算了算了，考虑到家长溺爱子女的这点，也是在正常的范围之内。

在山崎停下她那不得要领的妄想话题后，两人又陷入了沉默。渡过河流，再次眺望田地的时候，家用车已经驶入山间道。映入眼帘的便是两边的树影和通行条件恶劣的 S 型弯道。

不知拐了多少个弯，扶琳突然倒吸了一口冷气。

——深红色之花，急速映入眼帘。

——穿着纯白色裙披黑发之女，在花前犹如幽鬼般矗立着。

开着红花的是夹竹桃吗？在弯道内侧茂密地盛开着。由于白裙女子实在没有真实的存在感，起初扶琳甚至在怀疑是不是幻觉。但是，随着车辆的移动驶进，女子也动了起来，似是要躲藏在夹竹桃的树荫底下。

就在车快开过女子站着的地方时，扶琳的眼神和女子对上了。如葬礼上的纯白装束，披着漆黑的长发。五官长得十分精致，只是她的眼神如逝者般空洞无光。

扶琳不禁后背一凉。定睛观瞧，在白裙女子的脚边，夹竹桃和道路的中间处，有一尊如婴儿般大小的石像。墓石？

不，也许是某祭祀用的石像吧。

终于，车开了过去。当女子从视线中消失后，扶琳整个人无意识地松了松肩膀。

“刚刚那个女的，是新娘……”

驾驶席又传来一句低语。扶琳随着声音，回过头去看向刚刚经过的道路。

“竟然是明天婚礼的新娘？”

“嗯，是啊。”

“天都快黑了，为什么会在那里？”

“这个嘛……有可能……”

山崎说了一半，欲言又止。

“也许在参拜加寿美神。”

“加寿美神？”

“嗯，那个祠堂里供奉着的女性。快到我家了，我们待会儿再详细说吧。”

说着车开出了山道。眼前是排列整齐有序的新开发住宅区。果然，如前面所提到的，山的另一边正如火如荼地发展。

扶琳将身子完全靠在坐垫上，按下按钮，打开车窗。一股风吹来，扶琳的肌肤立刻感受到了闷热潮湿的空气。季节并没有出错，很明显是夏季。但是那种刚刚穿过冰窟的感觉，那种寒冷的异世界观感，到底是什么呢？

车逐渐放慢了速度。两边都是建造不久的住宅。望向西方的天空，逐渐西沉的黄澄澄的夏之艳阳。从打开的车窗外能听到来自远处哐珰哐珰的电车声，以及道口的警笛声。

【注释】

① 私铁：私铁即私有铁路、民营铁路，也称民铁。指私人企业运营的铁路系统，在日本就是除了 JR 以外的铁路系统。

② 柏青哥：日本的合法赌博机。

断想

眼下，貌似一辆载着一位绝世美女的车驶过。

女明星？不过看起来不像是日本人。莫非是好莱坞明星偷偷来访？可是到这种没什么吸引力的乡下能干什么。

我开始祈祷着她最好不要注意到我。再次朝着“加寿美神”的祠堂前蹲下身子。

这是一个十分简易的祠堂，仅仅是在一块长方形的石头上，堆了一块三角形的石块。

这就是她的慰灵碑。面前是一个A4纸大小的长方形水钵。当然，这也是直接从地上的岩石挖出来的简易水钵。连一个人造酒杯都没有放置。这是因为参拜加寿美神的人们都会尽量避免留下参拜过的痕迹。

为什么这么做？因为在这片土地上是禁止参拜的。

我打开提前买好带过来的日本酒，向水钵中咚咚咚地倒了下去。其实酒会招惹蚊虫，这么做并不太好，不过，这里是远离村落的山道。况且，她也喜欢喝酒，这种供奉方式也在情理之中。

酒香飘散，如招引一般，一片深红的花瓣缓缓飘落，凋零在水钵之中。

——未及夹竹桃之花盛开。

悔恨，如鲠在喉。结果，我还是不如旧友和加寿美神坚强。心情抑郁的我抬起头来。一大片如血潮般盛开的深红色夹竹桃。这个村落里的夹竹桃大多数都是白色或者黄色的，为什么只有加寿美神的祠堂周边盛开的是红色的？所以才有了加寿美神之血的传说。

据说在她那鲜活的生命逝去之时，四周皆被鲜血尽染，才有了比血更鲜艳的颜色吧。

跟她比起来我算什么。如果她是战士，我只是奴隶。对于从不寻求改变，也不和命运抗争的自己，居然还要请求她来拯救我，是不是太愚蠢了？

我不明所以地责备着自己，无力地闭上眼睛。起风了，晚风徐徐，拂起了我的头发，吹散了我凌乱的心情。空白的祈祷，无形的愿望。我带着内心的空洞，向着简单的露天祠堂，一味地低头继续祈祷。

第二章

“工作的事情就这么定了，行吗？”

面对扶琳有点强硬的态度，山崎只能带着逐渐僵硬的表情点点头，挤出了一个字“行”。

扶琳长舒一口气。这样社长的继任问题解决了。家庭主妇参加工作在最近也不是什么新鲜事，而且工作的种类繁多。那么，接下来要做的就是……

就在这时，传来“咚咚咚”的敲门声。

“妈妈，晚饭准备好啦。”

好似在等待扶琳和山崎之间的对话节点，山崎的独生女现身了，正是前面提到的山崎双叶。确实，一言概之——容貌相当美丽，轻柔的黑色直发让人不禁联想起在哪儿见过的日式人偶。

扶琳注意到山崎的表情变得有点害羞。

“那么，请李小姐试试。也不是什么正式的邀请……那个，我女儿的厨艺还是挺不错的。”

曾经沉迷于柏青哥不可自拔的女人，摆出了慈母般的模样说道。

扶琳内心涌起了既可笑又奇怪的感觉。也许正是因为女儿，这位母亲才能悔过自新，有了重新开始的理由。换句话说，这也是扶琳信任她的理由。有了需要保护的人，就不会做那些乱七八糟的事。

扶琳赠予山崎双叶的入学贺礼是香木和酒店的招待券。

为何会送如此组合的贺礼，自己现在也无从想起。不过，双叶貌似很喜欢这块香木，现在客厅的香炉里烧的就是。而酒店招待券据说也早在今年春假的时候用掉了，母女兴奋地去了可以观赏到梅花的名所。

“这叫沉香木吧。说起来貌似是高级品，实在让李小姐费心了。”

山崎一边摆放着令自己骄傲的女儿亲手烧的菜，一边说着感谢的话。

说起来，这块沉香木确实是一等一的高价货。不过，本来也是丢在仓库里的，酒店招待券也是借债人送的。所以，用不着自己摸口袋。

扶琳不是很喜欢这块沉香木的味道。这令她想起了曾经供职的那个黑社会的组织。组织中有不少女人都喜欢用这种沉香木。

——不经意间，脚前碰到了什么。

扶琳向下望去，一团毛茸茸的生物正用鼻子嗅着自己的脚尖，然后，眼睛直盯着自己。

“啊，麦麦！不可以！”

少女双叶慌忙地爬到桌子底下，将这个生物拽了出来。原来是一只小狗，浑身杂毛，脸部的毛显得更长，鼻子也不好看，可以算是小型犬。

据说就是在这次的春假旅行途中捡到的。小狗钻进了母女俩的车里。因为小狗带着一个漂亮的项圈铃铛，两人都觉得可能是谁家养的小狗吧，本想先交给警察的，不过因为说不清楚小狗是从哪里钻进车里的，就顺便带回来了。

小狗钻到少女的怀中，鼻子嗅、前爪挠，看上去是看中了扶琳手中的酒。

“这只狗有点特别呢，貌似很喜欢酒。而且，常常会去找酒喝。所以，胃不好、还腹泻。笨狗。”

听了这话，双叶有点生气地对着母亲抗议道。

“麦麦可聪明了。还会才艺表演呢……”

“呵呵，也是，这家伙真的会才艺表演，能表演杂技里的踩球。明天的结婚仪式上，就约好了要表演这个才艺节目。”

“嗯。”扶琳随声附和着。那些跟自己没有利益关系的事物，自己也没有什么兴趣。

抱着那只闻到酒胡乱兴奋的小狗，双叶拉了几下母亲的衣摆，凑着母亲的耳朵轻声说：

“妈妈，为什么今天没有倒生鲜垃圾？”

“啊？今天应该是可燃垃圾回收日吧。”

“嗯，今天是周五，我跟你说过的。傍晚会来收垃圾，在我出去买东西的时候把垃圾放在外面。”

“对不起，对不起。”母亲开玩笑似的向女儿道歉。女儿鼓起了脸蛋，咕哝了一句“真是的”便带着小狗一起离开了饭桌。山崎望着扶琳，双目对接，有点害羞似的挠了挠鼻子。

“我们这边，垃圾都是挨家挨户回收的。”

山崎开始解释道。

“但是，每次的回收时间都很晚，原则上是从下午开始回收。不过到了我们这边都会接近傍晚时分。您说，眼下正值夏季，在玄关前放置生鲜垃圾不是很臭吗？所以，一般我都是吩咐双叶在垃圾回收车来之前，再把垃圾放出去。不过今天我去接李小姐了，就忘得一干二净了。哈哈哈。”

母亲说完，深深地喝了一口啤酒。忽然抬起头来继续说道：

“对了，莫非李小姐不知道挨家挨户回收垃圾的制度？在自己玄关口把垃圾放好，等垃圾回收车来之后，工作人员会挨家挨户地回收垃圾，这就是日本的垃圾回收体系。”

扶琳苦笑着。心底想着随便怎样都好。不过这种漫无边际的闲聊，倒是意外的很适合喝酒吃菜。

酒过半旬，山崎开始聊到了前面提到的“加寿美神”的话题。

“说到这个加寿美神，貌似是这个地区流传至今的传说。对了，观光的宣传页里写到了，要看吗？”

说着，她从放置电话机的收纳架上拿了一份八折页的印刷品。

扶琳接过宣传页打开，上面印刷着一个长着一双夸张大眼的少女，边上用文字做了简单的介绍。

“加寿美神的传说

“很久以前。在这方土地上生活着一位非常美丽的女孩，她的名字叫加寿美。有一日，城主大人偶遇加寿美，对其一见钟情，便召她入城。然而，遭到了女孩的拒绝，令大人羞耻万分。恼羞成怒的城主命令家臣将女孩父母唤至城内，严厉训斥了一番，唯命是从的家臣们等女孩的父母刚刚离去，就尾随其后，用绳索绑了女孩，连夜送进了城中。

“女孩在城中的二之丸①哭了七天七夜，终于提出要见城主。她向对方表达了顺从的意愿，为了反省自己引起的麻烦和风波，她请求城主邀请众人参加自己举办的茶会，以示歉意。地点就选在了漂亮的城下庭院中的夹竹桃下。城主大人听后满心欢喜，立刻通知了大家。

“茶会上，女孩把煮熟后的夹竹桃的枝叶放入茶中，将参加茶会的所有男人尽数毒杀。从此以后城主与双亲两家血脉断绝，独剩城中摇曳的美丽茂盛的夹竹桃。”

“其实这本宣传页现在都已回收，已经不放在外面随意提供阅览。”

这简单文字的最后让扶琳有一种杀气腾腾的感觉。山崎又在旁开口补充道：

“您看，就内容来看，如果故事是真的，这位‘加寿美神’不就是一个杀死多人的投毒犯吗？让这样的人物作为观光大使，怎么说呢，有可能会收到来自各方的投诉？

“不过，另一方面，也存在拥护者。她们把故事视为‘女性权力斗争’的象征。还有反对意见认为‘加寿美神’的插画带有一定的挑逗性，是对女性的蔑视。反正各种意见一下子喧闹其上，导致这份宣传页没发放多久便陷入了回收的境地。”

扶琳将宣传页叠好还给山崎，山崎放回了原处。

“不过，关于这个‘加寿美神’传说的本身，依然扎根于本地。所以时至今日，婚前进行‘七夜考’的家庭也不在少数。”

“七夜考？”

“嗯，就是准新娘在正式举行婚礼前的一周左右时间，就借住到准新郎的家中，开始试着进入夫妻一起的生活状态。而这一周内，如果准新娘心思有变，可在任何时间提出中止婚礼。用现在的话说起来，就好像产品试用期间，有任何不满意可以中止合同这样的制度。”

扶琳莞尔一笑，别看是旧日习俗，倒是挺有时代感的先进制度。

“给予准新娘七晚时间考虑，或许也是参考了‘加寿美神’七天七夜的哭泣。首先，是为了祈求不要像加寿美神般不幸。其次，也有说法是古人惧怕加寿美神下的诅咒。总之，在这一带，非常尊重新娘们自己的结婚意愿。相反，对待新娘父亲的态度可是非常恶劣。新娘的父亲需要进行跪拜礼。”

“跪拜礼？”

“出嫁女儿的跪拜礼。女儿离开娘家时，父亲需要双膝跪地，向女儿磕着头，为女儿送行。但是这个习俗最近已经不多见了。对了，迎新娘途中的‘谩骂双亲’这个环节……明天也可以看见哦，对李小姐来说绝对值得一看。很有意思，我想一定能缓解您的工作压力。”

“可以是可以。”扶琳轻巧地避开山崎的邀请。虽然不太明白疏散工作压力的意思，不过听了这一番话，对于如此捧高新娘的地位，贬低新娘父亲的民俗有点在意，估计也是受了传说的影响。

山崎伸出筷子，夹起一点摆盘不整的青椒肉丝放在碟子上。

“明天我一定好好给李小姐当向导。不过以下的话是我自己的想法。我觉得这个村里的习俗，并不是全部都拜‘加寿美神’所赐。貌似只要不是父母亲强迫女儿出嫁，就不会受到诅咒。

“啊呀，所以，虽然在今天看来，加寿美神的做法在法律上属于杀害多人的投毒犯。但是，在这镇上，她就是女性们的守护神。时至今日，暗中参拜加寿美神祠堂的人不在少数。但是，女性婚后参拜一定要注意。要说，婚后的女性参拜加寿美神，只有一个请求……”

扶琳再度苦笑起来。这种危险的爆点，无法公开作为观光名胜来宣传的。

“不过，有一点很不可思议。这附近夹竹桃的花都是非白即黄的，为何只有加寿美神祠堂边上是红色的。大家都传言说那是加寿美神的血……”

扶琳“哦”了一声，听听而已。她对于这种玄妙的现象根本不感兴趣。

“如此说来，新娘去参拜的话……”

“呃，是啊，对的……有，有的，新娘也有参拜的。”

山崎支支吾吾地说道。扶琳觉得差不多该吸上一口了，刚把烟管放到嘴边，扎着马尾的女人眼疾手快地点燃一根火柴，为扶琳点上烟。然后，自己将卷纸烟放进嘴里，用一次性打火机点了起来。

“其实详细的情况我也不是很清楚。不过我在车里提起过，那家姓俵屋的人家，在附近名声很不好。最早是做房地产起家的，自从现任当家开始，突然就取得了非常高的社会地位。据说，背地里不知道做了多少见不得人的勾当。总之，传言很多。

“除了明天结婚的儿子，还有两个女儿。这三人也是声名狼藉，以前经常惊动警方。直到最近才看起来老实一点了。”

“噢。”这个话题有点引起扶琳的兴趣了，不过她表面上还是装作漠不关心。

“基于这点，新娘是否厌恶这桩婚事？”

“很有可能。不过，要是别人目击了那位新娘参拜，可能会引发更进一步的猜测？”

“更进一步的猜测？”

“嗯，比如说，新娘的结婚目的是男方的财产，祈祷新郎早死之类的……我是没有想这么多。只是觉得，如果厌恶这桩婚事，像普通的做法一样回绝不就可以了嘛。何况这里还有‘七夜考’的习俗。怎么说呢，新娘是不是有无法拒绝这桩婚事的理由。”

山崎往椅背上一靠，椅子发出嘎吱的声音，她抬头朝天花板吐出一口烟。

差不多同时，双叶从旁边的房间走了进来。望见扶琳和母亲两人正抽着烟，便如侍者般向二人询问是否需要甜点。扶琳点点头，少女喜上眉梢地走向了厨房。

看着女儿的背影，马尾辫母亲眯起眼睛说道：

“别人家的事情我是不知道。换作是我，绝对不会把双叶嫁到那种人家去。绝对不会，绝对不会。条件？就算家里有金山银山我也绝对不会。”

*

翌日，星期六。扶琳在双叶母女的再三劝说下，决定陪着山崎一起去参观双叶参加的俵屋家结婚仪式。

这是一场十分隆重奢侈的婚礼。首先，遵从高雅的古代礼仪。新娘从正午离开自己家，开始前往夫家。

当地人称之为“新娘之路”。这一队热闹的迎新人马，引来了许多本地和周边的居民、观光客、还有地方上的电视台记者等等，大家蜂拥而至，就连货摊也来凑热闹，如同平日所说的“节日庙会”。

水田边的一条小径上，挤满了前来看热闹的人。在这条小径的一端，扶琳一边咬着烤乌贼，一边等着迎新队伍。没过多久，只听到周围开始喧闹起来，街上的热闹声也由远及近传来。

只见男女老少皆打扮得豪华绚烂。有穿礼服的，有穿长袖和服的，有穿着和服裤裙套着法被[②]的。目测队伍里有将近五十人。众人将灯笼如红缨枪般向空中伸展出去，另一些绑着头巾的年轻人则“轰隆轰隆”地敲打着大太鼓，附和着太鼓和笛声的长歌[③]。装扮豪华的马车拉着新娘的嫁妆映入眼帘，马车上载着一个大柜子，马匹用红白绳牵引，金银马具伺候着。

此时，有个穿着带有家徽和服的小个子男人引起了扶琳的注意，整个队伍里面就他一个人孤零零地走在最前面。就在这个男人走到靠近扶琳站着的位置的时候，忽然，两边的人们开始此起彼伏地叫出声来：

“这个人贩子！”

“你了解你的女儿吗？”

“没有照顾过女儿，自己却那么嚣张。”

“垃圾父亲。”

本来就有点像小偷般蹑手蹑脚弯着腰行走的小个子男人，在这一片骂声的影响下，越来越拱起身子，人影越缩越小。低着头，将印有家徽的领口遮住头部。突如其来的谩骂声，着实让扶琳一惊，站在一旁的山崎开始解释起来：

“这就是昨天说的‘谩骂双亲’，骂了新娘双亲，就能平息加寿美神的怒气。也就是为新娘祛除不祥。站在前列的通常都是新娘的双亲，不过这位新娘貌似是单亲家庭，跟着父亲一起生活。

“据说对于新娘的双亲骂得越凶越难听，新娘就会越幸福。所以，基本上骂的人谁都不会客气。不过，对于新娘来说，也有不能忍受自己的父亲遭到痛骂而哭泣的。

“可是呢，骂着骂着就词穷了。到了后面，就会出现各种没有关系的话了。像是‘肚子饿了！’‘我也想结婚！’‘想要很快交到男朋友！’‘让我内定就职！’等。”

山崎对着扶琳咧嘴微笑，马上将手拢在自己的嘴前，大声喊道：

“还钱！”

这完全是一场绝叫大会了。莫非这就是所谓的“缓解压力”？

貌似除了难听的骂声，投掷杂物也是可以的。那个男人的裙裤上，到处都有水果和大福的污渍。男人背后则是一个神主[④]模样的男性。嘴边不停地念诵着祈祷般的语句“YU KA SE TA MA E。SHI ZU MA RI TA MA E。”打扮成巫女模样的女性们，从篮子里取出各式点心，向左右道路两旁观摩的人群抛洒。然后，捡到这些点心的人再往队伍前跑去，扔向穿着和服裙裤的男人。说起来简直像是小孩子无聊的恶作剧把戏，不过这也算是为婚礼助兴的一部分吧。

就在这时，扶琳意识到自己还没有看到新娘的身影。马上粗略地扫了一遍队伍，在迎亲队伍的中央，望见一个打着红色遮阳伞，骑在一头纯黑色牛上的女人。纯白的和服、纯白的帽子——这东西应该叫“白无垢”[⑤]配“绵帽子”[⑥]吧。不过坐骑不是马而是牛，有点难以形容的妙趣。

在新娘身旁站着一位长相可爱的少女，也是一身和服打扮，推着轮椅，轮椅上坐着一位年龄超过五十岁的女性，不用说，那少女正是双叶。轮椅上的女性虽然也是身着豪华高贵的和服，不过黝黑的脸庞上满脸质朴。偶尔与新娘聊上两句，可能是新娘的亲戚或是其他有关系的人。

从扶琳面前走过的时候，双叶发现了扶琳的身影，轻轻地挥挥手。扶琳也反射性地同样挥了挥手，便放了下来。就在这个时候，新娘眼眶处的闪光滑入了视线。那是泪光——这个新娘难道也无法忍受家人被无情地谩骂？

新娘之路从刚过正午便开始，在夏日炎炎的艳阳下，行车只需十分钟的距离，但这种仪式慢慢悠悠要花上三小时。终于，一行人晃晃悠悠抵达了新郎的宅院，走向门内，消失在视线之内。

据说普通看客也可以到宅院中的庭院参观，有兴趣继续观看仪式的参观者们，都络绎不绝地进入宅院大门。扶琳也随着人流走了进去。

庭院广阔齐整，是典型的日式庭院，有宽广的荷花池、点景石、大粒沙砾、石灯笼。而更引人注目的是绽放着白色花朵的夹竹桃。

荷花池前拉起了一条黄线，观摩的人只能走到此处。穿过这条黄线，荷花池的对面，可以看到两边敞开着拉门的巨大日式客厅。那就是今天举办结婚仪式的场地吧。

没过多长时间，新娘的身影出现在了大座敷里。自此，正式进入结婚仪式。首先登场的是媒人，用时代感极强的祝辞拉开序幕。

然后，是新郎父亲的贺词，双方亲家交换婚礼品，倒下酒轮着喝。之后，开始欢快地载歌载舞……

在这场盛宴的最高潮，出现了三名死者。

【注释】

① 二之丸：第二城堡。城堡外侧的城廓。

② 法被：号衣。在衣领或背后印有字号或姓名的半截式外挂。

③ 长歌：和歌的一种形式。五音和七音反复交替，最后以两个七音结尾。

④ 神主：神社的主人。

⑤ 白无垢：素服。白色服装。和式婚礼新娘穿的礼服。

⑥ 绵帽子：丝棉帽，婚礼上新娘遮面用。

第三章

我，瞠目结舌。

视线所及之内，是从裤脚管中露出的小腿肚。呕吐物的味道刺激着鼻腔。耳边传来人声，在连续地呼叫着我的名字。

有人将手搭在我的肩膀上，而我如同石化般僵硬地无法动弹。我虽然硬是睁着眼睛，可视线内的一切，却仿佛是舞台剧般的梦幻。

是真的吗？为什么？到底怎么了？怎么会发生这样的事情？

*

—— 所择之日为黄道吉日，晴天。

我对于何种天气并不关心。结婚仪式当天清早，宅院里麻雀的叽喳声唤醒了躺在床上的我。几乎同时，女仆也来到了我的屋内，叫我快些起床。

动作迟缓的我从被窝里懒懒地钻了出来。更衣期间，婚庆公司的女职员打声招呼也走了进来。我们确认过仪式程序步骤之后，女仆问我是否需要吃点简餐，我拒绝了。

听我这么回答，女仆没有放弃依然在劝我，说什么新娘直到晚上都不能进食。不过，留下这么一句令人意志消沉的预告，她便转身离去。

啊，原来如此……此时此刻我的意识明晰起来——在整个仪式中，我都不能进食？

这次的结婚仪式，据说是沿袭了这方土地的传统婚礼。

当然，这绝非是我所希望的。其实也不是我的结婚对象的意愿，提出婚约的是他父亲——俵屋正造氏。他在房地产业取得成功，就连这栋文化遗产级别的大宅都能轻而易举地买下，家族资产在他这一代急剧累积，他俨然成了一位富贵、飞黄腾达的人物。

换个词就是暴发户。

于是，正造氏策划了与这间大宅相匹配的结婚仪式。

听闻，当地的电视台都被受邀进行现场直播。简直就是被人看西洋镜的感觉。不过算了，管他怎么做呢，随他去吧。关于这场婚礼，我什么都不想要，什么都不想做。说到底，这并不是我所期望的婚姻。

我精神略带恍惚地待在屋内。不久，婚庆公司的数名工作人员蜂拥而至。开始为我更衣化妆，做各种准备。

更衣的时候，我就像个玩偶般任人摆布。外廊有人在看着我。是一个穿着和服的女中学生，躲在屋子移门的阴暗处，悄悄地看着我。

应该是叫——双叶。

她今天做我的小伴娘，帮我倒酒，还要帮我做很多事情。

一头轻柔光滑的黑发，非常可爱的女孩子。我伸手招呼她进来，从她脸上能看出有点腼腆，她怯生生地走了过来，用面露惊讶的表情看着，并真诚地称赞我：

“真，真漂亮，非常漂亮。”

我莞尔一笑。

“谢谢。”

“新娘子看上去真幸福啊……”

我笑而不答。如果在此时否定这句话未免有点孩子气了。

“这个，我知道，是叫绵帽子吧……”

双叶指着我正在轻轻擦拭着的白色遮面物。我再次露出轻松的表情。

“嗯，是的。你要不要戴着试试？”

只见双叶两眼发出兴奋的光。

“啊？真的吗？不过……”

“不可以。”

从外廊传来了有点带刺的声音。

“濑那小姐，请不要随性妄为。这可是我们家买来的，不是租的，付了全款的。如果你弄脏了会很麻烦的。”

濑那是我的名字。我叫和田濑那。然后，屋外那个说话酸溜溜的，名叫俵屋爱美珂，是我结婚对象的两个妹妹之中的大妹。跟我差不多的年龄，虽说肤色很白，不过打扮起来却是浓妆艳抹。

“双叶同学，也希望你打扮好了就不要乱跑。虽然你这身和服是借的，不过租借的金额也是很高的。你能不能老老实实地待在屋里等待一起出发？对了，你的小狗在表演前也尽量不要碰它。”

“对、对、对不起……”

双叶的脸“唰”的一下变得绯红，慌慌张张地往走廊里跑去。

我睁大了双眼瞪着大妹。何等过分的言辞，心中的反感油然而生。爱美珂眯着眼目送着跑出去的双叶，说道：

“穷人家的孩子，这种反应怎么看都觉得很可爱。”

我身体僵硬着。

爱美珂打了个呵欠，又做出一副忍住呵欠的样子，朝向我说：

“哦，对了，濑那小姐……我是为了告知你一件事才来的。从中庭经过走廊，走到现在换衣服的房间，有一把数字锁吧。等一下你准备完毕离开房间的时候，能不能把那把锁锁上？今天进进出出的人太多，为了安全起见，我们也要加强管理。那个数字锁密码随便就好。”

爱美珂挥挥手，留下一句拜托了，便离开了。

我又陷入了一阵茫然。然而我身边的工作人员，像是完全没有听到我们的对话一般，只是专心致志地忙着自己的工作。

我垂下头去，回想起了许多未经深思熟虑的事情。眼下完全是自己选择的结果。或者说是没有进行过抵抗的道路。

我的眼神落到了放在房间角落的皮革行李箱。即使没有专门人看着，应该也没什么问题，我拉出一根缆绳，穿过把手，将行李箱绑在了与地板相连的柱子上。而且，行李箱上也有三位数的数字锁。行李箱里可是有秘密的。不过，那个还是该及早处理。时至今日，我仍然没有勇气使用行李箱里的东西。也许……再没有这样的机会了。

就这样过了正午时分。出发的时间到了。我按照爱美珂的吩咐，将通路之门的数字锁锁好。来到大宅外面，坐上了早已等候在此的黑色租赁车。

首先要回到自己的家。根据传统的婚礼习俗，新娘要从自家步行至新郎家。因为“七夜考”的习俗，我已经在对方的宅邸接受了长达一周的招待，怎么看都是大费周折。不过，因为是自古以来约定俗成的规矩，那也只能顺从。

然而，我并没有想回自己家的心情。

可是，自己再熟悉不过的家已在眼前。门前站着一干人等，乐队、临时雇来参加新娘之路的人，都已经聚集在了家门口。他们都是俵屋家出资雇来热闹演出的。

租来的车从闪到左右两侧的人山人海中间开了过去，停在门口。我穿过曾经无数次走过的玄关，进入家中。之前那位婚庆公司的女性冲在最前面，熟门熟路地在我家中忙活着。最后到达佛间[①]，移门自动打开的声音响起。

移门里出现的是坐在轮椅上的女性和将额头贴在榻榻米上的、穿着和服与裤裙的小个子男人。

我向女人打了声招呼。男人没有理会我们，而是转向佛坛。点上线香，告知先祖们和过世的母亲我今天结婚了。从旁人的眼光来看也许是一副奇异的光景，不过在这方土地上并不是什么稀罕事。这是“嫁女儿跪拜礼”。也就是父亲目送女儿嫁出门，要像这样平身低头。

但是这个跪拜礼未免……太过正式。

我再次转向坐在轮椅上的女性，对于硬是请她参加我的婚礼一事再次致歉。她是我的伯母——和田时子。当然，平时她的脚健康得很，只是前天时运不济，崴了。

仪式开始。我坐上黑牛，等待婚庆公司女工作人员发出的“信号”，踏上了新娘之路。出发时间比预先说好的艳阳高照的下午一点稍早。据说是有不少杂七杂八的事情，因此比原来安排的时间要早一个小时。

但是，我为何要坐在牛身上？突如其来的疑问反而使我的心情如同哼着小调的牧童一样平稳下来。

*

坐在牛背上的感觉其实没那么坏。

身边帮忙的人为我打着红色的遮阳伞，用来躲避夏日毒辣的阳光。轻轻传来的笛声，伴随着大太鼓的重重击打，再加上沉闷的长歌和神主的祈祷声，组合成了热闹愉快的队伍。

灯笼上系着旗帜，配有中国风格马鞍的马匹拉着花饰嫁妆车。

我环顾左右前后，人们脸上均是喜气洋洋。在我坐的牛旁边，打扮可爱的双叶，小心翼翼地推着伯母的轮椅。偶尔会和我的眼神进行交汇，她都会略带害羞地冲我微笑。

不过，这样的兴致只存在一瞬间。没走多久，随着道路两边的观摩者越来越多，各路难听的骂声也随之而来。黑色的阴影陇上心头。“谩骂双亲”——是这方土地上独特的习俗。仅在此时，我对于自己出生于此的命运感到了莫大的讽刺，甚至想要诅咒。

人贩子——谁在这么大声地喊叫。

喊叫的人其实并没有恶意吧。但是，这实在是让我笑不出来的玩笑。站在队伍最前面的那个男人听到这些话后又作何感想呢。

此时，眼泪从我眼角边流了下来。我并不是同情自己，也不是同情那个男人。而是为自己带着一颗已干涸的心结婚感到悲凉而哭泣。

抵达新郎宅院后，我们终于离开热闹的人群，在婚庆公司女工作人员带领下，我和双叶两个人从正屋的后门进入。

新娘入门不走正门，而是从厨房的后门进入。这很令人费解，但也是这里的传统。进入厨房，首先迎接我的是俵屋家的三名女性——结婚对象的母亲和两个妹妹，然后还有电视台的人。三名女性依照传统向我投掷生米。

然后，我和双叶两人继续往宅院的里面走。缓慢走过打扫得一尘不染的用白木制作的外廊，来到“月之间”。在这里，我需要和刚刚分开的两位家人汇合，再一同前往结婚仪式的主会场“大座敷”。

——刚进入“月之间”，就发现我的家人们已经到了。

其中一人是我的伯母，另一个男人是我的至亲。他已经更换了刚弄脏的和服。伯母也已经从轮椅上站起，搭着身旁男人的肩膀。不再使用轮椅，也是俵屋家的希望，他们说“如果可以的话，不要使用轮椅”。其实，这就接近于命令。

我只能向伯母静静地垂下头来。

时子伯母冷淡的脸上稍稍绽放出一丝笑容。再次看向伯母，她今天身着漂亮的樱花色和服。我从前面开始就纠结于自己的情感想法，都没有好好注意到伯母的穿着。

听到我夸奖她的和服漂亮，伯母带着略显寂寥的表情，微微一笑。

“哦，这件和服啊……不是我的。早上我准备去俵屋家女儿们安排的美容室的时候，她们说帮我准备了这件和服，说我自己准备的和服略显寒酸。”

我哑口无言，有点对不住伯母的心情，赶紧逃离了她的视线。

伯母看到我的表情，有点慌张地补充了一句“她们的衣服也确实好看”。不过，伯母与她身边的那个人一样，都患有白内障。其实根本看不清其他人的服饰。我暧昧地笑了笑，为了不再尴尬，说了句“走吧”，便向走廊上走去。

角落里的男人，突然跪倒在榻榻米上。

“……对不起。”

我头也不回地走了出去。

“嫁女儿跪拜礼”已经结束了。如果不是非要这个男人对我行跪拜礼，我也没有义务成为她跪拜的对象。

不过，这句谢罪的话，好似从背后燃起的火焰，灼烧着我的心。对不起？对不起什么？偏偏选在自己女儿大喜日子的人生舞台上，说“对不起”，对不起什么？

我的婚姻是否就如这种谢罪般不幸？这话什么时候不能说，偏偏要选在这个节骨眼上？像这样的谢罪之前，你这家伙是不是还有很多能做的事。

长久以来他都是这个样子——

如同对着镜中的自己追忆往事打算以此说服自己，然而却毫无用处。如果自己真的厌恶这场婚姻，甚至可以拼死抵抗。就像加寿美神做的那样。可是自己没有选择那种做法，果然……我很懦弱。

*

终于，要前往“大座敷”了。

这里是今天婚礼仪式的主会场。所有参加仪式的人员均已到齐。我走向放置在大座敷里侧的金屏风前，弯下腰坐在了新郎的右侧。虽说现代日本的新娘是坐在新郎的左侧，貌似在过去都坐在右侧。

我定了定神之后，扫视了一遍整个仪式会场。

首先看向我的右手边，南侧外廊以外是宽敞的庭院和莲花池。

映入眼中的还有莲花池对面的那些观摩者。我的父亲和伯母背对着庭院而坐，面向新郎一家。从东南西北方位来说，位于南侧的是我的父亲和伯母。北侧的是新郎的父亲、母亲、大妹、小妹。以我的视角来说，两家人在我眼前的位置是左右对称的。

另外，大座敷分为东西两间。我们现在所处的是西侧的上间。其余出席的人员以及电视台工作人员所在的是东侧的下间。下间的众人横向一字排开目不转睛地盯着我们。刚好形成了上间是舞台，下间是观众席的布局。而在观众席的里侧，外廊的角落处为何会有一只狗笼。对了，那可能就是双叶那只表演助兴节目的小狗吧。

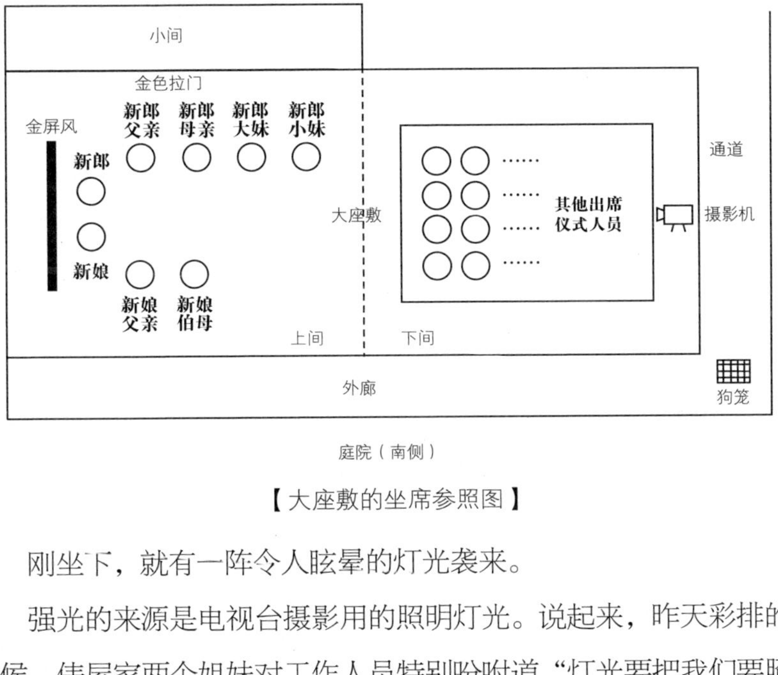

【大座敷的坐席参照图】

刚坐下，就有一阵令人眩晕的灯光袭来。

强光的来源是电视台摄影用的照明灯光。说起来，昨天彩排的时候，俵屋家两个姐妹对工作人员特别吩咐道“灯光要把我们要照得像女演员一样”。然后，正造氏也对摄影师再三申明“光线一定要足”。这一定是讲究排场的正造氏，不想让这座文化遗产级别的老宅被拍出阴暗的感觉。

所以说嘛，这种仪式放在其他地方不是更好吗？

于是，大座敷老式的移门全部用金色的纸糊了一遍。为了隐藏腐朽的木制黑色天井，前几天也请了专业人员装上了照明度极高的LED 顶灯。

除此之外，大座敷也安装了防暑和带有过滤花粉功能的空调。俵屋家整个家族都有花粉过敏症。说起来传播花粉的罪魁祸首其实就是夹竹桃——这种既带有花粉又有毒的植物，还会引起花粉过敏症，到底是怎样一种令人讨厌的植物。

因为一下子难以适应强光，我将视线投向了南面的外廊。眷顾着庭院池塘和围墙的自然光也照到了我，使得我的眼神始终无法安定下来。因为戴着绵帽子，无法随意转动头部，别无他法，我只能将视线收回，望着眼前的榻榻米，静悄悄地数起榻榻米的数量。

仪式开始。媒人的祝辞、亲家的问候、嫁妆的交换依次进行。

等这些流程结束后，便是两家所有人进行的“酒杯传杯”。虽说讨厌和他人传杯，不过，这仪式貌似是用来代替三三九度[②]仪式的，也就只能顺从了。

传杯仪式首先由位于下间的伴娘双叶走到上间，进行斟酒。只见她从上间北侧的小间内，捧出酒器。捧出来的盘子上，放着两个酒器。酒杯和长嘴酒壶。双叶端着盘子走到上间中央。

所有的酒器均是黑色，酒壶为长嘴茶壶的样式。令人联想起“御酒壶”这样的词汇，就是装酒用的圆筒容器，肚大、酒壶上部逐渐收紧成小口。像是大茶壶一般的东西，就是酒壶最原始的样子吧。只见双叶正襟危坐，抬起大茶壶一般的酒壶慢慢地向酒杯内注酒。

但是，可能是太过紧张的缘故，双叶的手有点不听使唤。倒酒的过程中出现了好几次不出酒的状况。我也只得在心中默默地为双叶鼓劲。

对她来说，紧张的倒酒工作完成之后，暂且长舒了一口气。她调整一下站起身来，又战战兢兢地将酒杯送到新郎的面前，交给对方。新郎一把接过酒杯，大幅倾斜酒杯喝了下去。双叶这才稍稍露出了安心的表情，低头向新郎致意。

新郎之后，就轮到坐在他右侧的我，新郎将酒杯向我这里直接递了过来，我顺手接过酒杯。等我喝完之后，再依次将酒杯按顺序手递手传下去。

接过酒杯之后，与新郎形成鲜明对比的是，我不能太过倾斜酒杯，只能拿着酒杯慢慢啜饮。

男人豪爽，女人端庄。也是来自正造氏的“演技”指导。

顺便说下，这个“大酒杯”据说是国宝级的珍品。

整个酒杯质地纯黑，杯体上雕刻着龙和银彩瀑布，据说被称为“升龙”。具体情况我也不是非常清楚，总之是采用了古老的漆雕和螺钿的技法。

白银瀑布从杯体的中间位置一直流到杯缘。从“瀑布口”饮酒的话，就像一条龙从口中飞出。所以，本来这个“瀑布口”才是正确的饮酒位置。但是，我接过酒杯后完全拿反了。算了，这种大酒杯好似茶道的用具一般，喝了就不能再调换位置，就这样吧。

杯体上雕刻的龙，犹如被赋予生命般鲜活，实在是大师级的杰作。不过，在瀑布口、靠近龙尾的地方，或许是雕刻的原因，留有一处凹槽。这一细小的地方残留些许污垢，很难清洗。

我喝完之后，将酒杯立起，放好在榻榻米上，自己站起身来。下一位是新郎的父亲。因为我坐的位子距离新郎父亲还有段距离，所以不得不站起身，再端着酒杯走过去。怎么说都有点欠缺合理性的顺序安排。

虽然就这么几步路，我也有点步履蹒跚。

为了不将酒洒出，我慌忙前后摆正酒杯，尽量保持平衡。等我将酒杯摆正，再缓缓地迈开步子，谨慎地走到新郎的父亲面前。先正坐，再将酒杯同新郎递给我的方式递给他，起身返回新郎的右侧。

传递酒杯的顺序依次是新郎，然后是我，北侧的新郎父亲、母亲、大妹、小妹，最后移到南侧的我的父亲、伯母。

没错，我的父亲排在新郎一家最小的女儿之后。

这也是以前的习俗？还是另有他意？如果询问仪式的担当人员，也许人家会告诉我。不过，这种多余的问题无所谓。

不过，俵屋家看不起我们是确凿的事实。从正造氏独断地要求这种结婚仪式就不难看出，还有随便替换伯母的和服。接下来还有一件小事，更加让我明明白白地感受到了这一点。

酒杯辗转来到了新郎的小妹绢亚的手上。就在此时，出现了一段小插曲。只见一只白色小型犬从下间的外廊处跳了进来。

“麦麦！”

瞬间，身处上间的双叶惊慌失措地大叫一声。看起来小狗从笼子里逃了出来。小狗迅猛地朝着绢亚拿着酒杯的方向跑去，双叶见此情景，赶忙将自己的身体横在绢亚和小狗的中间，以免小狗扑过去打翻酒杯。

不过绢亚微微一笑，略带恶作剧般地又呵呵笑了起来。

“没关系，双叶……你这是也要喝吗？”

说着，绢亚绕过双叶，将自己的酒杯放到小狗的面前。

酒杯放到小狗项圈的铃铛处，它凑近了脸，好似十分高兴地摇着尾巴，伸出舌头来舔起了酒。“讨厌！”双叶十分生气，有点粗鲁地抱起小狗往外廊走去，塞给婚庆公司的女性工作人员。“啊！和服……”我听到绢亚的轻声嘟哝。

这个小插曲让我惊了一下。此时，只见小妹端起酒杯起身，然后径直走到我的父亲面前。

“请吧。”

绢亚在我父亲跟前就座，笑呵呵地递出酒杯。

——啊？

所有的视线都聚集到父亲身上。他整个人一下子僵住了，不过马上回过神来，笑逐颜开地接过酒杯。

“谢谢。”

说着，喝了下去。

我目瞪口呆，盯着他的样子。已经无法判断究竟发生了什么。

这不是真的吧。那……狗！

那是刚刚狗喝过的酒！

父亲的喉咙里咕噜咕噜地响着，试了好几次才将酒吞了下去。看着他，我的眼眶又不由自主地湿润了。那样做是不行的吧，不能那样喝的。

那本该干脆回绝掉不是吗！

悔恨的泪水模糊了我的视线。为什么这个人要如此卑躬屈膝。确实，也许对方看不起我们，也许我们有高额的借款，也许我们的土木工程公司因为他们而接到了很多订单，公司在倒闭的前夜被他们拯救而念及恩情。

但是，最主要的理由一定是他已经自暴自弃。

他就是那样的人。被别人蔑视的人。虽然，他曾经也是威风凛凛的父亲，但自从被俵屋家收编以后，就完完全全丧失了原来的风貌。可是再怎么说，走到这一步杀死原本那个自己的，不是别人，正是他自己。人世间的冷漠给予了他沉重的打击，而他连抵抗最微弱的恶意都做不到，最后变成了软弱无能的人。令人愤慨。父亲是这样的一个人真令人愤慨。

我也对无所作为的自己感到蔑视。

在这个时候，我第一次清楚地意识到自己的感受。

厌恶！

对不可能幸福的婚姻的……厌恶！

那种感想只维持了片刻。

传杯结束，双叶拿起酒器放回北侧的小间。然后，下间的老人们开始唱起民谣小调般的“民谣曲”，合着节奏，新郎和新郎的父亲站起身，开始舞动起来。

热闹的舞蹈持续着。就在大家都沉浸在欢快的气氛时，“咚咚”两声，只见新郎父子先后摔倒在榻榻米上。

“哈哈哈，伯父，您喝多了——”

从下间传来某人的哄笑声。他是新郎的表兄弟。只见那人站起身来，走向倒在榻榻米上的新郎父亲，俯下身去查看状况。

表兄弟突然大叫起来。

“伯父！”

几乎同时，只见父子两人开始抽搐、痉挛。下一个瞬间，我的右前方也传来“咚”的一声，又有什么倒下的声音。

那是我的父亲。

整个大座敷一下鸦雀无声，马上又传出此起彼伏的悲鸣声。

外廊移门被猛地关起来，遮蔽了外界的视线，大座敷中有人高声大喊快叫救护车，而新郎父亲已经开始猛烈呕吐。刺鼻的异臭充满了整个大座敷。

我用手捂着嘴，瞠目结舌。是真的吗？为什么？到底怎么了？怎么会发生这样的事情？

医院的等候室里，我忽然意识到自己的脚尖冷冷的。

什么东西冷冷的？我脱下拖鞋查看，左边足袋[③]包裹的脚，指甲里面湿了。

还传来一股酒香。是哪里踩到酒了吗？可是拖鞋并没有湿，而且之前所在的宅院内都打扫得干干净净。

我模糊地想起事发至今的过程。在那之后，我返回到“月之间”，在白无垢外面披上夏天用的和服外套，在后门穿了橡胶拖鞋就上了救护车。然后，现在就在医院里了。

为何没有去过其他地方的记忆？我蹲下身，仔细看湿掉的部分，被染成了淡淡的粉红色。血吗？我伸出手，战战兢兢地触摸了一下。

从脚趾的指甲处滑落了好似薄薄的皮一般的东西。

我捡起来仔细观看，大吃一惊。

那淡淡的粉红色物体，正是夹竹桃的花瓣。

花瓣为何会在这儿？就在我的脑袋陷入混乱的时候，听到走廊上传来“啪嗒啪嗒”的脚步声。从里侧转角处出现了新郎小妹的身影。

“爸爸他们……不、不行了。”

她就站在那里，豆大般的眼泪掉落下来。我呆呆地望着她的样子。脑袋里反复地揣摩着她这句话的意思。偷偷将放在膝盖上的花瓣紧紧地握在手心里。

加寿美神。

这是您做的吗?

【注释】

① 佛间：供奉佛像和排位的房间。

② 三三九度：和式婚礼仪式上，用三只酒杯互相交换，每只酒杯交换三次共九次。今作为新婚夫妇的盟约在婚宴上进行。

③ 足袋：日式短布袜。大拇指分开，着和服时，为防寒或出于礼貌而穿用。

第四章

结婚仪式过后的第二天清晨。回到宅内，我从起居室里呆滞地远眺着庭院的风景，长满夹竹桃的林间突然冒出一个美女的身影。

“濑那小姐，请来一下。”

外面有人向我招手。是我结婚对象的大妹——爱美珂。年龄二十五六岁，跟我差不多，以前做过平面模特。今天换下了和服，穿着吊带衫配短裤这样的轻便服装。

露出的手臂和腿部如雪般洁白，也许是继承了母亲的肤色，俵屋家母女三人均是肤白如雪。

“请问有什么事？”

“废话少说，快来。”

爱美珂说完，没等我回答便快速离去。我的视线扫了一遍室内，确认行李箱仍被绳索绑在了柱子上，便急匆匆地穿上放在外廊上的拖鞋，追着爱美珂的背影走去。

我跟着爱美珂，行至庭院中间。

我们之间没有什么交流。路过大座敷前的时候，我看到里面站了几名穿着制服的警官。“这是什么情况？”当下很难向爱美珂问明，所以也就算了。不过昨天发生的果然是事件吧。

走不多时，便来到这栋大宅里的一栋西洋建筑，称为洋馆。入馆后，充满异国情调的客厅里，已经来了很多“客人”。新郎的母亲、小妹、新郎表兄弟和他的父母，还有站在角落里的我的伯母，算上刚刚到场的我和爱美珂，一共八人。大家都是今天早上才从医院里回来的。

房间里摆满了豪华奢侈的家具。猫式桌腿的桌子、壁炉、高级钢琴、向外延伸的半六角形窗户。

窗外，盛开着白色夹竹桃。

真是让人心情舒畅的空间。所以，俵屋全家平时都不住在主屋那边，而是住在这处别馆。不过我的房间还是在主屋的最里侧。

更换为平日装束的只有我和新郎的大妹。其他人依然是身着礼服。新郎表兄弟一家和我的伯母无法在这里换衣服可以理解，不过新郎的母亲没有换衣服还是让人不免有点担忧。其他的亲戚似乎都暂时回去了。

而在其中，小妹穿着大红色的针织运动衫尤为引人注目。小妹现在是一名大学生，或许是身材娇小又穿着针织运动衫的缘故，更像是高中生。与浓妆艳抹的大妹不一样，小妹只是略施淡妆，一头清爽的黑发。不过性格实在不怎么好。

胡思乱想的同时，我再次仔细环视了整个房间。突然发现，所有人的目光都集中在了我的身上。

怎么回事?

我实在是不明所以，再次环视在场的所有人。爱美珂在这时候跳出了我的视线，走向窗户。伸手取下放在窗边夹板上的黄铜马，转身向我这边走来。

“我说濑那小姐……”

爱美珂摆弄着手中的黄铜马说道。

“你看起来都没怎么流眼泪嘛。”

听了这话，我半张着嘴发出感叹。

“啊？”

“这么说吧，广翔他们已经死了，你表现得很冷静哦。诚然你会说自己受到了巨大的刺激，想哭已经哭不出来了吧。不过，你之前在房内就像什么事都没发生过，像平时一样吃着食物，吃着今天早上珠代去便利店买来的饭团。”

广翔就是我的结婚对象，俵屋广翔。珠代是俵屋的女仆，三十岁出头，茶色头发，话不多，老实巴交的样子。但是，作为家政服务人员，不擅长料理。三餐也多以小吃或熟食便当为主。今天早上的饭团就来自便利店。

爱美珂的指责令我有点不快地低下头去。

“眼泪……”

“什么？”

“眼泪，我几乎没流眼泪……”

“没流眼泪？你说什么？你的意思是已经丧失了作为人的感想？”

爱美珂带着怀疑的眼神，拿着那只黄铜马缓缓地走向我，用仿佛要将我看穿的锐利眼神质问道：

“那像你这样没有感情的人，为什么要结婚？”

被她这么一问，我不知该如何回答才好。

爱美珂目不转睛地盯着我的脸。“呵”的一声冷笑，从短裤的口袋里拿出香烟盒，取出一支香烟衔在嘴里，手指开始摆弄起黄铜马。

“啪”的一声，只见马背上窜起火苗，点上了烟。原来是一只支打火机。

“算了算了，这些暂时先不说了。那么，濑那小姐，你可曾听说了？”

“听说什么？”

“广翔他们的死因。”

“没，还没有。”

“呵。通常情况下你应该是最先知道的。算了，濑那小姐，就由我来告诉你吧，如何？”

“好的，拜托你了。”

“砒霜中毒。”

听到这四个字，我不由身体一颤。

砒霜……中毒。

“震惊吧。砒霜是有毒的吧，是能被当作毒杀工具的。不过，为什么我的父亲和广翔会死于这种东西？！所以……绝对是……”

突然我的肩膀被人一把抓住。

“有人杀死了他们。是吧，濑那小姐。”

我受到了惊吓，转过头去，抓住我肩膀的是比我矮一头的小妹，绢亚正用恶魔般的眼神向上盯着我。

就在此时，已经迟钝多时的大脑终于恢复了供血。

“不，不，那个……”

“我就说嘛，很恐怖的吧。我从医生那里听到的时候也很震惊。你刚刚过来的途中也看到警察在现场取证了吧。从下午开始，就要开始问话了，你要做好准备哦。”

“我，我，怎么会……居然是谋杀……”

“你还以为不是谋杀？难不成是事故？酒精中毒事故？不会不会，爸爸平时喝酒比这次喝的多了去了，这点酒不可能致死。好了，话说回来，濑那小姐好像是没有感情的人吧，那么为什么要和广翔结婚？你到底有什么目的？”

“我，我……”

“你对我哥没有爱的吧。你不是没有感情的嘛。是不是你强行对他死缠烂打？我知道那家伙对于女人的纠缠几乎没有抵抗力，然后就顺势答应你了。但是既然都走到结婚这一步，再怎么说多少都会有一些感情，那么至少也该流点眼泪吧。然而你却什么表现都没有，也就是说，濑那小姐，你的结婚目的是为了我们家的财产吗？”

我又一次陷入无法回答的窘境。

“不，不是那样的。”

“你就承认了吧，濑那小姐。事已至此，大家就推心置腹地把话说开了吧。”

爱美珂笑了起来，露出利齿。

“说实话，我也不怎么喜欢广翔。而且，濑那小姐，你爸爸的公司借了一大笔钱吧。是不是以此为挡箭牌强迫你结婚的？真是烂到根的男人。”

“等一下！莫非你们都在怀疑我？怀疑我是看中了你们的财产而杀人？”

“还没有哦，我可还没说怀疑你哦。”

“嘴上说还没有，心里早就认定我是凶手了吧。那为什么倒下去的人里面有我的父亲，为什么我要连自己的父亲都杀害？”

“说到这个，就厉害了。”

从我背后，绢亚的声音再次传入耳朵。

“弑杀亲父！”

听到这令人胆寒的四个字，我的身体一瞬间像冻住般僵硬。

爱美珂则看似悠哉地从鼻子内呼出长长的烟。

“说起来，濑那小姐，没有证据我也不能随便怀疑别人，你说是吧。爸爸的确在背后做了非常多见不得人的事，憎恨他到想要杀他的人也不在少数，但是问题在于……出处？”

“出处？”

“嗯，是啊，凶手杀害爸爸他们所使用的砒霜的出处。”

烟雾在爱美珂的面前如蛇一般弯曲。

“说到砒霜，现如今可不是那么简单可以入手的。就算是HOME CENTER[①]也是要凭身份证才能购买。

“要说我们这栋宅邸里倒是也有。为了杀死老鼠用的砒霜，就放在外边的土仓里。你看，这栋宅子年头相当久了吧，原先是武士家的宅院，更早之前则是某位富商子孙的财产，我们买下来的同时，也顺带连那个土仓一块买了。

“但是，土仓内放置砒霜的罐子未曾开封。那么，在这次案件中就不可能被使用。”

爱美珂用淡淡的口吻继续说着。不过听到这些话的我，脸色开始变得铁青。莫非……难道这对姐妹，已经知道了我随身携带的那些东西。

我，真是个笨蛋。

爱美珂走近放置在钢琴边的桌子，用力将烟头按在桌上的烟灰缸内。然后，双手环抱再次向我走来。

“好了，濑那小姐。我们要换个话题了。濑那小姐的房间里，好像放着一个行李箱呢。能不能让我们看看里面到底装的是什么呢？”

*

脸上好像一直在充血，行李箱被放到她们面前。

茶色的皮革行李箱，用三位数的拨盘锁锁着。在以前看过的电影中，有位英国少女就拖着这样的行李箱，当时挺憧憬的，我就买了这个款式的行李箱。

在买来的初期，当然还是最常规的用途。但是如今，里面装的却是……

爱美珂闭上一只眼，双手合十，垂下头来，又带着略显扫兴的语气说道：

“绢亚无论如何都说你的箱子里有那个。怎么说呢，她说好像看到了。从庭院往你房间里偷看时发现的。说是濑那小姐从箱子里取出过贴有‘砒霜’标签的小瓶子。我妹妹还说她是用望远镜偷窥到的。不过，说到底，偷窥也是违法的。所以还是要事先解释一下。”

应该早点丢掉的。反正也没有使用的勇气，还不如处理掉呢。

我嘴唇颤抖着跪在地上，僵硬的手按着行李箱。这时候，只见爱美珂用脚尖不断地踢行李箱。

“我说，濑那小姐，你倒是打开来看呀！”

“不是，不是，这是……”

“什么？不是？这不是濑那小姐的箱子？”

“不，是我的箱子。但是箱子里面……”

“哦，是胃药？难道是头痛药？不管那个小瓶子装的是什么，如果绢亚看错了不是更好吗……总之快点打开，让大家看看。”

“对不起，不是那东西，是……”

“对不起？你跟谁说对不起呢？好了好了，就算是我跟你赔礼道歉好吧，是我非要打开你这个箱子的，算是我跟你道歉。啊，对了，是不是你的箱子里还有内衣裤什么的？喂，喂，喂，男人们！能不能麻烦你们转过脸去，别往这边看。现在这边属于女生的隐私。”

我抽泣着扑倒在箱子上。只见身后有人抓着我的肩膀，硬是往后拽着我起身。绢亚抓住我的刘海，脸贴近我，都要摩擦到我的鼻子了。她那张如同偶像般的白色脸蛋，此时却以黑道人物般的恫吓声叫道：

“打开！”

又说一次。

“打开！”

我抽抽嗒嗒地哭着，将颤抖着的手指伸向拨盘锁。

“咔哒”一声，三位数的拨盘锁被打开了。

绢亚一把将我推开，“嘭”的一声，箱子被粗鲁地掀开。里面的物品一览无遗。用橡胶带固定着的好几个玻璃小瓶、数捆植物的根、树叶、果实等。还有——

好几册书。标题都带有“毒”的字样。

“姐姐，这是……”

小妹将数个小瓶悉数递给姐姐。大妹一言不发将马型打火机扔到地上，接过小瓶，一瓶瓶地举起来看。

然后，冷静而透彻的目光径直地向我投射过来。

突然，她冲过来一把抓住我的头发，将我的脸猛地往地上按下去。

“绢亚，把那些警察叫过来！”

突如其来的冲击，让我的意识一下变得朦胧起来。

不知道是鼻涕还是鼻血一般的液体流淌到我的下颚。扭曲的视线中，依稀看到小妹走向门口的身影。我拼命地朝着那个身影伸出手去。

不对。

不是那样的——

那是我自杀用的。

门关了。我无力地放下了手。怎么办？毫无疑问，我就是凶手了。照这样下去，我不就会被冤枉成杀人凶手了嘛。

记忆的深处好像浮现出了某个知识，砒霜中的杂质成分有所区别。那么，只要警察对于此次案件中出现的砒霜成分进行分析，跟我携带的不一样……但是，要是有人偷了我的砒霜使用的话？等一下,如果是更早的时间,是否有将玻璃小瓶内装的东西调包的可能?

都不对。无论怎样，我都是第一嫌疑人。而且我对于这个结婚对象没有任何感情，对于这场婚姻也不寄予任何希望。父亲的负债作为婚姻的挡箭牌也是真的。我对于强加给我这种人生的父亲，抱有几近怨恨的情感也无法否定。

总的来说，我对于那三个人的死亡事实并没有什么太沉重的感觉。

然后，还有一件事也很致命。我前天去参拜了加寿美神。如果有目击者出来指证,不过要说目击者的话也就只有那辆车里的人吧。如同暴风雨来临前夕，我已经无处可躲了。犯案凶器和动机确凿。

在这些事实面前，我还有抗争的余地吗？

我又是一个意志薄弱的人。

加寿美，神——

正在此时，耳朵里飘进了一个不同寻常的明亮童声。

“嘿，都给我等一下！诸位，冷静！冷静！”

小、小男孩。

看样子是小学生吧。上身穿着紫色的无袖毛衣外套，下身是及膝短裤。背着一个两用背包，卷发如稻草窝似的顶在头上。

就是这样的孩子，单手撑在被打开的门上，摆出一副歌舞伎的姿势。

“……谁？”

从瞬间惊讶中缓过神来的爱美珂率先问道。

男孩子依然保持着刚刚的姿势笑着。

“我叫八星联，侦探！刚刚我听到了你们的对话。所谓欲速则不达②。我劝大家冷静下来，复盘一下整个案件。”

爱美珂大摇大摆地走向男孩，一掌抓住男孩的头。

“珠代！你在干吗！怎么把这么可疑的家伙放进来了！”

“等、等一……等一下。我说……我不是，不是可疑人物。疼，疼，疼，放开我。”

双方纠缠到走廊里。这时，绢亚和三十多岁的茶色头发女人，以及中学生年龄的女孩子出现在走廊上。茶色头发的女人是女仆珠代，女孩子则是双叶。双叶换上了自己的服装，哭肿着脸，手里握着项圈模样的东西。

爱美珂对着比自己年长的女仆，以威严的语气吼道：

“我不是说过嘛，珠代！不要放任何人进来。珠代！你还真是不中用啊。刚刚还把翠生当成外人，不让他进来。”

“对不起，小姐。不过，这些小学生们……”

“闭嘴！现在是我在说话！”

“爱美珂小姐，十分抱歉，突然不请自来是我不对。你们之前的对话我也听到了，是我拜托他一起来的。还有，珠代小姐，我不是小学生，我是中学生。”

“哦……是双叶你认识的人？那就算了。不过，双叶，你是来取回麦麦的遗体？对不起，警察已经……

“嗯，已经从警察叔叔那里听说了。麦麦的死因也需要调查。所以，我只取下了项圈，就到这里来了。不过你们家的女仆，怎么都不相信我就是小狗的主人双叶……”

“废话越来越多！脱离主题了！”

男孩子勇敢地握住爱美珂的手腕，然后身子一扭，用自己的力量挣脱出来。本来就乱蓬蓬的卷发这回更乱了。男孩子大口地喘着粗气。

“诸位——你们都想成为共犯吗！”

八星联用尽全身的力量大吼一声。在场所有的人，包括我全都没搞明白。什么？共犯？

男孩深深呼了口气，迅速地用手背擦了擦嘴。

“……诸位，怎么样。听我说吧。假如你们就这样把新娘送到警方手里，你们大家也不会高枕无忧。为什么我这么说，因为这次的犯罪，只有新娘一个人是无法完成的。”

话锋语气突然变得成熟起来。

“请大家回想一下传杯的顺序。那个传杯仪式到底是怎样进行的？从头至尾是新郎、新娘、新郎父亲、母亲、大妹、小妹、新娘父亲、新娘伯母。在这些人之中的被害者是新郎、新郎父亲、新娘父亲三人。也就是说，除去三名被害人，剩下的几位也该加入死者的名单。

“换句话说，如果只有新娘一个人在传杯的时候放入砒霜，剩下的几位没有死不是很奇怪吗？你们现在不是活得好好的。为什么？所以首先能想到的解释是——”

男孩子圆睁双眼，锐利如鹰。

“剩余的所有人都是共犯，你们只是假装喝下了酒。”

在场的所有人都不知所措地再次陷入沉默。

片刻之后。“哦”了一声，爱美珂第一个有了反应。

“你这是……过家家？侦探游戏？喂，你要是自己玩玩也就算了，但在我们受害者家属面前可不行，要被揍的。”

“姐，我看过那种类型的动画。叫《名侦探柯南》。”

“……我可没有被灌下那种让身体缩小的药。”

男孩子见状，急忙做出逃跑状，和爱美珂保持一定的距离。再继续往下说。

“暂且请把我的年龄问题放在一边。你们该考虑的问题是以目前的情况警方会如何考虑？只从犯案情况来看，这次案件属于世界上难以破解的‘飞石杀人’[3]，除非本案的手法水落石出，否则你们一定会被警方怀疑是‘全员共犯’的。

“我就不再列举‘名张毒葡萄酒事件’[4]了。一般来说，毒杀案件的犯罪行为很难取证，冤案错案也时有发生。说句不好听的，俵屋家在社会上的评价也不怎么好。所以如果警方带着某些成见施以强硬的手段，那么构成冤案的可能性就增加了。

“所以，诸位是怎么想的。在下午警方录口供之前，我们要不要重新整理案件、对证一番，也好为下午的‘作战’做准备。”

沉默再袭。刚刚被冷不防地按在地上的余味，让我感觉到鼻子更酸更痛了。

“听起来不错，就按他说的吧，爱美珂。”

从房间的角落里传出一个男人的声音。

“虽然眼下我也有点在意这个少年是何方神圣，不过他说的都合乎道理。而且，其实我对于这个案件，也持有怀疑的地方。”

倚着墙壁玩弄着手机的男人，头也不抬地说着。他是我结婚对象的表兄弟，橘翠生。三十岁出头的年纪，穿着很合身的礼服。

爱美珂向发声的表兄弟扫了一眼，转换成了至今为止都不曾见过的表情。同时，手指卷弄着自己的头发说道：

“既然翠生哥这么说了……”

男孩子环视四周点点头。

“看起来大家的意见统一了。好，非常感谢大家的配合。这样的话，你在镇上要多住几天了，对不起啦，扶琳姐。”

我轻轻惊呼了一声。

半掩着门的阴影处，还有一位身材修长的女性。

丰满的体形、匀称的身材。简单向上梳齐的黑发，上身黑色的大圆领背心，配合下身九分麻布裤。服装搭配看似简易，但佩戴着的飞行员无框太阳镜和全身的装饰品，无不透露出高级奢侈的趣味。酝酿出一种好莱坞女演员般的存在感。

那个人，正是——

前天在山间道上所见到的，坐在车里的超级大美人。

【注释】

① HOME CENTER：集衣食住行于一体的零售型超市。

② 原文两个词为谐音俏皮话，意指急性子吃亏。

③ 飞石杀人：这里飞石是指和式庭院中为行走而排列的少有间隔的踏脚石。

④ 名张毒葡萄酒事件：昭和 36 年（1961 年）3 月 28 日，位于三重县名张市，仅有 18 户人家的葛尾村举行了一年一度的联欢会，谁知席间 17 名女性在喝下葡萄酒后出现中毒症状，其中 5 人不治身亡。该事件在当地引起轰动，警方迅即介入调查。仅仅不到一周时间，35 岁的村民奥西胜便作为“名张毒葡萄酒案”重要嫌疑人被警方逮捕。此前，这个看似“谦逊”的男人和妻子千惠子、13 岁的儿子、5 岁的女儿过着平凡幸福的生活。千惠子是 5 名死者之一，奥西在警方的逼供强迫下承认下毒杀害了妻子和不伦情人。事后奥西翻供，加上缺乏有力证据，法庭一审作出无罪判决。

第五章

扶琳听到自己的名字之后，在门后阴影处咋了咋舌。

突然就被卷了进来。真是碰到瘟神了。早知是眼下这种情况，别说是安眠药，直接喂他毒药送进医院才好。扶琳开始后悔，不过一切都于事无补了。

扶琳和八星联这边的事情如下所述——

*

昨天的事件发生后，山崎因为担心女儿的安危，与观看的人群站在宅院的门口焦急地等待，正在此时，同在一起的扶琳感觉有人在拽她衣服的袖子。

“可算……可算找到你了。扶琳姐。”

扶琳随着声音转过头去。八星！忽地由内而外涌出了一股恐惧。如末世怨灵之物附身。

扶琳反应神速地用胳膊肘做出拒绝状，不过再度看去，只见小男孩的眼睛里含着眼泪，好像离群的小鹿般，酝酿出可怜的模样。

此时此刻此地，与孩子发生冲突会引来不合时宜的注目。扶琳叹了口气，做出放弃般的表情，把抬起的胳膊肘放了下来。

“你是怎么找到这里的？”

“我知道扶琳姐坐新干线到哪一站下车，我曾瞥见过扶琳姐的票。所以，就回到了你下车的那一站，然后我就问路人有没有见过一个长得高高的，很像好莱坞女演员的中国美女。

“随后，因为扶琳姐之前没有否认陪我去采集独角仙，我猜想你的目的地应该不是都市，而是山中小镇或农家。最后，我踏上了私铁，从私铁乘务员的口中得知，扶琳姐搭乘了每站都停的急行列车。上车以后，再绞尽脑汁地推算每一站的可能性，最终……”

他倒是尽情地发挥了侦探的能力。扶琳苦笑着摇了摇头。又从包里捣腾了一阵，取出一颗香草味润喉糖。拉起八星的手，将糖缓缓地放在八星的手掌上。

“为了奖励你那么努力找我，吃块糖吧。不过，我准备回去了。你就在这里悠闲地收集独角仙吧。哦，对了，这边有一个祭祀‘加寿美神’的祠堂，那可是一个鲜为人知的好地方，可以给你当做参考。”

扶琳正欲转身离去，只觉腰部被紧紧地抱住。

“扶琳姐，请别再把我一个人丢下了。”

差不多是这么一句台词。

“别说得那么肉麻。怎么了？想家了？”

“是的。说起来很羞愧，我有点想家了。在这种人生地不熟的地方露营，实在超级寂寞……”

“露营？为什么不住酒店？”

“小学生单独一人在外面晃荡，被警察发现要接受辅导的。况且，我也没有钱了。”

“你连住宿费也没有？”

“全用完了。为了到这里找你，我已经弹尽粮绝。”

扶琳紧锁双眉，一脸不快地看着小朋友。不情愿地从钱包里取出几张一万元纸钞，递给八星。

“这是干吗？”

“给你回程的路费，还有住宿费。我现在就去温泉旅馆住一晚，然后就回去了。你要想跟着我也随便你，我不会阻止的。”

“真的吗？我可以跟着你吗？但是……”

“你是想问这钱谁来还吧。当然是借给你的。不过放心好了，凭着我们那么亲密的关系，我会以法定的利息跟你结算的。”

八星听到有关“债务”的话题，原本手中拽着万元纸币，脸上惊喜的表情，就变得复杂起来。

“能够得到扶琳姐的帮助真是值得庆幸。但是，要是照你说的话，怎么办才好呢？这事又不能跟妈妈说。而且，相当于我动用了今年的压岁钱。啊，对了。”

“啪”的一下，八星喜笑颜开地击了下掌。

“扶琳姐，我有个好主意。这笔钱不要算我的借款，你就算在我师傅头上，算进他借款的总额怎么样？反正一亿元的借款，再多个几万元，也没有什么问题，只会被当成计算上的误差而已不是吗？”

扶琳听了这话不自觉地张开了嘴，有点发愣。八星已经从口袋里掏出手机开始操作起来。没多久，短消息的提示声音就传了过来。

“扶琳姐，你看，我跟师傅已经通过气了。”

说着，得意洋洋地将手机递给扶琳。看来，这小子是给他以前的师傅蓝发侦探发了信息，请求对方允许自己将这笔借款算在师傅头上。

回过来的信息只有短短三个字“无所谓”。

那个侦探已经融资超过了亿元。不过，扶琳早就懒得管了，所以叹了口气，一脸无所谓的态度，点了点头。

“耶！”

少年像是得到零花钱般雀跃起来。

但是，这样的“商谈”结果，是否对自己有利呢？扶琳眼下有点无法把握事情的利弊，未免对接下来要发生的事情感到担忧。

“让您久等了，李小姐……您认识这孩子吗？”

就在此时，从不远处传来声音。山崎带着女儿走近自己。双叶已经换上了自己的服装，正抱着母亲仿佛遇到世界末日般嚎啕大哭。

“不认识。他只是一介可怜的迷途之子。话说，你女儿没事吧？”

“没什么大事。只是刚才突然在我面前晕过去，吓了我一大跳。还有就是麦麦……”

“小狗？怎么了？”

“不就是喝了那个酒嘛，麦麦也死了。奇怪的是舔了那点酒也不至于死啊，麦麦以前也干过好多次。”

此时此刻此地，八星停止了雀跃的动作。慢慢地转向扶琳和山崎这边。宽阔的额头下，灵动的眼神开始发光。收住刚才还是一脸天真烂漫的表情，转为成年人般的严肃状态。

“请等一下，能不能把刚才说的话，详详细细、原原本本地跟我说一遍？”

自此，扶琳的头痛了起来。原因当然就是八星对于案件产生了兴趣。之后，八星当晚也住到了双叶家，扶琳算是连住两晚。第二天清晨，扶琳和八星陪着双叶去取小狗的遗留物。拿到项圈回家的途中，路过洋馆，双叶听到了馆内的喧闹声。怎么说呢，算不算是秉持博爱的精神呢，八星说了一句在扶琳听来完全是多管闲事的话，“我要帮助新娘。”

*

然后，就发展成了眼下的情况。

自己被点名了，再隐藏下去也没有任何意义。扶琳只能现身门口。全身都感受到了在场所有人投来的带刺一般的眼神。

浓妆艳抹，皱着眉头，手中把玩着黄铜马的女人首先发问：

“你是谁，这孩子的妈妈？”

扶琳强忍着拿起烟管去戳这个女人眼睛的冲动。

“我只是路过顺便看看。给大家添麻烦了。这个孩子啊，因为受了动画的影响，憧憬着扮演侦探。我现在就把他带回去，请别在意，你们继续——”

“为什么说……我们是共犯？”

大厅里面传来纤细的声音。那是一位身着黑色和服的女人，她坐在钢琴凳上，身体面向八星。扶琳听了这话，不免咋了下舌，心下厌烦。

“太过分了，你分明是挑衅。我的丈夫和儿子可是被谋杀了！”

说话的是新郎的母亲。扶琳想起昨天晚上听八星他们聊案子的时候，新郎母亲的名字叫纪纱子。是个纤瘦的肌白美人，此刻披着头发，衣襟略显凌乱，倒也有一股别样的女人味。

与两个女儿不同的是，纪纱子有种被人一推就倒的脆弱感。这种柔弱做派也是吸引男人的类型吧。

八星听完摇了摇头说道：

“我为逝去的人感到遗憾，可是我要说的是，弑杀至亲的事在世上也时有发生。”

“说起来，那个砒霜不一定就是倒入酒中的吧？”

“砒霜的急性中毒症状最快会在十分钟之内出现，最迟也在一小时以内。我们把时间拨回到案件发生的三小时之前，我在刚才已经问过女仆阿姨，在此之间，死亡的三人没有吃过任何东西。我相信这点你们也都可以作证。

“也就是说，被害人喝到砒霜的机会，只有从传杯仪式开始之后。如果是胶囊类药物的话，延迟出现症状的可能性也许会有，市面上可以买到的药物，溶解时间最多也就几分钟到几十分钟。而且，药物的溶解时间也依据每个人的吸收程度而不同，那么，三个被害人同时出现症状是不可能的。

“根据实际的结婚仪式时间表，比原计划往前挪了一个小时。所以，就算假设要开发专用的胶囊类药物，想要精确瞄准这个时间点也是不可能的。”

八星滔滔不绝地说了一大段。新郎母亲吃惊地转动着眼睛。这个孩子的年龄与他的表述能力，无论如何都不像是同一个人。

八星可不管周围人的惊讶，迈开小碎步走向新娘的行李箱，蹲下身子，用手帕包着拿起其中的一个小瓶，对着天花板的灯光观看。

“这个砒霜又叫三酸二砒素，也俗称‘亚砷酸’。成年男性的致死量约为 100 到 300 毫克，无色无味，水溶性有若干延迟。这瓶子里面就只留下了沉底的一点。对了，新娘，这里面的砒霜原本就只有这些吗？”

此时，趴在地板上，好似又要倒下去的新娘，抬起头来。脸上眼泪与鼻血交汇在了一起，身体不停地哆嗦着，摇了摇头。

“不，少了。”

“嗯，这样的话，也就是说有被使用过的迹象。不过，本事件中所使用的砒霜和这个小瓶里的砒霜是不是同一种，警方会经过分析得出结论的。

“我们做再多的假设，也只会给案件添乱。那么，暂且把瓶子里的砒霜当作此次案件中所使用的，开始往下继续分析。”

八星将瓶子放回行李箱，顺势向周围扫视了一遍。

“好了，诸位。你们是否在事前就知道新娘随身携带了砒霜？”

所有人都没反应。沉默一阵过后，黄铜马的女人发出“噢”的一声，也就是新郎的大妹爱美珂。

“我想至少我们家族全员和女仆珠代是知道的。因为绢亚私下跟我们都透露过。有没有人跟爸爸他们说就不清楚了。”

“那么绢亚姐是什么时候知道的？”

“大概一周前吧，喂，绢亚，我说得对吗？”

“嗯，是的。就是新娘来的那天晚上。但是，等一下！你这是在怀疑我们？怀疑我们偷了砒霜是吗？”

身材娇小的小妹一副咬牙切齿的表情向八星逼近。八星被突如其来的小妹吓到了，就像身边有一只恶犬突然狂吠起来，身体不由地颤抖起来。不过他依然努力保持着冷静。

“现在不是在怀疑谁，只是在讨论可能性。不过这么看来，假设的范围变宽了。有人偷了新娘的砒霜这条线可以说是出现了。

“根据我的想法，本事件的关键点有两个。

“第一，如何入手新娘的砒霜？

“第二，如何杀死三名被害人以及一条狗，完成‘飞石杀人’？

“还有，关于第一点的入手方法，假设事件中使用的是其他砒霜，事后将其他的砒霜和新娘的砒霜调包，也是一种可能。然后，为何要杀死三个人？为何选在这个时间？这些都是疑问。所以，首先要解决的是这两点。

“警方的分析结果还没出来，也就是说不能排除在酒杯或别处发现新的砒霜使用痕迹的可能性。如果我们静静地等待警方的结果，便无法先发制人了吧。如果这是一起有计划的犯罪，那么，凶手一定会留下蛛丝马迹。综上所述，我觉得我们应该把眼下可以搜集到的情报都汇总起来，借助大家的力量把我刚说的两点整理一下。你们觉得如何？”

没有回音。听了八星条理清晰的分析，貌似所有人都被震住了。

八星把大家的沉默当作是默许，于是继续说道：

“谢谢诸位。那么，第一点，关于砒霜的入手方法——”

说着，八星倒背着手，慢慢地开始在屋内踱起步来。

*

那位小学生宛如正在大学讲堂内演讲的老教授，慢慢地在屋内走来走去。

“首先，我们来分析第一点。”

说完，正好面向屋内的墙壁。接着，他猛地伸出自己的食指。

“直到事发当日，你们在场的所有人是不是都有偷取新娘的砒霜的可能性？”

“没有，难以办到。”

肌白如雪，身材娇小，穿着红色针织运动衫的小妹绢亚说道。

“新娘从‘七夜考’开始，也就是一周前来到我们家的，然后就一直把自己关在房内。为什么？或许就是不愿意见到我们。当然，我们也是很忙的，也无暇跟她啰嗦。

“但是，她始终严密地看管着自己的行李箱，那是不可动摇的事实。不仅被拨盘锁锁着，还用一根绳索将箱子和房内的柱子固定在一起。那么，为何要如此警戒，让我觉得很不可思议。然后……”

“偷窥了吧。在庭院夹竹桃的阴影处，用望远镜偷看。无暇顾及对方，偷看倒是挺有空的。这点姑且不论。那么，新娘，请问你如此戒备，严防死守箱子的理由是什么？”

八星把话转移到新娘那边，新娘只是低着头。

“……毒……”

“毒？”

“毒药，因为里面装了……”

新娘有气无力地小声回答着。八星貌似要鼓励新娘般的点了点头，大声嗯了两声。

“是的，你的箱子里装了好多东西。一眼看去，除了砒霜，还有农药、铊这样的剧毒物。另外，还有颠茄和洋地黄等等植物毒。会引起食物中毒的毒蘑菇类，甚至还有毒性十分高的生物毒……关于这些东西的入手方法暂且不论，我想知道你为何要携带这么多的毒药？”

“那是……”

新娘颤抖着出声。

“我想用……来……自杀。”

听了这话，一旁的绢亚怒目圆睁。

“自杀？胡说八道。自杀的话需要带那么多的毒药啊！想自杀的家伙为什么还要结婚？莫非，你是打算宁死不屈吗？想以死来抵抗哥哥吗！”

“绢亚，冷静一点！”

姐姐走到妹妹的身旁，将手搭在妹妹的肩膀上。

“你用错词了。不是宁死不屈，而是杀死他们吧。”

话音落地，全场的空气如霜降般冷下来。

“咳咳。”八星故作咳嗽声，衔接起对话。

“所以，你是不是也无法保证二十四小时都在看管着自己的行李箱。比如说，吃饭、上厕所还有洗澡的时候。”

“三餐是女仆送到房内的。厕所紧挨着房间。洗澡的话，每一次我都会把行李箱带进浴室，差不多是这样的……”

“看管相当严密呢。那说起来，你到了这里以后，箱子就没有离开过你的视线？”

“嗯，是的。啊，不过，说起来……”

新娘吞吞吐吐的，欲言又止。

“结婚仪式的前一天，只有一次。我把行李箱放在房内，独自外出……”

“外出？”

新娘再次沉默不语。

“她跟我们说是回了趟家。”

爱美珂补充说道。扶琳心中“噢”了一声。想起了前天经过“加寿美神”祠堂的时候。

“这样啊，嗯，你出去干什么不重要。我比较在意的是，既然你之前对箱子如此严加看管，为何非要在那个时候……”

“因为那个时候……整座宅邸没有任何人在。”

“整座宅邸没有一个人？”

八星向俵屋姐妹望去。爱美珂摆出一副臭脸，不情愿地回答道：“是前天吧。上午的彩排结束以后，下午家里所有人全都出去了。”

“全员出去？对不起，能不能把上午和下午的行动更详细地告诉我呢？”

爱美珂继续摆着不情愿的表情，从口袋中取出一支香烟放进嘴里，将手上的黄铜马凑近，手指一动，马背上冒出火来，点上香烟。原来是个打火机。

“好吧，听好了。前天早上九点开始彩排。参加的人有我们和双叶，还有电视台的……”

爱美珂回忆起来，八星赶忙放下背包，从包中取出学习用的笔记本和笔袋。将地板当作写字台，开始详细记录。最后，用尺子做出了规整的表格。

看到八星画的表格，“哇，这小家伙记笔记的能力好强。”绢亚感觉自己无论如何都要夸出口来。

“好了，那么我们就来逐一确认。前天出入宅院的有参加传杯彩排的新郎新娘、新郎的父母和两个妹妹、新娘的父亲和伯母、加上双叶。然后，女仆和电视台工作人员三人、婚庆公司负责人一人、一共十四人。

【前天行动参照】

上午	9:00	彩排	正造（新郎父亲）打开储藏室上锁的门，珠代（女仆）取出酒器，开始准备彩排 [所有人员应都在9点前于大座敷集合。 不过9点稍过，爱美珂（新郎大妹）倒数第二个抵达，瀬那（新娘）最后一个到] 10:00-11:00 彩排结束（瀬那回到自己的房间）
	10:00		珠代将酒器洗净，小心放回储藏室，正造锁上储藏室门 婚庆公司负责人1名和电视台工作人员3名离开宅院 一平（新娘父亲）、时子（新娘伯母）离开宅院
	11:00	午饭	各自匆忙吃完午饭[瀬那（在自己房间）、正造、广翔：便当；纪纱子（新郎母亲）：水分补给；爱美珂：比萨；绢亚（新郎小妹）：未吃午饭]
		俵屋家外出	爱美珂外出（和朋友唱卡拉OK） 珠代整理好厨房后离开宅院
下午	12:00		双叶（伴娘）离开宅院 广翔、正造外出（分别和各自的熟人喝酒去了） 纪纱子外出（健身会所） 绢亚外出（与男朋友约会） 新娘外出
	13:00	新娘外出	瀬那外出（回自己家？）
	14:00		爱美珂提早返回（身体不舒服） 纪纱子提早返回（健身课迟到） 绢亚提早返回（跟男朋友吵架）
	18:00		瀬那返回

※正造和广翔还有珠代均是第二天仪式举行的当天早上返回。

*人物说明
和田瀬那：新娘
和田一平：新娘的父亲
和田时子：新娘的伯母
俵屋广翔：新郎
俵屋正造：新郎的父亲
俵屋纪纱子：新郎的母亲
俵屋爱美珂：新郎的大妹（AMIKO）
俵屋绢亚：新郎的小妹（绢亚）
山崎双叶：新娘伴娘/斟酒者
室伏珠代：俵屋家的女仆
（另有：婚庆公司负责人1人和电视台工作人员3人）

“彩排从上午九点开始，十点结束。十一点，吃过午饭后，所有人陆陆续续从俵屋家外出。下午一点，新娘外出之后，整座宅院空无一人。然后，从下午两点开始，俵屋家的女人们陆陆续续地返回，直至下午六点，新娘返回宅院。这个时间流程没什么问题吧。”

八星扫视着周围的大人们。就在他们还在咀嚼着令人困惑的现场时，双叶先出声了。

“小联，还有麦麦哦。”

“啊，对了。要表演节目的小狗，最初是双叶姐姐带过来的。那么也就是说出入宅院的是十四人和一只狗。那顺便问一下，没有其他宠物了吧？”

八星问道，小妹表情不悦地回答：

“想养也不能养。因为爸爸不允许。说会把屋子给弄脏。”

“好，了解。接下来，关于俵屋家以外的人，婚庆公司负责人和电视台工作人员，算上新娘的父亲、伯母，分别在彩排结束后的上午十点左右、女仆在正午前的十一点左右、双叶在正午左右先后离开宅院。新郎和他的父亲在第二天举行婚礼仪式的早上返回宅院，女仆也差不多在此时返回工作。

“根据以上时间流程，如果当天砒霜被盗，何时？何人？有偷盗的机会呢？我要说的就是这个问题。”

正襟危坐在地上的八星，仔仔细细地看着笔记说道：

“粗略一看，就会发现，存在这种可能的，就只有新娘外出之后返回俵屋家的三名女性。是这样吧。”

“喂！”

还没等话说完，绢亚就露出恐吓的表情。

“乱说什么啊！果然是在怀疑我们。别忘了，新娘的箱子可是锁着的，我们怎么偷？”

“绳索不打开也没关系，拨盘锁也只是三位数的锁。按照顺序，从000到999的三位数组合共1000组，一组三位数用时三秒钟，最慢也就三千秒，也就是说50分钟就能搞定。

“按照平均概率来说可能还会更快。只要有时间就可以办到。但是，比起这个情况还有个问题。”

“问题？”

八星并没有理睬绢亚的提问。而是将手放在嘴前，认真地思考着。

“不好意思，爱美珂，能不能把俵屋家的诸位外出和返回的理由再跟我说一下？”

“好吧。那么先说外出的理由。爸爸和广翔哥哥分别和各自的熟人去喝酒了，我和朋友去了卡拉 OK，绢亚是和男朋友约会，纪纱妈妈去了健身会所。返回理由的话，爸爸和广翔哥如前所述第二天上午返回。我是因为身体不适所以提早回来了。绢亚跟男朋友吵架了。纪纱妈妈因为电车延误，没能赶上预定的健身课，只能放弃中途返回。然后，濑那小姐跟我们说要回一趟家，具体去了哪里我不知道。”

八星看着笔记，低声应道：

“也就是说，爱美珂、绢亚、纪纱子阿姨，你们三人比预定返回的时间提前了是吗？按照你们原来的打算，一定会比你们昨天实际返回的时间晚很多是吗？”

“是的。所以，我们跟珠代说不要准备晚饭了，让她中午就回去了。”

“因此，对于新娘来说，无法预测爱美珂你们三人会比预定的时间更早回来。反过来说，你们三人可以预测约好准时返回的新娘的外出时间……”

“嗯，可以这么说，那又如何？”

八星依然在思考。“啊，不，没什么……”显得有点支支吾吾。

“关于新娘外出这段时间就先这样。接下来，说一下上午彩排的时候。新娘是整个彩排过程中最晚来最早离开的，没错吧？”

“嗯，没错。”

“好。那么整个彩排期间，没有人可以进入新娘的那个房间吗？爱美珂，只有你和新娘彩排迟到了。理由是什么？”

“我去了一次厨房。濑那小姐说她起晚了。”

“去厨房？为什么？”

“我去取冰箱里的比萨，因为中午要吃。前一阵买了很多，切片后用保鲜膜包起来冷冻，听说常温解冻再加热会特别好吃。不过，实际上超难吃，我只吃了一半，另一半就扔在厨房的洗物槽里了。”

住在文化遗产级别豪宅内的大小姐，说着十分市井的庶民话。

“为什么是主屋的厨房？爱美珂你们不是住在这厢馆里的吗？”

“我们只是住在这里。吃饭什么的还是要去主屋的小座敷。珠代平时都是在主屋那里做饭的。不过由于珠代不擅长料理，我们一般也不常在家里吃饭。她做出来的无非是蔬菜，要么就是商店里买的便当。”

“那么为何还要聘请不擅长料理的人做女仆呢？”

“还不是爸爸介绍的。主要的工作不是家务吧。”

爱美珂说着笑了起来。八星怀疑地看了下爱美珂，就把视线转回到了笔记本上。

“大致情况已经了解。最后是午饭时间。午餐，大家不是聚在一起吃的吧。”

“嗯，是的。濑那小姐在自己的房间，爸爸和广翔在小座敷，我在厨房的餐桌上。绢亚没有吃午饭，纪纱妈妈仅仅喝了点水。”

“也就是说在这个时间点，新娘没有从她的房间里出来。”

“是的。珠代把便当送进去，应该是她一个人吃的。”

八星向新娘和女仆望去，两人没有说话，只是点头表示确认。虽说都到了结婚仪式的前一天，但这一家子是多么的冷清。

就在这个时候，爱美珂向双叶方向走去，对着她开口说道：

“对了，双叶。你前天为什么那么晚回去？从彩排结束到你离开我们家，差不多要两个小时左右吧。”

“嗯，嗯，那个是……因为麦麦的节目。因为彩排的时候我觉得它表演得不好，所以想让它再练习……”

“练习？在哪里练习？我怎么没有看到？”

“那个，那个……”

说着说着，双叶突然低下头去向她们道歉。

“实际上，那个……就在练习当中，麦麦逃跑了……我是在到处找它，所以才会晚了……”

爱美珂抱有疑问般地“哦”了一声，向惶恐不安的少女看去。爱美珂在怀疑什么？不过在这种情况下，独自行动确实很可疑。

八星对照着笔记本再次提问。

“出入宅院的真的就这些人？”

“就这些人。前面警察也问了，而且，他们刚刚确认过大门口的监控录像。”

俵屋家和保安公司签署过协议，在大门口安装了防盗监控。据说就算是无人机从空中越过围墙，也会引发报警器。

“那这个防盗监控有死角吗？”

“没有吧。虽然只能拍摄到出门时的背影。不过说起来，有必要确认的是进入宅院的画面吧。”

“那么在这段时间内有什么遮挡监控的物体吗？比如说，停在大门前道路上的车辆，或是来让你们订报纸的营业员……”

“都没有。只有下午路过大门前的几辆车。”

“那么会不会有人躲在大件行李或者大件货物中？比如说电视台工作人员带来的器材里？”

“呃……没有这么大的器材。顶多就是扛在肩上拍摄的摄影机。新娘的父亲撑着遮阳伞推着坐在轮椅上的伯母一起来的，要躲在轮椅里面也不可能。而且我是亲自去迎接的，所以绝对没问题。”

“好吧。”

八星略显遗憾地低声说道。

“再多问一句，爱美珂。前天之前，甚至更前面几天，会不会就有人潜伏在你们家呢？”

“啊？一直潜伏在我们家？别说得这么恐怖！没有人潜伏的。几天前，电器店的人来替换过大座敷的照明，工作结束后所有人都回去了。然后，每天出入我们家的人，爸爸都会严格地进行监控录像筛查。防盗、防出轨。”

说到这里，爱美珂眼神一甩，向坐在钢琴凳上的母亲投去意味深长的眼神。母亲的表情毫无反应。

“防出轨……好吧，了解。然后，慎重起见，再确认一点，你们家没有地下秘密通道吧。”

“啊？怎么可能有那种密道！”

这次轮到绢亚摆出一副要吵架的架势插话说道。

“有的话就可以随便带男朋友回家啦。而且，就算在庭院里挖个坑，都会让爸爸异常恼怒。毕竟这是文化遗产级的宅院。”

“说得也是。对不起，因为以前是武士家的房子，我想可能会有……不好意思，就当我没说过。

“那么前天的取证差不多就到这里，接下来就是婚礼仪式当天，是否有机会偷取新娘的砒霜。”

八星再次看向笔记本上的表格。

“新娘出发踏上新娘之路前，一直在房内做化妆准备吗？反过来也就是说，从房内出发之后，谁都可以进入新娘的房间吗？”

爱美珂摇了摇头。

“不是。那不可能。新娘离开房间时，连接座敷栋的走廊门都要上锁的。我早上吩咐过，不能让客人靠近置物间。”

“能否让我看下宅院的示意图呢？”

根据八星的要求，爱美珂示意女仆去找。真是一位能很好地贯彻家人指示的女仆。

“嗯……上锁的是通往中庭的走廊，最西面的那扇门是吧。不过就算这样，沿着庭院外围的走廊，能否进入新娘的房间呢？”

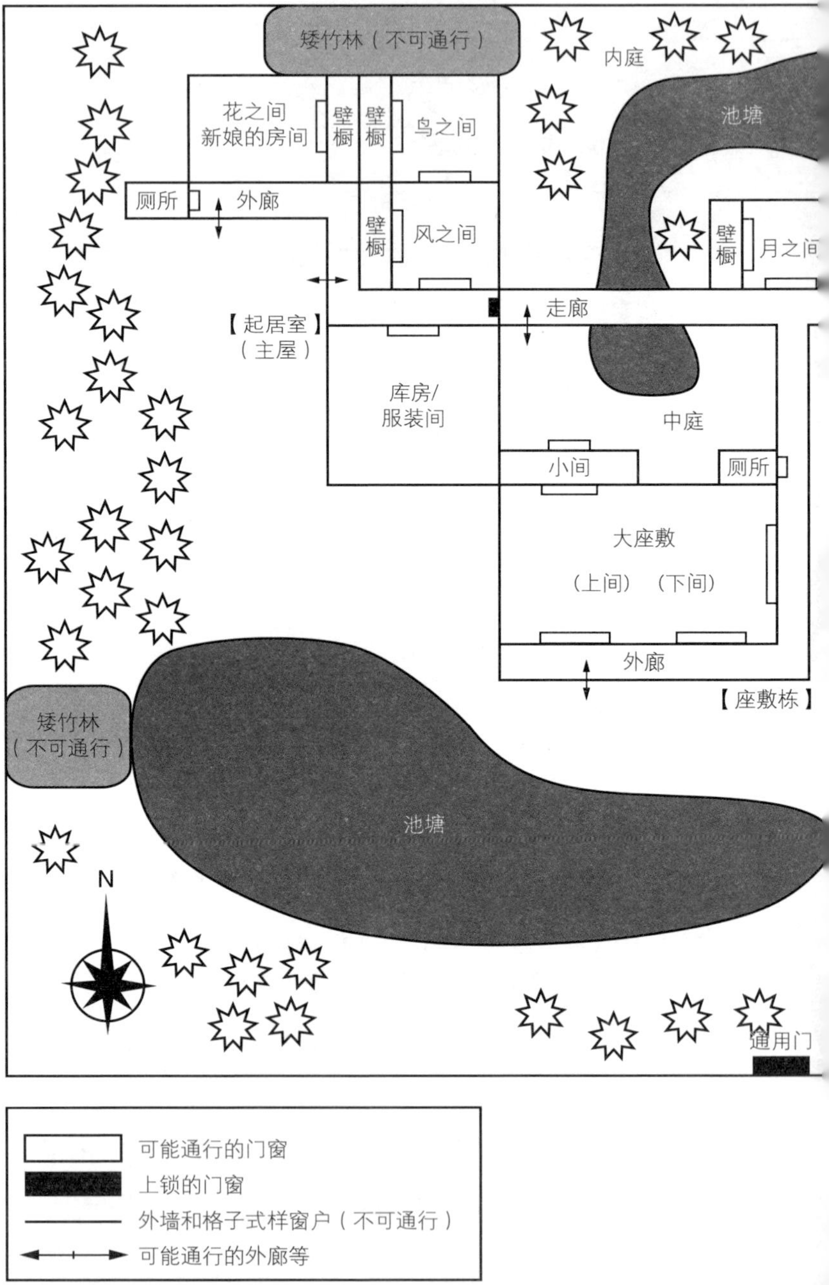

矮竹林（不可通行）
内庭
池塘
花之间
新娘的房间
壁橱
壁橱
鸟之间
厕所
外廊
壁橱
风之间
壁橱
月之间
走廊
【起居室】
（主屋）
库房/
服装间
中庭
小间
厕所
大座敷
（上间）（下间）
外廊
【座敷栋】
矮竹林
（不可通行）
池塘
N
通用门
可能通行的门窗
上锁的门窗
外墙和格子式样窗户（不可通行）
可能通行的外廊等

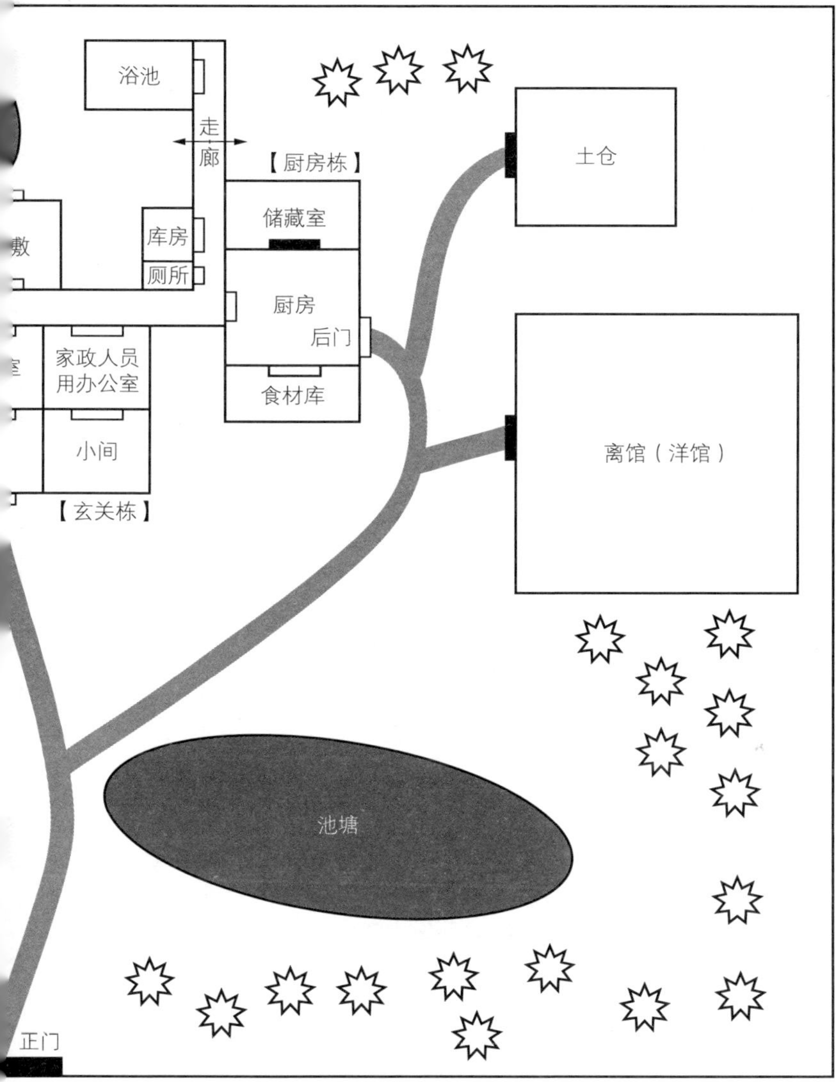

【宅院示意图】

“那也不可能的。如果是你说的那样，也必须从大座敷前通过吧。那时，爸爸和广翔已经在大座敷里了，如果有人要穿过大座敷进入庭院，爸爸他们一定会发现并且制止。另外，我们家这样的家宅，外廊地板与大座敷地板的高低相差不多，就算是趴在外廊下方也是隐藏不住的。”

八星点了点头。

“了解。也就是说，事发当日和案发之前都不可能偷取砒霜。这样的话，果然还是只能在事件发生之前，才有可能偷取新娘的砒霜。换句话说，就是前天新娘离开房间的那个时间段，有机会进入新娘房间的人。爱美珂、绢亚、纪纱子阿姨，还有新娘自己，就是你们四人。”

第六章

“啊？”

又是小妹极力反驳。

“你在开什么玩笑！我说过我们不是犯人！你扮演柯南也要有点限度。还真来劲了，小心我用烟头在你额头上烫个洞。就像大佛一样。”

她说的大佛应该是指“白毫”。看起来像佛陀眉心间的一颗黑痣，准确地讲应该是佛陀眉心上放出光明的白卷毛。

姐姐爱美珂伸出手遮住妹妹的嘴巴。站到身前说道：

“绢亚，这话说得就不好听了。那个，名侦探小弟弟，我先声明那杯酒我的确喝了。这是不争的事实。”

“我也喝了。女儿喝的时候还发出了长长的啜饮声，我还嫌她喝酒的礼仪不好，好几次都想提醒她。”

“可惜，这些都无法作为证据。”

八星转向爱美珂和她的母亲，断然摇头否定。

“如果当时你们立即检查酒精成分就好了。不过这也不是眼下最需要解决的事。现在还是要筛出事件发生之前，最有可能入手毒药的人。怎么下的毒是另外要说的了。

“好了，那么继续。第二点，谁使用的毒？又用了怎样的手法？我想接下来就是查证被害者服用砒霜的整个过程。在这点上，如果发现了在酒中混入砒霜以外的手法，那么就能推翻共犯的假设，所以请诸位继续协助。”

说着，八星“啪啦啪啦”地翻动着笔记本，然后打开其中一页，展示给大家看。

“其实，昨晚我就问过双叶姐，你们当天的行动，我已经全部都记录下来了，请诸位确认。”

扶琳看到这个笔记本，方才明白原来昨晚两个人相谈甚欢的原因。八星似乎对双叶有好感。扶琳心中好笑。“这个小鬼，人小鬼大，可别想歪了啊。”

“婚礼仪式因为有电视台直播，详细的时间也被记录下来。每个人传杯喝完的时间，大致在一分钟左右。另外，16 点 45 分之后的行动，根据双叶等人的证言也可以证明。

“简略陈述的话，截止到事发当日的正午之前，没参加‘新娘之路’、只参加婚礼仪式的人都会聚集在宅院的大座敷。然后，新娘离开宅院，往自己的家走去。从 13 点到 16 点，用了三小时左右走完‘新娘之路’。

“另外，在这个时间段里，爱美珂从储藏室里取出酒器，将酒倒入长嘴酒壶之后，拿至大座敷的小间。整个过程用时十分钟左右。

【结婚仪式当日行动参照】

	时间	阶段	事项
下午	12:00		宅院内大座敷里聚集了所有参加仪式的人（参与新娘之路的人员除外） 濑那（新娘）离开宅院
	13:00	新娘之路	濑那从自己的家开始踏上新娘之路 另一边，在新娘之路开始后不久，爱美珂（新郎大妹）打开储藏室的锁，准备酒器，之后把酒器带到大座敷的小间（整个过程有10分钟左右）
	16:00		新娘抵达宅院
	17:00	婚礼仪式	

婚礼仪式的详细过程	
16:05	濑那进入厨房[爱美珂、绢亚（新郎小妹）、纪纱子（新郎母亲）三人共同迎接]
16:08 ≀	濑那进入大座敷[在这之前先“月之间”与一平（新娘父亲）和时子（新娘伯母）汇合]，媒人与两家互打招呼致辞、嫁妆交换等
16:30	双叶（伴娘）将酒器从小间拿出，在众人面前从酒壶内向杯中注酒
16:33	广翔喝完杯中酒
16:35	正造喝完杯中酒
16:38	小狗闯入
16:39	一平喝完杯中酒
16:41	双叶暂将酒器放回小间
16:42	歌舞开始
16:45 ≀	按照正造、广翔、一平先后倒下的顺序（从最初广翔喝酒算起过了12分钟）。呼叫救护车，将无关人员请出宅院（被害者由翠生一人看护）
16:50	爱美珂和双叶一起将酒器放回储藏室
17:01	救护车到达（从呼叫救护车开始过了15分钟。因为桥的损坏到达晚了）

然后，等待新娘到达大座敷后，开始婚礼仪式。接下来是传杯仪式，双叶从小间里取出酒器，在所有人的眼前倒酒。最后，就是事件发生。差不多是这个流程。”

八星说到最后一句话的时候，稍稍降低了语调。

“也就是说，如果仅从这张表来看，案发当天，传杯之前能够接触到酒器的，只有爱美珂和双叶。所以，也就是说，能够在酒器里下毒的，当然就是两个人之……间的……一……个人……了吧。”

说着说着，八星的声音越来越轻，气势也越来越弱。双叶一言不发，脸上写满了不满的神情，双手环抱，明显是给八星施加无言的压力。大概是在琢磨着你小子可别把我当成凶手。受到压力的八星觉得还是尽快说明比较好吧。

“但是，要说结论还为时过早，按照顺序来查证吧。首先，关于这个酒器，一直是存放在储藏室里吗？爱美珂。”

“是。毕竟也是国宝级的物品。具有很高的历史价值，无论哪个相关网络主页都记录了照片和详细的尺寸数据。”

“如此重要的物品，为何不存放在外面的土仓？”

“其实土仓只是幌子。主要是为了防范有人偷盗。要说放在土仓内的特别之物，只有以前存放砒霜的那个罐子。这个酒器和有价值的资产还有物品都存放在宅内的储藏室。”

“好的，明白了。对了，那储藏室的钥匙……”

“一直是爸爸保管的，只有在仪式举行的当天，因为要准备酒器，所以就向爸爸借了过来。”八星轻轻地将笔记本翻过一页，再次确认“前天行动”。

“嗯，前天彩排的时候，正造叔叔本人曾打开和关闭过储藏室。酒器的准备和放回都是女仆完成的。”

“因为出现了很多次‘锁’，为了避免混乱，我们也整理一次。爱美珂，请把各把锁的特征以及开锁的人告诉我。”

说完，八星将笔记本翻到全新的一页，开始记录爱美珂的话。

土仓的锁是三位数的挂锁。俵屋家所有人都知道密码。女仆和新娘不知道。

储藏室的锁是高耐性圆筒形插销锁。只有一把钥匙，平时由正造氏一人保管。仅婚礼仪式当天借由爱美珂持有。

间隔座敷栋的门锁是三位数挂锁。密码可在每次锁上时设置。平时不会上锁。仅仅在婚礼仪式当天，新娘离开时设置。密码只有新娘知道。

新娘行李箱的锁是三位数拨盘锁。用绳索穿过把手固定在新娘房内的柱子上。密码只有新娘知道，解开绳索的钥匙也只有新娘持有。

“大致上就是这四把锁。那么，爱美珂，我们回到事发当日，爱美珂是在新娘之路仪式的时候，将酒器从储藏室内拿出来的吧。

“嗯，是的，新娘之路仪式一开始我就去准备了，为了不在婚礼仪式开始之后手忙脚乱，这是很早就预定的行动。”

“在你取出酒器的时候，认真地洗净了吗？”

“当然洗干净了。倒入酒壶的酒也是从未开封的瓶子里倒出来的。然后直接就拿到大座敷的小间内。”

“在此之后有人进入小间吗？”

“没有，在新娘到达大座敷期间，我也一直在大座敷内，没有看到任何人进入小间。当天来参加结婚仪式的人，都在盯着液晶电视机的大屏幕观看新娘之路的现场直播。珠代也在。”

“嗯，好吧。”八星小声嘟哝道，目不转睛地看着笔记本。

“问一下，在观看电视过程中，新郎他们有没有吃过什么东西？”

“爸爸和广翔都没有吃任何东西，只喝过一些瓶装水。两人都因为宿醉说没有食欲，就连花粉症的药物也没吃。对了，瓶装水是新打开的。”

“两个人都有花粉症？”

“俵屋家所有人都有花粉症。我也不知道是不是庭院内夹竹桃的原因。但是，我和绢亚，还有纪纱妈妈都讨厌吃药，所以结婚仪式当天我们就用了点眼药水。然后把大座敷里的空调设置成了花粉过滤模式。”

“新郎他们也用了眼药水吗？”

“嗯，是的。但是所有人用的是同一支眼药水。虽说大家用同一支眼药水非常不好。还不是因为珠代只准备了一支。”

“明白了。那么如果在眼药水上动手脚，你们也一定会成为受害的一方。

“等到新娘到达的时候，爱美珂到后门迎接，暂时离开大座敷，电视台的摄影师也跟着。新娘的父亲和伯母也是进入玄关后直接移动到‘月之间’，没有去小间的机会……”

这时候，八星盘腿而坐，手肘按在腿上，手掌托着腮帮子，怎么看都是一副大人模样，静默着，思考着。

“对不起，我现在想确认一下刚才纪纱阿姨说‘爱美珂喝酒的时候发出长长的啜饮声’。如果有当时电视台直播的录像，能不能给我看一下？”

爱美珂红着脸，心想确认来确认去的，烦死了。照例还是女仆的工作，珠代拿来了平板电脑，不知是通过无线通信设备还是通过网络，总之开始播放起录像。

传杯的画面是从下间往上间的角度拍摄的，甚至几乎都可以看到天花板的框架。

画面正中央可以看到巨大的金屏风和新娘新郎，不过强烈的照明灯聚起的光晕将金屏风拍成白晃晃的一片。就在那个瞬间，穿着和服的双叶和系着围裙的女仆从画面中穿过，只有双叶一人的身影消失在里侧的小间。数秒之后，少女拿着酒器缓缓地走了出来。

然后，在上间的中央开始注酒，传杯开始。大妹饮酒的时候，的确能够听到“嘶嘶嘶”的啜饮声。一同看着录像的爱美珂，轻轻地说了声“讨厌”。

“与证言相符。不过，为了假装喝酒而特意发出声响的可能性依然存在。我们再来看托杯的手势，几乎所有人都是左右手一起端着酒杯。但是，如果仔细看，新娘和绢亚站起身传递酒杯的时候，两个人都有点踉跄，从而用一只手扶着酒杯的上沿。而两人都是用右手向前方握住酒杯的感觉。不仅如此，小狗闯入的时候，双叶是从上遮住杯口来保护酒杯的态势。比较显眼的差不多就这几个动作。哦，对了，剩下的酒看起来是新郎的父亲一个人喝掉了，酒杯再出现的时候已经是空空如也。”

八星抬起头来，眼神从画面上挪开。跟女仆道谢后，也将平板电脑还给了她。

“那最后来确认一下事件发生后的情形。直到救护车来的这段时间内，据说照看被害人的是新郎的表兄弟，呃，是这里哪一位？”

这时，从墙边传来声音。

“是我。我在照看着伯父他们。”

穿着礼服，系着领带的男人，在放满酒瓶的架子前，正在向手中的大玻璃杯中注入蒸馏酒。年龄在三十五岁左右，干净利落的黑色短发，是个长相温和，性格沉稳的男人。

“你就是翠生先生吧。你让三名被害者侧躺在上间的榻榻米上，直到救护车来都在照看着三人吧。为什么只有你一个人？”

“要说为什么就我一个人，只能说其他人没反应过来。大家都陷入了惶恐不安之中，而且因为伯父们还伴有呕吐，所以，穿着和服的纪纱子，包括其他女性都没有靠近。”

“没有给他们喝水或其他东西吗？”

“没有。因为处于意识浑浊状态，首先要侧身躺下，确保呼吸通畅。那个时候，我以为只是急性酒精中毒。”

“你非常熟悉应急措施啊。”

“大学的时候，有送过因类似症状进医院的好友……慢着，你这是在怀疑我？像知道这些应急措施，也是很普通的咯。”

“翠生哥哥可是贤明之士哦。名侦探。”

爱美珂插了一句。装作很有女人味的声音。扶琳听了直起鸡皮疙瘩。

“没有，我只是随口附和一下。请不要胡乱猜测。那么，救护车到达后的情形——"

八星继续听取证言，将事件最后的经过写在笔记本上。

事件发生后，濑那、爱美珂、绢亚、纪纱子、时子和双叶都移动到"月之间"。在"月之间"等待救护车的到来。在救护车到达后，濑那第一个走到厨房的后门。

除以上人员，所有参加婚礼仪式的人以及外部工作人员，均由正门离开宅院。包括翠生在内的亲戚都留在了大座敷，等待救护车的到来。躺在榻榻米上的三名被害人由翠生照看，顺带连小狗也一起照看了。

事件发生后，爱美珂忘了将酒器放回储藏室，到了"月之间"才想起来，于是匆忙回到小间准备收拾（表格上的16点50分）。这个时候，双叶也来帮忙清洗酒杯。酒杯和酒壶没有任何特别的地方。双方除了清洗这个动作之外，并无其他，互相举证。

纪纱子几近晕倒，从始至终由绢亚和爱美珂轮流陪护。

救护车到达后，爱美珂她们为了以防万一，宅院内仅留下女仆一人，其余均赶去医院。双叶跟随母亲回到自己家。

三名被害人确认死亡时间是事发后第二天凌晨三点前后。之后，所有人乘坐出租车回到宅院，时间为凌晨五点左右。

女仆在第二天早上，去便利店给所有人买了早餐。

"说起来，在医院的时候，新娘还说了很奇怪的话。"

绢亚冷不防地插了一句。

“好像说的是‘加寿美神，是你做的吗？’莫非，濑那小姐，婚礼仪式前一天你没有回自己家，而是去了加寿美神的祠堂？”

面对绢亚突然咄咄逼人的指证，新娘的身体微微地抽动起来。八星听到这句话也显露出些许困惑的表情。关于这个话题其实昨晚双叶的母亲山崎也提到过，不过因为八星和双叶还是孩子的原因，因此，昨晚也只是简略提了一下。

“那个加寿美神的祠堂离这里很近吗？”

“有点距离。”

爱美珂看着天花板说道。

“开车的话不远，但最近不是在修桥嘛，要绕个圈子，往返差不多一个小时。步行的话走山路也可以，往返也需要三十分钟以上。虽然要翻过山，但因为可以抄近道。所以，如果要去山那边买东西，大家也经常走这条山道。”

“姐姐偶尔也会让珠代去那边买东西。”

“那还不是因为祠堂不远处有一台自动贩卖机，只有那个自贩机才有那种罐装饮料。珠代跑起来可快了。前不久就有一次，来回刚好三十分钟，新纪录诞生。”

扶琳不知不觉地向女仆扫了一眼。女仆也感受到了扶琳的目光，有点不好意思地深深垂下了头。被这种态度傲慢的小妮子颐指气使，可怜的三十岁女人。

绢亚挂着厌恶的表情，眼神向下盯着蹲着的新娘，好似要朝她吐口水般的说道：

“还有说起来，那个时候新娘真是蠢货。一直盯着自己的左脚脚尖，貌似就只有那里弄湿了。然后，不知从哪里还传来一股酒的臭味。”

“弄湿了？但是……传杯的时候酒并没有打翻，屋内也是打扫得一尘不染吧。”

“是的，没错。所以，事实是她在医院里，偷偷摸摸地喝了藏起来的酒吧。”

八星听完走近新娘，蹲下，在已经十分憔悴的新娘旁叽叽咕咕地聊了几句，并在笔记本上记录了什么。

医院，新娘左边足袋包裹的脚指甲里面湿了，这部分还有淡淡的酒香味。足袋染成了淡粉红色，同时还粘着一片淡粉红色的花瓣。

（新娘在传杯之后，没有吃过任何东西。）

“好了，那么到目前为止，能够利用砒霜的嫌疑人，大致上已经锁定。首先是案发之前接触过酒器的爱美珂和双叶。传杯仪式中，接触过酒杯的参加这个仪式的所有人。但是，其中除了新娘和绢亚，还有双叶这三人以外，其余的人都是左右手捧着酒杯两端的。

然后，倒下的三名被害人由翠生一人负责照看。还有当天洗过酒杯的爱美珂，因为酒是从未开封的瓶子内倒入酒壶中的，所以，之前在酒杯和酒里下砒霜是不可能的。”

八星“啪”地一声，将笔记本合上。手握着笔记本，一下子站起身来。

“根据以上举证，有可能拿到毒药的人和有可能下毒的人，已经逐步明朗。只要将这两点连线，一条一条解开，再自然地进行排列组合，最后整个案件的真相也就随之浮出水面。所以，真相就在这个笔记本当中。这么说也不为过吧……”

说到这里，八星突然缄口不语。

慢慢地将头抬起，仰望着天花板，嘴里念念有词。

“啊，原来如此。这样的话，果然……凶手就是……”

凝固不动、沉默不语。“嗯？”扶琳歪着脑袋思考。困惑写在了周围所有人的脸上。终于，忍不住打破沉默的是小妹，用稍微有点颤抖，用胆怯的声音问道：

“难道你这小子已经知道谁是犯人了吗？”

只见八星缓缓地将视线转向绢亚。

“没有啊，完全猜不出来。”

第七章

“叮铃。”铃铛的声音传入扶琳的耳边。

“啊呀。”随着双叶的一声惊叹，只见她迅速、慌张地蹲下身子。貌似是小狗的项圈掉在地上了。双叶像是期待落空似的将爱犬的遗物掉在了地上。

“……姐姐，就用你的这个打火机，烧了小毛贼的腋毛。”

小妹说出了好似脱毛处理的台词。大妹一言不发地叼着烟，用打火机点起了火，似乎是在向八星示威。八星的表情变得僵硬起来。

“哈哈哈哈哈！”一个男人的笑声响彻房间。

“这算什么！哎，可惜。亏我还在期待你说‘是的，凶手就是……’”

声音来源是之前询问过的翠生。本以为从头到尾只是旁听者的男人，却在此时扯开嗓门，右手握着大玻璃杯，左手握着威士忌的瓶子走了过来。

“虽然前面的分析完全合格，但是，结果……零分！那么，诸位，就由我来代替，试着来推理整个事件怎么样？”

这家伙要推理?

八星双手互抱，手掌心紧紧握着胳膊，夹紧腋下。哭丧着脸说：

“不用麻烦了。侦探的角色有我一个人就够了。门外汉插手的话弄不好就会失败的。”

“要担心失败的应该是你吧。啊呀，别这么冷酷嘛。说起来我也是读过无数推理小说的。说实话，像这样的推理游戏我也不反感。我跟你是同一类人。”

不知是不是因为这个男人的态度和玩弄推理的心态，八星的表情充满了愤怒。翠生在少年的面前停下脚步。似乎很乐意看到他发怒的表情，驻足凝视着他，观察了一段时间，便从八星的面前走过，往钢琴旁边、嵌有奥赛罗棋的小桌子走去。把酒和玻璃杯放在桌上，拿起奥赛罗棋盘的一枚石棋，放在大拇指上，往空中弹去。

“你的分析汇总起来还是很令人佩服的。不过如果不能从你的分析中产生新的想法，那只能得到五十分。收束与发散——驱使人类的思考前行,就必须具备这两个轮子。眼下,你所欠缺的就是后者。

“好了，少年侦探。回到你最初的推理，也就是你认定的‘全员共犯可能性’。”

男人说着又接连几次将石棋弹向空中再接住。然后，突然收手，眼神紧盯着八星。之前一直保持稳健优雅的知性男人，眼中露出一股剑客的目光。

“实际上，这次的杀人案件，也有单独犯罪的可能，不是吗？”

*

时间停顿了几秒钟，只见屋子里面的沙发上，有人站了起来。

“请你说话注意点，翠生！”

“没事的，光江姑妈。”

爱美珂不失时机地控制着场面。

“莫非翠生哥哥已经知道真相了，翠生哥哥，说来听听。”

这回是献媚的撒娇声，又令扶琳起了一身鸡皮疙瘩。而刚刚爱美珂叫的光江姑妈，大概就是翠生的母亲。虽然同新郎的母亲一样，穿着黑色和服。不过无论从样貌还是气质上，都差了一大截。

“单独犯罪吗？”

八星发出带有挑战意味的疑问。翠生点点头。

“是的。首先，还是要以你说的作为前提，砒霜不止限于混入酒中。砒霜——三酸化二砒素，成年男性的致死量大约为100到300毫克。也就是一掏耳勺的量。只是这点量的话，就算不直接混入酒中，不是也有很多其他的方法吗？比如说抹在酒杯边缘等等。”

“这个很难实现吧。这场婚礼用的酒杯是纯黑的，而砒霜是白色粉末。纯黑底色上若有白色的粉末也未免太过显眼。”

“不过，不那么显眼的部位也有啊。你看过那个酒杯吗？不是清一色的纯黑。”

八星一瞬间僵住了。

“银彩吗？”

翠生再次点头。

“没错。那个酒杯上雕刻着一条龙和银彩瀑布。银彩是白银制成，从旁边望去就是白色的，如若在此处抹上砒霜，足以用来欺骗大家的目光。

“还有，砒霜因为是水溶性的，溶化后会变成无色果冻状，若手碰到之后，也会因为弄湿而变得显眼。就算将粉末弄成黑色，也无法逃过警方对酒杯、酒、被害人的口腔、呕吐物，还有胃里的食物残留等进行的检测，但是目前还没从医生那里听到诸如此类的检验报告。”

“我同意这个假设。但是——”

八星突然将眼神望向别处。翠生同时也注意到了他的眼神。“哦”了一声，喝了一口威士忌。

“你是否也注意到了？是的，没错。还有什么问题吗？”

八星沉默不语。虽然不是很确定，不过貌似翠生的话已经戳痛了自己。难道这么快就要被打败了吗？

“……怎样？我们的翠生哥哥脑子超级好吧。”

爱美珂不由得骄傲起来。八星朝着一副傲慢样的大妹瞥了一眼。摇了摇头。

“真是无所畏惧的家伙啊……”

这次轮到绢亚发声了。只见小妹走到八星面前，来回踱步几回，紧锁眉宇，一点点地凑近八星。八星好不容易往后退了几步站稳脚跟，眼神却还是只能向旁边游移不敢直视。

翠生从小桌上拿起一个烟灰缸。

“那么，为了认证，我们现在就把烟灰缸作为酒杯来说明使用的‘手法’。首先我们把被烟灰弄脏的这边当作酒杯边缘部分，也就是‘瀑布口’。”

说着，手指向烟灰缸边缘的一个地方。

“银彩瀑布会流到酒杯边缘，从这个地方喝下去，就像一条龙从嘴边飞出一般。这里就是‘瀑布口’。还有，酒杯的‘瀑布口’要在自己的面前放正，才算是正确的位置。

“关于下毒的手法，当然是在‘瀑布口’抹上砒霜。然后，砒霜混入银彩。从这里喝下酒的话，就把砒霜一起喝下去了，很简单吧。

“但是，根据砒霜的用量，肯定无法一次性用完。还有，因为砒霜的溶解速度也有快慢，剩余的砒霜没有溶解在酒内，而是像沙粒般残留下来。不过因为‘瀑布口’附近也雕刻了龙尾，呈现出凹凸的效果。从而造成了残留的砒霜未掉落到酒杯底，而是落在了这里的情况。

“在这种情况下，再次从‘瀑布口’喝酒的话，残留的砒霜当然会再次落入口中。所以，只要在这里留下足够的砒霜，就可以达到杀死多人的目的。”

翠生拿着烟灰缸，这次是朝着爱美珂的方向走去。

“想必只有如此设计的酒杯才能实施这样的手法。明白这点以后，接下来是关键的交接酒杯的方法。请大家回想一下，‘传杯’仪式中是怎样的交接？”

酒杯的交接?

“嗯，没错。”

男人正对着爱美珂，两只手握着烟灰缸的两侧，递到爱美珂眼前。

“酒杯就像这样，面对面递到对方的手上。”

爱美珂先是露出了有点尴尬的表情，很快还是笑着接过了烟灰缸。面对这样的女生，翠生也还以温柔一笑。

“所以，各位明白了吧。酒杯的方向，接过酒杯的人和传递酒杯的人是相反的。也就是，下一个喝的人，一定是从相反方向的酒杯口喝酒的。

“这又不是茶会，没有必要非将酒杯口转到同一个方向。也许第一个喝酒的新郎正是通过最正的位置——‘瀑布口’喝下酒的。怎么样？我说得没错吧，伴娘。”

翠生朝向双叶寻求确认。双叶迟钝了一下，才反应过来回复对方。

“哦，嗯，是的。”

扶琳视线中最远端的新娘也微微地点了点头。

翠生从爱美珂手上拿回了烟灰缸，又回到那张小桌前。

“这样一来，大家也已经察觉到了吧。第一个喝酒的新郎若是正位，那么下一个喝酒的新娘就是反向。那么，按照这个顺序，每隔开一人就会从‘瀑布口’喝下酒。”

翠生从小桌的奥赛罗棋盘上抓起几个棋子。坐下身来，占了半张桌子。“啪嗒啪嗒！”将黑白两色棋子摆放在棋盘上。然后，招手示意八星过去，要了一张笔记本的纸，做成名片，用棋子的一角压住。

在场的人都聚集到奥赛罗棋盘边。扶琳也站在圈外向下观望。

按照数字的顺序，黑子代表被害人。新郎的名字旁边附上“※”记号，表示从“瀑布口”喝下酒的人。

“根据这个情况，从‘瀑布口’喝下酒的，一定是奇数位的人。也就是说奇数位必死。我们暂时称为‘奇数位杀害论’。顺便说下，传杯的时候，我们和其他亲戚们正坐在大座敷的下间观看仪式，不可能有机会参与传杯仪式。”

“噢耶！”绢亚叫出声来。

“哇哦，果然是超级天才，翠哥哥！”

话音刚落，又突然闭上了嘴。

“啊？慢着，如果是这个顺序……”

爱美珂紧紧地盯着棋盘。视线没有移动，手上却将快烧到烟嘴的香烟丢在烟灰缸里，又从烟盒里取出一支放入嘴中。

“翠生哥哥，翠生哥哥，对不起，我插句话。那样的话，也许是我的脑子不太好使……我在想你刚刚说的是不是有点小小的误会？”

声音发虚。

“照你说的方法，那我怎么没死呢？”

翠生朝着爱美珂的烟盒伸出手，取出一支，放入自己的嘴里。

“正是。”翠生回答。

“按照我的假设，如果你没死的话会显得很奇怪。你也在奇数位，而且还非常肯定地说自己喝了。

“关于这个问题，我跟少年侦探的‘全员共犯可能性’持相同的论点。其实非常简单。只要当你是假装喝的就能说通。如此一来，就不需要全员都是共犯，只需你一个人的演技即可。所以——”

翠生拿出自己的打火机点上烟，像是享受一般，深深地吸了一口。

“这个手法即使只有一个人也能实施。那就是你——爱美珂。”

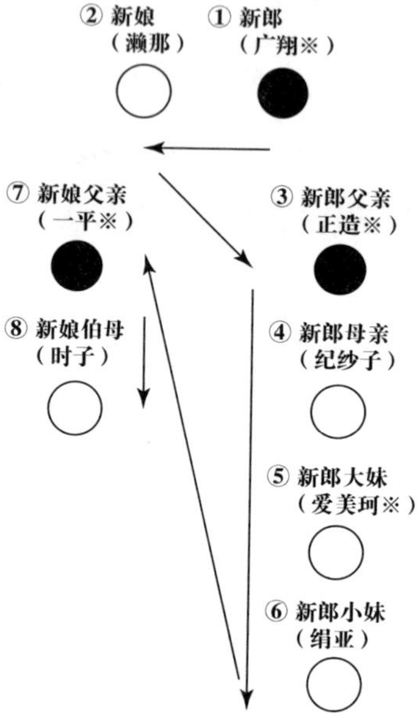

【传杯的图示】

整个房间一片寂静。

爱美珂如泥偶般僵着好一阵。终于，扭曲着越发丑陋的脸发出刺耳的叫声。

“什——”

声音继续拔高。

“你在胡说什么！翠生哥！我怎么可能会这样做。”

“不可能会这样做？你还好意思说。你难道忘了你是有前科的人？你给纪纱子带来了多少痛苦？”

“前科？你是指高中时期欺凌同学？不是已经私下和解了嘛，

又没有被起诉。”

“哦哟，口气这么平静，好恐怖啊。你难道就没有一点点反省，没有一点点罪恶感？最近，我听说你跟广翔的关系也很僵。貌似是广翔异常冷酷地甩了你的朋友，让你非常丢脸。”

“所以——”

爱美珂抡起黄铜马。

“所以，就因为这点小事，我杀了自己家人？！”

“咚”的一声闷响，马的半身陷入了铺在地上的绒毯里。

翠生嘴里衔着烟，睁大着眼盯着脚边。所有人的视线也都集中到了那里。如果那一瞬间，黄铜马下是人的头部，此刻已经被砸得粉碎了。

爱美珂气喘吁吁，上下耸肩，调整气息。过不多时，只见她伸出一只手遮在脸前，“哈哈”笑出声来。

“哦，我明白了。原来我在翠生哥的心里是这样的女人。是，是的，因为吵架而杀人，这样的事情确实很普通，经常能听到，但是……”

爱美珂擤了擤鼻涕，蹲下身来，双手抱着自己的膝盖，又朝陷入绒毯的黄铜马打火机伸出手去，“对不起……”嘴里嘟哝着将黄铜马捡了起来。

“翠生哥哥，听我说一句可以吗？”

“当然，请便。”

“照你说的，为什么狗也死了？”

“这很简单。小狗喝酒的时候，舔了涂有银彩的部分。”

“好，那么为何我要杀了爸爸，还要杀害新娘的父亲呢？哥哥暂且不论，我跟爸爸的关系很好啊。”

“这可以称为迷彩战术吧。只杀害新郎一个，就很容易暴露动机。但是，多杀几个的话，嫌疑人也会随之增多。木隐于林。你为了掩盖杀害一个人的目的，而选择杀害多人。这是推理小说惯用的犯罪手法。”

“……那么，你说的是小说的内容？翠生哥哥，你可真够宅的。你是看现场气氛太过紧张，来调节气氛的吧，其实你还是很可爱的。”

扶琳不耐烦地挠着自己的颈部，从见到她开始就觉得自己跟她八字不合。

心里想着八星能够快点把事件给解决了，于是抬起头来寻找八星的身影。结果，找了一圈却没有发现八星，这家伙难道逃走了？正在想着八星是不是临阵脱逃了。就在此时，视线扫到了钢琴那边，一个身影在慢慢地晃动。钢琴旁的窗边花台，有人将花台当作桌子，正在翻阅打开的笔记本。

扶琳走近那个身影的背后，“啪”地拍了他的屁股。

“小子。”

八星没有抬头，眼神依然落在笔记本上。

“怎么了？扶琳姐？”

“哪一个？”

“什么哪一个？”

“那个男人的假设，有没有错？”

“请再等等。我正在脑中整理。”

“又来了。磨磨唧唧。要是你的前师傅，早就找到答案了。”

“请别拿我和师傅比较。我无法达到他的那个程度。”

耳边传来“哐当”一声。

扶琳随着声音看过去，只见爱美珂的姿势是拒绝翠生伸出的手，而地板上是摔落的烟灰缸。看起来是爱美珂拒绝了翠生递过来的烟灰缸。

“好，好，翠生哥，你来真的是吧。我本来想一直保持沉默的，看来是不行了。现在由我来说，事到如今，你不要后悔！”

听起来有点可怕的预告，爱美珂慢慢地抬起头来。

“翠生哥，从你叙述开始，就一直努力地将自己排除在案件之外，一副事不关己的样子。但是，你不也在嫌疑人的范围内吗？”

*

突然，房内的时间又静止了。

终于，播放键被再次按下，翠生先动了起来。男人捡起掉在地上的烟灰缸，然后放回小桌，将烟灰弹在烟灰缸里。

“我？嫌疑人？为什么？”

“翠生哥，当时只有你一个人在照看爸爸他们吧。所以，如果在那个时候，翠生哥给他们喂了砒霜怎么样？”

“喂，喂，喂。这不是‘时间差杀人手法’吗？确实，这也是推理小说里经常出现的手法。”

翠生有点吃惊地张开双手，继续说道。

“也就是说，那个时候伯父他们都是演戏，其实还没有死。而负责照看他们的我，给他们喂入砒霜。比如说，就是我前面说的假装确保呼吸道通畅，其实是暗中给他们喂毒，从而杀害他们。这就是‘时间差杀人论’。”

“没错。如果那是爸爸他们的演技，翠生哥就可以杀害他们。所以，你也是十足的嫌疑人。”

“哼，愚蠢。为什么伯父他们要用那样的演技？”

翠生举起一只手，貌似很不屑谈论爱美珂提出的观点。

“首先，如果我是凶手，又如何从新娘那里偷得砒霜？这样的机会只存在于新娘外出的时候。而且，我不是彩排的参与者，前天根本就没有来过这里。”

“是，你说的是没错。可是，如果翠生哥哥——”

爱美珂的视线随之移动到坐在钢琴凳上的女人。

“和我们家的纪纱妈妈串通的话。”

在场所有人再次如同上演哑剧般静止下来。

片刻之后，所有人的视线集中到了新郎的妈妈——纪纱子身上。女人一动不动。女演员般的容颜如同能面[①]般僵硬着，眼神紧紧盯着脚边的绒毯。

女儿单手撑腰，有点挑衅意味地盯着身着黑色和服的母亲。“哼”地一声撅起嘴角。

“我早就注意到了。从你们两个人的动作、行为还有表情，就能看得出来。还有，纪纱妈妈本来就是运动白痴，突然说要去健身房，就让我的怀疑更加确切了。我没有说错吧。”

扶琳深深地低下已经苍白的脸。

口中衔着烟管，牙齿咬住这支又熟悉又亲切的烟管口，这动作是为了稳住自己有点焦躁的心情。她再次拍打了一下八星的屁股。

“喂，我说，你在磨磨唧唧地干什么，这不又一个假设出来了。”

“呃……对不起，我力量不足啊。”

“还有，我并不想知道的事情一步步浮出水面了。”

“我不想回答。”

翠生从爱美珂的视线中抽离出来，面向挂在墙壁上的一幅画。

“……你说得太过头了。我甚至可以告你损害个人名誉。不仅是我，还有纪纱子也是。”

“其实我一直在想，你那么亲密地直呼别人母亲，哎哟，好恶心的。”

“好了好了，说起来伯父们根本没有理由做出那种表演啊。”

“并非没有。那是故意测试。”

“故意测试？”

“是的，就是爸爸知道了你们两个人的关系。”

爱美珂又开始玩弄马背，“啪”的一声，点着了衔在嘴上的香烟。

“爸爸知道了纪纱妈妈的出轨行为。所以，才会在仪式的最高潮利用演技，装成被人下毒的样子，因为当场有很多参加者，还有电视台直播，这样就有了超群的话题性。

“若是出轨的话题流传出去，下毒的凶手自然而然就会联想到纪纱妈妈。如此一来纪纱妈妈真是苦啊，如坐针毡。”

“你还真是会拐弯抹角，要复仇的话。那直接盘问不就好了。”

“所以我就说嘛，我就是喜欢爸爸这种执拗的个性。大家也知道我的性格和爸爸很像，比起单纯的打击更喜欢精神上的折磨，从精神层面上穷追不舍，刨根问底。比盘问的效果要强上数万倍，更能有效地阻止出轨。”

“哎哟，一本正经地说白痴话。好，就算退一万步来说，那是演技。但问题是，我为什么非要杀了伯父他们？在那种场面下，直接拆穿他们的演技不就好了？”

“我说稍微动一下脑子嘛，爸爸他们如果死了的话，你们两个就可以光明正大地交往，而且纪纱妈妈也可以自由支配金钱了。警察也一定不会考虑到他们起初倒下去是演戏。”

“……这么说我倒是连争辩都不用了。”

翠生腾出两手抱着肩膀。

“把我和纪纱子伯母的出轨作为假设，伯父知道之后假装喝下毒药也是假设。甚至连我已经提前知道了表演计划，反而加以利用也是假设。假设套假设再套假设。妄想全开！”

“但是，说得通啊。”

“完全说不通。满是矛盾。首先，我要如何才能提前预知伯父他们的计划。第二，伯父为什么不一个人实施这个计划？第三，就算是多人参与，那又为何不让你们姐妹也一起参与？若是你们一起参与表演的话，对于纪纱子的怀疑不就更加深入了吗？

“最后，还有第四点，也可能是你的假设中最致命的。就是在你这个假设中，无法说明小狗死亡的理由。”

爱美珂吐出一口烟，眯起眼睛，浅浅一笑。

“翠生哥，你也真是拼了。你提出的几点我都可以简单的回答。第一，纪纱妈妈通过什么方法得知了爸爸的计划，然后就跟翠生哥说了。第二，讲究排场的爸爸即使是在这种事情上，也要动员其他人一起参与，还要做得漂亮。第三，广翔是男的还好说，出轨这种事情跟我们女儿家不太好开口吧。第四，小狗起初倒下只是单纯的酒精中毒，为了装成‘酒杯上涂有砒霜’，你只需要暗中给小狗喂下毒药即可，我说得没错吧？”

翠生回过头去，目露凶光般地盯着爱美珂。

“你才是拼了不是吗？把自己的嫌疑撇得干干净净的。”

“你看这样，要不，我们就此和好，手牵手一起去警察那里自首吧。”

爱美珂还以平和的微笑。空气再度紧张起来。

扶琳铁青着脸，衔着烟管。这时，从身旁传来“啊！啊！吵死了”的抱怨声。

只见八星用双手塞住耳朵。嘴里念念有词，眼睛盯着自己的笔记本。

“呃……呃……那个地方这样，所以会……”

突然，少年拍打了一下花台。

“啊！原来如此，如果是从这点切入的话……”

话音还未落下，从一旁飞来了尖锐的叱责声。

“够了！你们！看看你们的样子，成何体统！”

*

这句话的出现，直接把八星推了回去。

说话的是另一位身着黑色和服的女性。翠生的母亲，新郎的姑妈——名字叫做光江。年龄在五十岁到六十岁之间，身材矮小，有一头干净整洁的银发。

光江站到了翠生和爱美珂之间，分别看向两人的脸，然后仰天长叹。接着，重新挺了挺腰，将手伸进和服的袖管中迈开步子。注意到母亲动向的翠生，带着焦虑的神情赶忙小碎步跑到母亲身旁，伸手握住母亲的胳膊。

“妈，等一下。”

但是，翠生母亲动作柔和地甩开了他的手，径直走向钢琴……“啊，哎。”用手挡住了儿子的视线。

“纪纱子。”

新郎的母亲听到有人叫自己的名字，就像是一只衰弱的小鸟，仅仅动了动脑袋。

“嗯。”

“这……是真的吗？”

“……”

“我的儿子跟你有男女关系，是真的吗？”

直线球！扶琳抱着热闹的心情紧盯着场上变幻多端的局势。光江对面的女人开口了。

“是真的。非常抱歉。”

干脆、果断的谢罪！真是胆量大又能沉住气的女人。

“嗯。”光江轻声应答，好似要忍耐头痛般似的将手放在额头上。

“……什么时候开始的？”

“那是……”

“好了，好了，算了，不想听。”

略带严厉的口气打断了纪纱子的话。

“我要对你说的话多了去了。算了，今天这种场合我们还是像成年人一点吧。不过，我就明说好了，不要再纠缠我的儿子。他还有很多重要的事情要干呢。

“停，好了，妈，现在不是你出场的时候。”

翠生说着，两手抓住母亲的肩膀。光江两肩一抖，转过头去。

“不知羞耻。”

冷冰冰的语言继续说着。

“你居然会迷恋这种女色。妈妈一直以为，你之前带回家的才是交往的对象。如果你没有认真地跟别人交往，就立刻回绝别人。否则对那个女孩太不公平了。”

光江“啪”地甩开了儿子的手，冰冷的表情直直盯着眼前的女人。然后，眼神又扫视了站在奥赛罗棋盘桌附近的爱美珂和绢亚。

之后，又是深深地叹息。

“看看这两个女儿，再看看妻子又是这种人……哼，真是无药可救的一家。我的哥哥居然有这么一个家——

“喂，老太婆！你再说一遍试试！”

“绢亚！”

姐姐的声音制止了已经愤怒的妹妹。

“光江姑妈说得没错，我们家是无药可救。所以，你也就别再责怪翠生哥了。纪纱妈妈可是有魔性的女人哦。很多男人都被纪纱妈妈的演技给蒙骗了。而且，翠生哥又是那样温柔。”

“恶心的女儿。连表兄弟都要勾引。”

空气冻结。爱美珂“呵”的一声冷笑。突然，抡起手臂，如母老虎一般将某物投掷出去。“砰”的一声，玻璃碎开。

只见那匹黄铜马直直地插在了外面的植被上。

“光江，少说两句吧，你也是嘴巴不饶人。”

又出现了一个低声责备的声音。掺着些许白发的半老男人站在光江的身后。光江歪着脑袋，撅着嘴。

“但是，老公。这样下去我们的翠生就——”

“在这件事上双方都有问题。况且，现在也不是争执的时候。再这么吵下去，翠生真的要被扭送进警察局里去了。”

“翠生不可能是凶手。”

“那么怎么才能向警方证明？现在两个假设，无论哪个都没有决定性的证据。但是，从动机上来看，无论如何掩饰动机，女儿杀死跟自己关系不错的父亲，相对而言还是比较难以采信的。如果警方也这么认为，对于翠生和我们来说就不利了。”

“老公……你在怀疑我们的儿子？”

“不是我！是警察要怀疑他！凶手是不是我们所有人？还是爱美珂？翠生？只要是我们其中一人就会被怀疑！”

“你这人总是这样。买东西也是，做任何事情都是，不管别人说什么都相信。难道就只有他们提出的三个假设？其他的假设呢？这三个假设不可能就是全部。”

光江眼睛半睁怒目而视着自己的丈夫。摇摇头继续说：

“稍稍考虑一下的话，不是还有一个假设吗？”

*

八星双手抱头蹲在扶琳的身旁。

这样子像是某处的青蛙，让扶琳想起了自己熟悉的一家古董店内的装饰品。

扶琳一只手端着烟管，仔细观察着八星烦闷苦恼的样子。这时，“呵呵”这样略带嗤笑的笑声传入扶琳的耳朵。只见绢亚带着轻视的眼神嘲弄着光江。

“笑死人了。老太婆也要来扮演侦探了吗？”

光江也还以冰冷的眼神。

“你真的是哥哥的女儿吗！我事先告诉你，推理小说我也读过。要说使用毒药，首先想到的就是阿加莎·克里斯蒂吧。好，那么我反过来问大家，为什么大家会觉得这是一起杀人事件？三个被害人仅仅是被同一个人杀害的吗？”

绢亚一副好似闻到臭气般的表情说道。

“啊？三人喝了一样的酒，一样的死法，怎么看都是同一起事件。”

“也有可能是一个一个杀害的。抱歉，我的用词可能有点粗鲁。不过，我认为三个人被同一种方法所杀。方法跟我儿子说得一致。就是在酒杯的银彩部分加入砒霜动了手脚。直到这点我还是同意翠生的说法的。

“不过，我的考虑是毒药的剂量不同。”

“毒药的量？”

面对翠生反射性的反问，光江回以大方的笑容。

“没错，翠生。我的推理是，毒药就是按照一次一人份来投放的。”

“一人份？妈，这怎么解释？那么，只有第一个喝下的——”

说了半句，翠生猛地抬起头来。

“哦！原来如此！”

光江点头表示赞许。

“是的。一人份的毒药，只足以杀死下一个拿到酒杯的人。反过来说，排在三个被害人之前传递酒杯的人才是凶手。那么，三个被害人就有三名凶手。也就是说这是三起事件。我们姑且把这个假设称为‘一人之前犯罪可能性’吧。

*

说完，光江整理了一下有点乱的衣领，调整呼吸。

“接下来，我们就来确认一下当天的坐席顺序。新郎广翔暂且放一下。新郎父亲，也就是我的哥哥正造之前，是新娘濑那小姐。新娘父亲一平先生之前，是你，新郎的小妹绢亚。新娘和绢亚，这两人有个共同点。翠生，你已经知道了吧。”

翠生回过头去看着奥赛罗棋盘。说道：

“两人都是站起来传递酒杯。而且传递的时候都有点踉跄，用右手扶着酒杯的上沿。

“没错。轮到她们两个的时候，又是酒杯‘逆位’，正好可以利用这个动作，接触到‘瀑布口’。所以，她们可以在传递酒杯前使用砒霜。

“对于爱美珂来说，事前有很多接触到酒杯的机会。如此一来，假设就可以成立。新郎为爱美珂所杀，我哥为新娘所杀，新娘父亲为绢亚所杀。你们每个人准备一人份的毒药就可以完成，于是就有了坐席隔位也能完成杀人的手法。

“动机是爱美珂和哥哥感情不和，新娘因被迫结婚而产生强烈的怨念，绢亚也许是有了杀人的欲望。这样的话，爱美珂仅仅是杀了自己的哥哥而已，跟我们家的翠生毫无关系。”

“开什么玩笑！为什么我要杀了新娘的爸爸！”

绢亚神速地跳出来争辩。她不顾旁人一把抓起光江的和服胸口衣襟，光江毫不畏惧地笑着说：

“为什么？我倒要听听看，你这个触犯了法律还很坦然的人的想法，我是不敢想象。”

“小偷小摸是吧。你一直怀疑我是偷窃惯犯。但是，偷窃和杀人的性质完全不同。还有，最重要的是我早就悔改了。”

“这都是你的一面之词。而且，犯罪程度也是逐步加重的。比如说，放火的人先烧垃圾，然后烧房子。贪污也是先收小钱，再到大钱。偷窃嘛……”

“偷窃只是寻求刺激而已！和杀人完全不一样！”

“你看，所以我说你缺乏最基本的道德观念有多么恐怖。不是经常能听到大量使用毒药犯罪的人说，为寻求刺激和快乐而重复犯下罪行。”

翠生走到两人中间，伸手握住绢亚的手腕，强行用力将绢亚的手从母亲和服的胸前衣襟上剥离。

“妈，不是我要偏袒爱美珂她们，你的假设有一个疑问。为什么狗死了？绢亚给狗喝酒是她在传杯之前。”

“那一定是‘瀑布口’还留有一定量的砒霜，所以狗舔过就死了。”

“照你这么说，排在前面一位的爱美珂就死了。”

“翠生，别忘了毒药的致死量。这是体重决定的。那是一只非常可爱的小型犬。虽然那点剂量对人无害，但对小狗来说是不是无害就说不清了。说到底，如果是一人份的毒药，轮到爱美珂的时候不会致死。但小狗就另当别论，而且，小狗真正的死因，还不一定是砒霜致死。砒霜暂且不论，主要的死因可能是酒精中毒。”

“呃，这么说确实也能解释狗的死因。但是，三起杀人事件是同时发生的，你的假设也未免有点太过牵强吧？”

“是的……最初可能只是新娘有计划。但是绢亚知道了新娘携带着砒霜，就想着偷出来利用。再接着，爱美珂目睹了绢亚偷窃砒霜。于是，就顺水推舟开始谋划毒杀哥哥。这一连串的状况，可能就滋生了连锁杀意。虽然‘连锁杀意’有点像惊悚连续剧的台词。”

根据现在的状况，称为“连环假设”也行。但是，要阻止这个连锁反应，没有担任侦探角色的人是不行的，烦死人了。

扶琳再次看向身旁。八星又消失了。眼神在室内徘徊一阵，终于找到了。奢华的钢琴下，露出了穿着短裤的臀部。这家伙一定是发现窗户边危险，又找了一个“栖身之地”。

“讨厌！”绢亚带着呜咽声说道。

“可恶。过去的事，现在还拿出来说什么啊！而且我刚说了已经改过自新。头发都染回黑色了。”

绢亚身着红色的针织运动衫，脸上任由泪水和鼻涕流淌，带着悔恨的表情忍受着。

“对了，从刚才开始，就把我当成凶手，好，真要说的话，跟我一样有嫌疑的——”

绢亚伸出一根手指，指向一边，厉声叫道：

“那个女孩，也有可能！”

大家望向手指所指的地方，是黑头发，栗子般的圆眼睛，美貌的少女——双叶。

*

“啊？”

被指着的少女犹如看到晴天霹雳般不敢相信自己的眼睛。

“啊？”

伸出自己的手指指向自己，貌似寻求确认般的向左右望去。

咚！只听到钢琴下传来一声闷响。好像是八星由于慌忙之中站起身来，头部重重地撞到了钢琴。

“我——我，没有杀人。”

“这可不一定哦！小狗闯入的时候，你不也当即起身跑过去了嘛！那个时候还碰洒了酒杯！所以，你要在那时候下毒是绰绰有余的！”

“我，我……”

“小狗！可能也是你特意安排的！那不是你养的狗吗？你下达指示也合情合理。再加上传杯仪式上第一个接触酒杯的就是你！所以，这个女孩子和新娘联手的话，那个老太婆所讲的方法就全部说得通了！”

“我，我……绝对没有这么做。没有理由啊！”

“理由不是明摆着的嘛！”

这时绢亚低沉着声音说道，孩子般的脸上目露凶光。

“钱！”

好似迫于绢亚的压力，双叶有点踉跄地向后退了数步。

“钱不就是十足的杀人理由吗？双叶，你来帮忙的目的不就是为了赚点小钱？因此，如果新娘答应给你报酬，你会怎样？”

“这个……我为了钱，要去杀人……”

“没人说你被委托去杀人。双叶，其实你并不知道那是砒霜吧？新娘也许只是说了句‘我们来个恶作剧吧。’但是，如果真是这样，小狗就太可怜了。小狗死了，本来那杯酒应该轮到我喝的？那么，请你别恨我。是你自己不好。”

“呜呜……”双叶的双肩颤抖着，哭泣。手里握着爱犬的遗物项圈，珍珠般的泪水划过脸庞。

与其形成鲜明对比的是绢亚，摆出一副猿猴般丑陋的哭腔，迅速回过头去看着身旁的表兄弟。

“怎么样？翠生哥哥？！我说的，还有什么问题吗？”

“……‘小狗故意闯入论’吗？嗯，绢亚说得非常稀奇古怪，不过也说得通……”

这时八星像虫子蠕动一般从钢琴下爬了出来。

“耶，终于整理好了……”

好像要给事情做出了断一般。少年“呀嘿”一声站起身来，在周遭闹哄哄的大人们的眼皮底下狠狠地伸展了一下身体，嘭嘭！掷地有声地拍打着身上的灰尘。

然后，他往双叶的方向走去。女孩子正在啜泣，八星侧面对着双叶，笨拙地递出一块手绢。“请用……”

“小联……呜，我，我不是凶手……”

“我当然知道。”

依然无法直视对方眼神。莫非这就是初恋？

如果，这个婀娜的少女到现在都是演技，那该是多么有趣的剧情。扶琳沉浸在邪恶的想象中，八星没有理会遐想中的扶琳，而是迅速转过身去，带着逐渐明朗的表情，抬头挺胸地走到房内中央。

腋下夹着笔记本，双手插兜，抿着小嘴，眼神缓慢地扫视周围。

“好了，诸位。首先，我要说明的是——你们各位所说的假设，全都跑错了方向。”

【注释】

① 能面：日本传统能乐面具。大致分为神、男、女、狂、鬼等类别。其特色是呈现中性的表情，即一个面具能适应喜怒哀乐各种表情。

第八章

顷刻间，夏天的客厅里，传来远处的蝉声。

“嗯？”

首先给出反应的是翠生。

“有点意思。这个台词，这种说法，你想模仿真正的侦探？”

“我本来就是侦探。”

八星冷冷地回了一句，有力地挺起背，将笔记本在自己的面前打开。迅速地扫视了笔记本，不知何故又“啪”地合上了。

“怎么了？”

“写得太快，看不懂了。”

尴尬。

“无所谓，都在脑子里了。那个……这个，哇，好多丰富多彩、变化多端的假设。但是，所有的假设只需要一个论据就可以全部否定。这个论据就是——”

八星将笔记本放在钢琴上。取而代之的是从腰袋里拿出一套捆好的卡片，摆放成扇形，随后毫不迟疑地抽出一张。

“整个案件里面，最重要的一点就是新娘所携带的砒霜被使用。”

八星将牌面面向大家高高举起。牌面上画着一个穿着新娘服装的僵尸，卡牌标题是“永劫之爱”。

又是一阵令人困惑的沉默。

“‘新娘所携带的砒霜被使用’是否定的论据？倒不如说是新娘凶手论的有力证据呢。另外，现在还无法确定案件中所使用的砒霜和新娘的砒霜是一致的。”

“嗯，你刚才说的后面那一条，砒霜是否一致现在还要等待警方的分析。但是，正是因为新娘有动过砒霜小瓶的痕迹，所以大家就把这点作为假设的前提。所以，就像我开始说的，暂且就把砒霜当作一种假设。不可以吗？那么，为什么这个‘新娘所携带的砒霜被使用’能够成为否定论据？”

八星再次抽出一张卡片。

“因为根据眼下的情况，凶手有着很明显的‘嫁祸’意图。”

这张卡片上，描绘的是数名黑衣裹体的人，围在魔法阵旁。在中间，有一只羊被刺穿在一根杆子上，这幅画的标题直截了当——替罪羊。

翠生紧锁双眉。

“凶手的‘嫁祸’意图？”

“没错。凶手为了要将自己排除在嫌疑之外，而要利用假的凶手。新娘的砒霜在她自己的严密看管之下，砒霜的贩卖也有严格的限制，如果通过黑市或某些渠道，以杀鼠药等等的名义或许也能够买到。

如此看来，凶手一定要偷取新娘严加看管的砒霜，估计也是怕购买之时留下痕迹。那么，也就是说凶手有故意隐藏自己罪行的意图。”

“但若是新娘自己犯下的罪行呢？或者凶手是在新娘入驻宅邸之前拿到砒霜的，那时候新娘可能疏于看管。”

“如果这是新娘自己犯下的罪行，作为最普通的物证，一定会把砒霜小瓶处理掉的。而且，新娘在婚礼仪式前一天出去过，有大把的机会可以去这么做。

“既然如此，还留在身边的理由只有两个。其一，认为自己犯案后就会被发现。另一个理由，为了伪装被某人偷了砒霜。关于第一点，现在她本人已经全盘否定罪行，不再赘述。那么就是第二点，新娘想嫁祸于人。

“而且通过绢亚的目击论述，新娘住进这里后，就看到过她的砒霜小瓶。由于新娘有过证言，小瓶内的砒霜‘变少了’，所以，若是发生砒霜偷窃，必定是新娘来到宅院之后。”

八星说到这里，停了一下，用手摁着喉咙说道：“对、对不起，水……能不能给我点水？”八星也不知道问谁，反正就朝着各个大人们问去。

于是，绢亚开口叫道：“喝你自己的尿吧。”依然是属于她风格的骂声。此时，坐在轮椅上的中年女性，“咯吱咯吱”地转动着车轮，靠近八星。正是新娘的伯母——时子。

“拿去喝。”

时子冷淡地将一小瓶装矿泉水塞给八星，又“咯吱咯吱”地回到房间的角落。八星低下头表示感谢。先确认了水是未开封的，再打开“咕咚咕咚”豪饮数口。

“嚯”地吐了口气，用手擦了擦嘴。

“也就是说，凶手是新娘也好，新娘以外的人也罢。必须使用新娘所携带砒霜的目的是——除自己以外，让整个犯罪看起来是他人所做。换言之，这起‘飞石杀人’，使用的是给某人下套的手法。这么说就可以理解了吧。

“当初，我把‘飞石杀人’的手法当作了‘不可能犯罪’。因此，就会考虑事件是不是走入了迷宫。而且假设也实在太多了。但是，如果犯罪的目的是嫁祸于人，那么，有这么多的假设也可以理解了。如此就简单多了。行动与‘嫁祸’的意图有矛盾的人，将会一个一个从嫌疑对象中排除。这是我这次推理的方针。”

“啊哈。”扶琳强忍着哈欠。这是否是事件的“缺口”呢。冗长的描述，说那么多不就是想说凶手为了嫁祸于人，使用了新娘的砒霜嘛。

然而就是这么几句话，在这种假设下也得费尽口舌。扶琳深感要完成证明还需要一个漫长的过程。

“从现在开始，一口气讲完。”

八星拿起手上的卡片，像是振奋自己精神般，“啪啦啦啦”地从右手将卡片“飞”到左手上：

“首先，第一个假设，翠生哥哥的假设。爱美珂在酒杯‘瀑布口’下毒，利用奇数座位杀害三人的——‘奇数位杀害论’，或者

‘爱美珂单独犯罪可能性’。

“爱美珂在案发前一天偷取毒药，在案发当天又因为可以接触酒杯，使得犯罪有可能发生。但是，问题是根据现在的论点，爱美珂想嫁祸给谁。

“该假设根据现有证据举证出来的凶手候补有爱美珂、翠生、新娘、绢亚、双叶五人。但是新娘和绢亚在传杯过程中出现踉跄泼洒，无法在事前预测酒杯的方向。还有，倒下的被害人由翠生进行照看也不是能预测的。而且交由跟你们两家没有直接关系的第三者照看，更是无法锁定犯罪的动机。想要嫁祸给我刚刚提到的那些人物是不可能的。

“那么，爱美珂要嫁祸于人，只能根据结婚仪式的程序采取行动。那就只剩下双叶一个人。

“但是，假设爱美珂要嫁祸于双叶，行动上就有矛盾了。”

“矛盾？”

翠生鹦鹉学舌般地反问一句，八星连连点头，继续说道：

“是的。根据证言，爱美珂喝下了酒。如果爱美珂要将双叶当作替罪羊，最简单的方法就是让双叶取代自己‘奇数位杀害论’的嫌疑。而且从新娘那里偷取砒霜，双叶也有可能办到。

“但是，这样的话就产生了一个问题？若使用这个方法……”

“爱美珂就会死掉。”

八星点头。

“没错。但是，这个问题也有回避的方法。只要爱美珂自己说出‘我不喝酒’的证言就好。

“爱美珂在案发前一天身体有点不适，很容易找到理由推脱掉酒。她只需要这么处理，就能给双叶安上凶手的名号。但是，实际上呢？她完全没有这么做，反而说出‘我喝了’的证言，将嫌疑引向了自己。

“再则，小狗的闯入是爱美珂事前无法预料的，要把突发状况考虑在内实行犯罪是不可能的。也就是说，爱美珂要找替罪羊的话，就得自己被杀。‘嫁祸于人’的意图和行动存在明显的矛盾。”

翠生向小桌伸手过去，再次拿起大玻璃杯。

“但是，爱美珂如果知道了我们也有可能犯罪，那也可能改变要嫁祸的对象。

“这么说吧。通过观看录像，爱美珂在传杯的时候特意发出啜饮声，也就是表现出‘喝酒’的样子。在这个时间点，她不可能知道会发生小狗闯入和翠生的照看行为。如果，她有心要嫁祸于双叶，那么这个时候就已经与行动产生了矛盾。”

“那么，还有其他犯罪手法的话……”

“其他犯罪手法现在这个时间点无需列举。若是要嫁祸于人，犯罪手法就不能让别人轻易知道。若非如此，无论是谁只要无法应对自如游戏就结束了。即使看起来我说得这么轻松，要是我突然被你们一个窜出来的问题想法给问倒了，反而你们也会起疑的不是吗？那第一我要说的话肯定是心里已经准备好的，毕竟因为自己已经是带着嫌疑的了。”

八星玩弄着手中的卡片，将视线扫过周围的每一个大人。

“说到这里，有人反驳吗？”

重返沉默，八星默认大家同意一般。

“看起来是没有。那么，第一个假设的反证就完毕了。大致上就是刚才所说的那些。”

之后，八星向俵屋家借来平板电脑，使用电脑中的编辑软件，气势猛烈地开始打起字来。

●第一个假设的否定

【假设名】

奇数位杀害论 / 爱美珂单独犯罪可能性

【提出者】

翠生

【假设的概要】

爱美珂在准备酒器的时候，在酒杯的银彩部位下毒，然后杀害处于奇数位的人。

【假设的详细说明】

砒霜是在婚礼前一天，利用新娘离开的一段时间内取得的。动机是因为兄妹吵架，杀害新郎父亲和新娘父亲是为了避免因犯罪动机而留下线索。小狗在舔舐银彩部分的时候被毒死。

【反证（要点）】

① 新娘的砒霜被使用，而小瓶并未处理。另外，凶手考虑的是“嫁祸于人”。

② 凶手候补是案发前准备酒杯的爱美珂和双叶。参与传杯过程中，接触过酒杯的有新娘、绢亚，还有事后照看被害人的翠生。

③ 但是，爱美珂无法预测新娘和绢亚以及翠生的行动。

④ 所以爱美珂的嫁祸对象只有双叶，如此一来，爱美珂的证言必须是“我不喝酒”，而她的证言是“我喝了”，与事实有矛盾。

⑤ 由于爱美珂的行动和凶手“嫁祸于人”的意图矛盾，此假说否定。

写了以上字句的纸被打印出来，一张张地送到每一个人的手上。文件通过无线连接打印机，从另一件房间内打印好，由女仆拿过来。

“你是要准备上课？”扶琳突然很想插话。

“有疑问随时受理。好，那么，我们继续，接下来是第二个假设——”

争分夺秒地直接进入下一个证明。

“爱美珂的假设。三名被害人最初倒下是演戏，然后翠生利用照看的间隙，毒杀了三人。而毒药是纪纱子阿姨偷出来的。所谓‘时间差杀人论’，或是‘翠生·纪纱子共犯可能性’。

“这个假设的问题依然是两个人要让谁做替罪羊。而他们同样无法预测‘踉跄’和‘狗闯入’的发生。那么两位能够嫁祸的对象，也就只有案发前有可能接触酒杯的人，无非是爱美珂和双叶了。

“但是，假设两位要嫁祸给爱美珂，就会产生一个疑问。为何他们要特意去偷新娘的砒霜使用？装有砒霜的罐子就储藏在宅院的土仓内。俵屋家的所有人都知道土仓锁的密码。无论何时都可以使用。

“用这种方式更容易取得砒霜，爱美珂也同样可以轻易地拿到砒霜。如果说纪纱子阿姨是担心会给自己增加嫌疑，没有使用土仓内的砒霜，也是可以理解的。但是，若以嫁祸给爱美珂为目的，偷取新娘的砒霜使用，纪纱子阿姨依然无法摆脱嫌疑。那么为什么非要偷取入手难度更高的砒霜呢。只能认为他们的目标不是爱美珂。也就是说两人瞄准的对象是双叶。”

八星停下调整呼吸，喝口水润了润喉咙。

“但是，若是这么做的话就会有别的疑问浮现。目标是双叶的情况下，纪纱子阿姨为什么会说‘旁边的女儿在喝的时候发出长长的啜饮声’，而且还特意强调并做出爱美珂‘喝了酒’的证言。

“如果爱美珂喝下酒之后没有中毒，根据‘奇数位杀害论’，双叶是凶手的说法就会被否定。由于‘狗闯入’是翠生哥哥和纪纱子阿姨无法预测的，如果他们想嫁祸给双叶，无论如何都会想办法证明爱美珂‘没喝’，就算喝了也只会说喝了一点，往这个方向去作证。但她反过来却说‘长饮’，那么很明显就与‘嫁祸意图’存在矛盾。

“所以，爱美珂也好，双叶也好，无论翠生哥哥和纪纱子阿姨想要嫁祸给谁，都与二位的言行有所冲突。因此，这个假说不成立。”

也许是不想自己的假设被否定，爱美珂硬是挤出一点话来进行反驳。

“但是……刚才翠生哥哥自己也说了，如果翠生哥哥他们在案发后变更嫁祸对象呢？比如说，最开始想嫁祸于双叶，之后再嫁祸于我。”

“这很困难。不同于只嫁祸爱美珂你一个人，他们两人是作为共犯的设定。不能因为其中一人的判断而随意变更计划。如果在中途变更计划，双方就必须要进行沟通交流。

“但是，案发以后，爱美珂和绢亚在纪纱子阿姨身旁寸步不离。她想要接触翠生哥哥变更计划根本不可能。

“那么，也就只能实行最初设定的计划。这样一来，纪纱子阿姨的证言所带来的矛盾依然不可避免。在第二个假设里面，若还有其他犯罪手法，如前所述，不会作为考虑的范围。”

八星“唰啦啦”地洗牌。

“这么解释能明白吧。那么，我来汇总。”

八星再次飞速地打起字来，整理后打印出纸。

●第二个假设的否定

【假设名】

时间差杀人论 / 翠生・纪纱子共犯可能性

【提出者】

爱美珂

【假设的概要】

被害者最初倒下是演戏，被照看的翠生下毒。犯罪用砒霜为纪纱子所盗。

【假设的详细说明】

砒霜是婚礼前一天新娘离开宅院时，被纪纱子偷取。翠生正好利用正造的演技计划，在照看三人时，杀害三人。

动机是翠生和纪纱子正在交往，纪纱子可以取得家中经济的自由支配权。另一边，正造为了让自己的演技更漂亮，也让广翔和一平参与，翠生为了不让人察觉正造的演技，连同广翔和一平，还有一只狗一起杀掉。

【反证（要点）】

①（前述）犯人的目的是“嫁祸于人”。

②（前述）凶手候补为爱美珂、双叶、新娘、绢亚和翠生五人。

③ 但是，翠生他们无法预测新娘和绢亚的行动。

④ 翠生他们嫁祸的对象是双叶或爱美珂。

⑤ 如果爱美珂作为嫁祸的对象，却不使用土仓内的砒霜，矛盾。

⑥ 如果双叶作为嫁祸的对象，纪纱子的证言“爱美珂在喝的时候发出几次长长的啜饮声”，强调爱美珂喝了酒，矛盾。

⑦ 无论爱美珂还是双叶，要想嫁祸给她们，都和行动有矛盾。

⑧ 因此，翠生他们的行动和凶手“嫁祸于人”的意图矛盾，

此假说否定。

“……小联，你知道那么多难以理解的语言呢。”

看着打印出来的纸张，双叶发自内心的感叹。

“下次请你教我语文吧。”

“啊？啊，嗯……好。那等一下，那个联系方式……呃，对不起，继续。下一个，第三个假设。”

小家伙被突如其来的甜蜜话语搞得略显狼狈，他马上调整过来，双手拍打了一下自己的脸颊，心底叱责自己的分心，立刻又悉心投入分析中。

“光江阿姨的假设——这次的杀人案件并非一起事件，而是三起事件的重合。爱美珂杀了新郎、新娘杀了新郎的父亲、绢亚杀了新娘的父亲。所谓‘一人之前犯罪可能性’，或者‘爱美珂·新娘·绢亚多人犯罪可能性’。

“这个论点也是一样，关键在于‘这三人是否要嫁祸于人’？事实上，新娘和绢亚根本就没有嫁祸对象。比如新娘在‘奇数位杀害论’中，要嫁祸给双叶或者爱美珂，那么案发前就必定知道新郎会死。绢亚也是同理。

“还有，假设三人为共犯，绢亚的行为也有问题。她在小狗闯入后，还特意给小狗舔舐酒杯，如果之后小狗没死，而新娘父亲死了。那么，下毒的人就会锁定为绢亚。那种情况势必与犯人的意图产生矛盾。”

绢亚听得一愣一愣的，不经意地张着嘴。

“哦，哦，原来如此，也就是……”

绢亚眼神不定，上看看下看看。

“也就是……怎么回事？”

翠生插了一句话。

“绢亚。就是说如果你没有给小狗喝酒，你就是给新娘父亲下毒的人。”

翠生从八星那里接过了笔和笔记本，在笔记本上写了下来。

给狗喝酒绢亚传杯新娘父亲死亡

“根据这个流程，小狗没死，而新娘父亲死了的话，你使用砒霜下毒的罪证就确凿无疑了。

“但是，如果没有狗闯入，就可以认为是在轮到你传杯之前，就已经有人在酒杯上抹了砒霜，新娘父亲由此毙命。根据这样的分析就能做出类似‘新娘在银彩部分渗入砒霜，然后，爱美珂假装喝下，再传给你，新娘父亲死亡’的假设。

“不过，你却给小狗喝了酒，就与刚才说的嫁祸行动产生了矛盾，这小子是这么说的。”

绢亚双手互抱，考虑了一会儿。

“哦……嗯……这回明白了。果然还是翠生哥的说明比较容易理解。”

看她这个愚钝的反应，基本可以把小妹排除出嫌疑人了。扶琳毫无自觉地如此想道。不过在八星眼里，绢亚的反应也有可能是演技。

“……大家可以认同了是吗？那么，我同样就进行汇总了。”

“哒哒哒哒哒！”八星舞动起小手。

●第三个假设的否定

【假设名】

一人之前犯罪可能性 / 爱美珂・新娘・绢亚多人犯罪可能性

【提出者】

光江

【假设的概要】

爱美珂杀了新郎、新娘杀了新郎的父亲、绢亚杀了新娘的父亲。

【假设的详细说明】

爱美珂和绢亚分别偷取砒霜，新娘和绢亚在传杯的时候假装脚下踉跄，实则在酒杯的银彩部分抹上砒霜。杀人动机为爱美珂和广翔兄妹吵架、新娘对于这场婚姻怀有强烈的怨恨、绢亚有杀人欲求。小狗是在新娘下毒后，舔舐了剩余的毒药（对于人类来说不会致死的量）而死。

【反证（要点）】

①（前述）犯人的目的是“嫁祸于人”。

② 但是这个假设下，新娘和绢亚没有嫁祸的对象。

③ 还有，绢亚给狗喝了酒，如果狗没有死，就可以指明绢亚在酒杯上抹了毒药后将酒杯传给新娘父亲。

④ 凶手的意图和行动有矛盾，此假说否定。

“好了，至此第三个假设也反证完毕。那么，最后是第四个假设。”

八星长长地深呼吸之后，猛地抬起头。

“双叶故意让狗闯入，联手新娘下毒的论点——‘狗故意闯入论’，或者‘双叶·新娘共犯可能性’。

“在这种情况下，由于新娘她们无法预测翠生哥哥和绢亚的行动。因此，她们两人要嫁祸的对象就只能是爱美珂。但是，这里就存在着最大的问题——无论是谁偷走新娘的砒霜，都没有调包机会。

“若是新娘要嫁祸给爱美珂，让她变成凶手，自己就要变成爱美珂的共犯。只有在案发前制造出砒霜被偷的机会，案发后才有机会调包。但是，新娘把自己关在房内整整一周，直到事发前都没有离开过行李箱。”

“但是，婚礼前一天不是外出过了吗。”

绢亚不失时机地发出质疑。

“没错，新娘的确在婚礼前一天外出了。爱美珂和你们几个也是在这期间回来的。但是，你们返程的行动可不是事先就定好的。

“你们本打算晚些回来的。如果按照正常情况，预定 18 时返回的新娘，才应该是第一个返回宅院的人。换句话说，爱美珂的身体不适、绢亚和男朋友吵架、纪纱子阿姨的健身课迟到，如果没有发生上述的意外情况，就不可能提早返回，那么谁也没有偷盗新娘砒霜的机会。

“还有事发以后，因为不知道宅邸会不会留人，就无法判断能不能进行调包。而在事件发生之后，碰巧女仆留在了宅邸，其他的人全都赶往医院，并在医院接受警方的调查取证。事件这么发展是十分说得通的。

“如果要使用这种不安定的方法，就必须在案发前创造偷盗的时机。但是，意图和行动存在矛盾，不成立。”

八星已经不再等待大家的反应，而是动作迅速地直接进入汇总段落。女仆也好似已经习惯了一般，在八星做出指示前，到放置打印机的房内取出打印好的纸张。扶琳绕到八星的身后，看着他打字的画面。

●第四个假设的否定

【假设名】

狗故意闯入论 / 新娘・双叶共犯可能性

【提出者】

绢亚

【假设的概要】

双叶故意让狗闯入，联手新娘下毒。

【假设的详细说明】

新娘把砒霜交给双叶，新郎在双叶准备酒杯时、新郎父亲是在新娘传过酒杯时、新娘父亲是在双叶的狗闯入时，分别被抹上砒霜的酒杯所杀害。

双叶因为新娘的金钱和谎言而成了共犯。案发后因为死人了，因此不愿说出自己的所作所为。新娘的动机如同第三个假设，对于这场婚姻怀有强烈的怨恨。狗是舔舐了双叶渗入酒杯的毒药而死。

【反证（要点）】

①（前述）犯人的目的是“嫁祸于人”。

② 如果新娘想嫁祸于人，就要给予那人偷取砒霜以及调包的机会。

③ 但是，事发前新娘没有给任何人偷取砒霜的机会（婚礼前一天，新娘无法预测爱美珂几人提早返回。）

④ 还有，案发后同样无法预料有谁会留在宅内，没法进行调包。

⑤ 由于新娘的行动和犯人“嫁祸于人”的意图矛盾，此假设否定。

第四个假设的汇总打完后，八星却没有停下的意思继续说道：

“……接着，关于我最早提出来的假说——‘全员共犯可能性’，也由我来否定吧。全员都是共犯的话，就不存在嫁祸。如果非要找个嫁祸对象，就只有翠生哥哥。不过他想要入手砒霜，就一定要找一个帮手。但是，有机会能够拿到砒霜的人物全在共犯范围内，也就不存在替罪羊了。”

●第五个假设的否定

【假设名】

毒药混入酒中论 / 全员共犯可能性

【提出者】

八星

【假设的概要】

直接将砒霜放入酒内，被害者以外所有人联手假装喝下酒。

【假设的详细说明】

省略。

【反证（要点）】

①（前述）犯人的目的是“嫁祸于人”。

②（前述）凶手候补为爱美珂、双叶、新娘、绢亚、翠生五人。

③ 但是，全员共犯的情况就只能把翠生当成替罪羊，而翠生单独行动是无法取得砒霜的。

④ 由于没有符合嫁祸的对象，此假说否定。

八星轻轻地在平板电脑的键盘上敲打完最后一行字。不久，只见女仆拿着一叠整理好的打印纸走了进来。接过打印纸读完的双叶，突然“哒哒哒”地起身跑动起来，从少年的正面紧紧地抱住他。

“谢谢，小联。如同我们约定的，你证明了新娘是无辜的。”

八星整个人僵住了。身高差了一个头，从旁人看来，更像关系要好的姐弟。

但是，这小子完全是在打白工，一分钱都赚不到。扶琳看着打印纸，心里有点替他不值。终于，少女的拥抱结束，八星恢复了正常意识。眨着眼睛，好似如梦初醒般的左顾右盼。突然，脸部犹如被蒸熟的螃蟹般通红。“咳咳！”为了掩盖尴尬而故意咳嗽了两声。

“以上，就是关于五个假设——‘爱美珂单独犯罪可能性’‘翠生·纪纱子共犯可能性’‘爱美珂·新娘·绢亚多人犯罪可能性’‘新娘·双叶共犯可能性’‘全员共犯可能性’的否定。顺便说句，包括我自己提出的假设，至此所有的假设，全部都‘跑题’了。”

“知——了，知——了。”只有从被打破的窗户外，传进来好似忙碌的蝉叫声。

“……可是这个推理，有没有可能也被凶手反过来利用了？”

翠生打破沉默，拿着玻璃杯，侧着头，做出思考状。

“就是说凶手从最初就已经料想到我们的理论都可以否定，因而特意采取了不合常理的行动……”

“不是，凶手有三个原因无法预料。”

八星说完迅速伸出三根手指进行反驳。

“第一，警方不会只考虑我们说的几点。我们聚集在此只是一种偶然。而且毒杀事件造成冤案的概率相当高，警方可能会强行给出解释，还有强行要求嫌疑人自白。

“第二，在这些反证中，当事人的自身意识都没有在事实中体现。比如说，在反证绢亚的时候，狗闯入是必要条件。但是对于绢亚自身来说，狗是否闯入都无关大局，不是出自她自己的意识。

“第三，这些论证即使能否定‘自己犯罪的可能性’，也无法否定嫁祸于人的意图。准确来说，凶手必须要做出自己无法犯案的解释。

“像你们这也不确定，那也不确定，绕个大圈子都在证明自己的无辜，不就是最普通的想嫁祸别人的表现吗？”

绢亚咋了下舌，将手伸进上衣运动服内，在肚子上挠痒痒。

“说了那么多有什么用，结果呢？凶手究竟是谁？”

八星用力地抿起嘴来。

“现在还不知道。”

“啊？不知道？”

“是啊，就如我刚开始时所说，完全不知道谁是凶手。有可能犯案的也就是能接触酒器的爱美珂、双叶、新娘、绢亚和照看被害人的翠生哥哥。但是，通过前面的论证，其中，无论是谁都会有矛盾出现。”

“可是，也不可能会没有凶手啊。”

“当然。”

翠生轻声念道。八星好似被突然点燃了斗志般，双眼炯炯有神地紧盯前方。

“凶手是绝对存在的。这个世界上无法用逻辑说明的事情和现象是不存在的。假使不能证明，也只是碍于人的能力和努力不足。也可能是因为看漏了某一点或对事物判断失误，又或者是懒于思考。”

少年语气坚定，两手紧紧地握着拳头。

“我不认同。我不认同人的理性会失败。我不认同有人类智慧无法到达的领域。我，我……这个世界存在‘奇迹’什么的……我绝对不认同！”

*

又是一阵令人困惑的沉默，但这次与前面的情况有所不同。

“……奇迹？”

翠生反问。八星有点红了脸。

“呃……我随口说说的。没什么特别的意思，请别放心上。”

确实，没什么特别的意思。

这小子所景仰的师傅，也只是勉强到达了奇人的领域。

那个蓝发侦探，只要是他参与的案件，都会极其热衷于证明“这个世界上有奇迹的存在”。看着师傅背影长大的原弟子，心里也一定有着强烈的愿望，绝对要走跟师傅一样的路。

实际上，那个男人已经数十次挑战“奇迹的证明”，不过均已失败告终。

“……不过我无法将所有的可能性全部列出验证。需要检验的嫌疑组合还有好多。不好意思，又要说那件事了。眼下，事件中使用的砒霜是否就是新娘的砒霜都没法确定。若是经过警方的分析，得出‘事件用的砒霜和新娘的砒霜不一致’的结论，那就又可以产生其他可能性了吧。

“但是……若是两者一致，仍然没有发现新的物证和有效的犯罪手法，那么……”

八星阴沉着脸。

“那么，虽然不想承认，那就只能是我的论证方法在哪里出现了错误。但是即使这样，也比让我认同奇迹要好。”

“奇迹是存在的哦。”

未曾想到的人提出异议。

“小联，奇迹是存在的。昨天晚上我跟你讲了。妈妈目睹了新娘参拜加寿美神。新娘真的不想接受这门婚事。所以，这一定是加寿美神做的。加寿美神听到了新娘的祈愿，保护了她。”

“……双叶。”

可怜的少女，如同要跑向漩涡之中的新娘，拥抱她来庇护她一样。从她在旅行途中收养别人丢掉的小狗、刚刚去拥抱少年的行为来看，少女的庇护欲还真是强烈啊。

“这是……加寿美神做的……”

八星陷入沉思，眼神聚焦在一个点上，手上不停地玩弄着卡片。

“……但是，这也不可能。”

双叶一听，瞪着眼抗议道。

“为什么？如果是加寿美神的话……”

八星也正面对着双叶，凝望着她。

“如果像你说的是加寿美神的保佑，那么也就没有必要使用新娘的砒霜了。来自神灵的惩罚，只要来个心脏麻痹就够了。还有，请考虑一下。在这起案件中，麦麦也死了吧。为什么加寿美神要杀掉与整个事情无关的麦麦呢？没有听到过加寿美神讨厌狗之类的话。那么，假设加寿美神的怨恨十分强烈，不仅仅是人类，只要是这个世界上的男人全都怨恨的话……”

啪。八星静静地将卡片归位。

“昨晚我问过你了。麦麦是雌性啊。”

“哦！”扶琳不禁低声咕哝了一句。

这倒是没有想到。那只狗是雌性的话，就算假设加寿美神是存在的，只有新娘受到眷顾也说不通。

这种人类智慧与天启都无法解释的，想想也是怪诞。

扶琳回过来神。白白浪费了脑细胞。原本这一类的“奇迹”就是不可能存在的。杀人的是人，被杀的也是人。假如歪曲了这个万年不变的真理，那世界上的真相又会变成怎样的呢？

跟那个蓝发侦探走得近了，自己的见解也跟着动摇了。扶琳苦笑，看着眼前的少年。争强好胜的原弟子，似乎是不打算跟师傅走上同样的道路。但是，貌似在某种程度上也没有舍弃“奇迹”存在的可能性，万分可笑。那么，那个蓝发的家伙是不是带着瘴气腐蚀了人的理性？

嗯……还是努力保持自己的价值观为好。

扶琳毫无表情地盯着正处于烦闷中的八星的背影。除却砒霜的分析，该有的证言，该有的证据也都逐一例证了。当然，这也不是什么神之力量。如果要超过你的师傅，唯有排除万难地证明这是人为事件。

但是，谈何容易。你小子的着眼点还是只局限在了那里吗——

凶手其实就是我——姚扶琳。

第二部 葬（ZANG）

断想

夹竹桃的木丛间，犹如橙黑两色印刷的版画般被西去的夕阳浸染。

回过神来已近黄昏。偷偷地独自从沉闷的宅院内脱身，田边传来青蛙的叫声，漫无目的地走在这乡间小道上，走着走着，就很自然地走到了这里。无铭之碑、罪人之墓。新娘的禁足之地——

加寿美神的……祠堂。

若是在这里被人看到，自己的立场会更加不利吧。虽说心里明白，却顾不了那么多，我弯下膝盖蹲了下来。事到如今，剩下的疑问不管是一个还是两个，全都无所谓了。因为，“犯罪所使用的砒霜是我自己携带的”这点具有绝对无法动摇的嫌疑。

事件已经过去一周。陷入僵局。

在事件发生之后，虽然警方进行了无数次的调查取证，但我似乎还没有被警察列为嫌疑的对象。犯罪所使用的砒霜正是我所携带的小瓶里的，这点警察已经确认了。

顺便说一句，双叶饲养的小狗体内检测出的砒霜，虽说警方没有通过尸检验证小狗体内的砒霜是否与我的砒霜一致，但他们却判断是一致的。之后，警方从酒杯上也检测出微量的砒霜。由于酒杯已经被完全洗净，因此无法确定砒霜到底是混在酒里，还是涂抹在酒杯上。

但是话说回来，那个双人组合到底是何方神圣？

稀里糊涂地想到了那两个人。脑袋聪明到荒谬绝伦的小男孩，姿色美艳到荒谬绝伦的中国美女。母子？不会。但是，多亏那个男孩子的努力才说服了警察，将我排除在嫌疑人之外，只是作为重要的参考人。

不过，我知道，即使有男孩子的证明，也不能百分之百排除对我的嫌疑。当然，事件中的其他人也无法完全排除嫌疑。警方也认为我们的可疑程度都差不多。那个男孩子正是发现了我们这些人身上有可疑之处，才将我们聚集在一起的吧。

如果，那是加寿美神做的——

或者，就让我用孩子般天真的想法考虑一下吧。哎，也许是不可能的。加寿美神不会来帮助我的。

因为，加寿美神不可能会使用我的砒霜。

如果，那是加寿美神主导的天罚，她也不会来拯救我。她反而还会发怒，对毫无价值的我、对无法改变自己的我、对意志薄弱的我。自己的生活不尽如意，却也没有赌上性命抗争。

所以加寿美神，直到最后的最后，还是将责任压在了我的身上。她的裁决造成了两败俱伤。但我不该有什么不满。像我这样无法行走在自己道路上的人，永远都只能走别人为我铺好的路。

但是，加寿美神大人啊，您连双叶宠物的生命也夺走了，是不是有一点做得太过分了？

我用手除去落在加寿美神祠堂上的污泥，轻声呢喃。

就在此时，我听到了汽车的引擎声，又是观光出租车的引擎声吧。我“嘿”的一声，如同一只愚钝的黄牛，直起腰来，匆匆站到了路旁。

只见一辆车窗全黑的面包车，“吱”的一个刹车停在了我的面前。然后，面包车的车门被横向拉开，从里面伸出了白手套。

第九章

事件过去一周多时间。

如同扶琳预测的一样，警方的搜查陷入了混乱。八星的登场让原本的剧情多少发生改变，不过还算在可控范围之内。之后，只要看准时机，实行最终计划就可以了。

但是，只有一点令人担心，八星是否会请那个侦探帮忙。

不过呢，这也只是杞人忧天。那个侦探正在海外进行“奇迹的调查”，而且，那小家伙挺拘泥于侦探的所谓“奇迹存在证明”，一有机会就想要阻止侦探的调查。这次事件看起来有往“奇迹”方向发展的苗头，所以，既然知道这是个诱饵，扶琳是绝对不会轻易放出去的。

扶琳一边考虑着，一边在自己的公寓内悠哉悠哉地喝着小酒，现在外面还是白天。就在这时，手机里来了消息。

——要做个兼职吗？

收到的是差不多这个意思的中文。发件人的邮件地址，前缀名是 Queen-mother-of-the-west-610。Queen mother of the west——西王母。

扶琳皱起眉头。有这么个怪异名字的，在脑海里搜索一圈就只有那个烦人的女人，虽不情愿想起，但自己的确认识她——宋俪西。以前曾是一起共事的同事，这个女人兼备仙女般的楚楚可怜和野兽般的心狠手辣，是个极端危险的女人。

她从谁手里拿到的邮件地址。而且用的还是日语发音接近她名字的数字“610”。扶琳对于邮件地址分析完后，一肚子火。立刻回了邮件。

——谢绝。

几秒钟后，又收到邮件。

——沈老大点名要你。

咋舌。姓沈的是扶琳过去所属组织的老大。

——那个洗钱工作，已经完成了吧?

——当然。这次让你做的不是这种副业，而是委托老佛爷的本职工作。

——我已经从本来的工作中引退了。没有能力再为沈老大添砖加瓦了。

——你又谦虚了。虽说容颜多少有点松弛浮肿，可老佛爷的美丽姿色一定依旧。穿起你那黑色的衣装，若是登上舞台，保证观众席中会爆发出如同吊水楼瀑布般的欢呼声。

——舞台？宴会上还需要我唱歌？

——嗯，就是最近……葬礼上泣女的角色。

……葬礼？扶琳稍稍斜着脑袋。虽说在职期间受到过四面八方的邀请，没有在葬礼上做过什么的记忆。对了，这里顺便说一句，“老佛爷”是扶琳当时在职时候的外号。

——是谁死了？某个贵人？

——是的。实际上是沈老大最亲近的人前几天夭折了。具体情况被下了封口令，你之后直接跟老大说吧。那么，老佛爷，请问您是否愿意接受这个工作呢？

——好吧。

扶琳勉勉强强地回信。因为是曾经的老板的委托，于情于理很难拒绝。

——谢谢，这样我也有面子。那么请快点坐上公寓门口的豪车……

……公寓门口的豪车？

就在同时，“叮咚”一声，公寓的门禁电话响起。看着门禁系统画面，按下门铃站在门外的是一个肌如白雪，穿着刺绣样式白衬衫的女人。她朝着摄像头镜头笑笑，摇了摇手中的白色扇子来打招呼。

原来所有工作都已备齐，绕个大圈子只不过是余兴节目。扶琳对于此行的目的地兴趣索然，带着放弃的表情，打开了公寓共用门厅的锁。

*

豪华轿车停在了东京港某个不知名的码头，在这里换上一艘小型游艇驶向海中。

看这样子貌似是海葬。开了一阵，前方出现一艘渡轮，扶琳琢磨着大概这就是要举行葬礼的场所吧。扶琳等人登上渡轮之后，继续向大洋驶去。

过不多时，船驶出了日本领海。扶琳在客舱内喝着红酒，忍受着与俪西随意的聊天，这时终于被告知抵达了本次出行的目的地。几个人走向甲板，比起所乘的这艘客轮更大的轮船就停泊在眼前。船身上写着罗马字和中文字拼合的标记——这是沈老大的船吗？

八方海之中央。海风吹走苦涩的心情，船舱内的气氛也比预想的要闲适。不过巨大到让人怀疑人生的大船里，却没有与之匹配的乘客。宛如一艘无人的幽灵船。

在数名船员和俪西的带领下，走下楼梯。扶琳尽可能地避免闻到走在前面的那个女人身上的白檀香味，走近到主舱前，传来了咏诵的声音。伴随着中国的琵琶声余韵袅绕，是深切的哀愁之声，来自一首古诗。

曾经沧海难为水，
除却巫山不是云。
取次花丛懒回顾，
半缘修道半缘君。

（经历过沧海之水的波澜壮阔，就不会再被别处的水所吸引，陶醉过巫山之云的梦幻，别处的风景就不能称为云雨了。虽常在花丛里穿行，我却没有心思欣赏花朵，一半是因为自己已经修道，一半是因为心里只有你。）

“离思？”

“怎么了？”

也许是发音接近的原因，俪西以为扶琳叫了她的名字，便回过头去。扶琳懒得解释，继续默默地跟在后面。这首《离思》是唐代中期的诗人元稹的作品，是一首悼念亡妻的哀歌。沈老大没有伴侣，所以，这回死的是情人吧。

“葬礼已经开始了吗？”

“还没。正式葬礼是从明天下午开始。怎么说呢，可以这么认为，现在正在彩排……”

“彩排？这也太隆重了吧。”

“是啊，而且还邀请了各处的老大和重要人物。”

因此，才要准备彩排吧。

扶琳这时候明白了把自己叫到这里来的原因。明天的葬礼只是借口，自己要在聚集了世界上众多变态的日子里完成某项工作。

到达主舱室。照明装置射出一束束犬牙交错般的光线，接下来是用食堂专用桌子拼成的空间，穿过这里就到了疑似剧场的大厅。

这是能够容纳百人的大空间。地面上铺设着红地毯，观众席上放置着圆形桌子。大厅的最里面还有一个舞台。不过，现在舞台的帷幕尚未升起来。

舞台前方，朝着观众席延伸出的部分上，放置着舞台聚光灯。刚才吟诵的声音就是从这里传出来的。那里有两个人的影子。其中一人是白人男性，穿着西装，这个男人在吟唱着古诗。另一位是中国人，坐在旁边的圆形椅子上，一心不乱地弹奏着琵琶，充当着演奏者。

“沈老大，老佛爷带到。”

俪西用中文跟他们打了招呼，琵琶声戛然而止。

“辛苦了，Song Lixi。你终于来了，Yao Fulin。”

演奏者应声道，将琵琶竖起放置在身旁。修长、秀丽、齐肩短发、简单的翻领衬衫、紧身裤。好似不让人嗅出女人味道的打扮，其实本性就像是把男人捕捉到闺房内的蜘蛛，纯粹的荡妇。

沈雯娟。

这个组织的最高权力者。

白人男性是新的情人吧。姓沈的英姿飒爽地从舞台上一跃而下。走向扶琳。毫无警戒地贴近，一只手搭着扶琳的左肩，额头靠着扶琳的右肩。

“不好意思，小姚。上回的洗钱工作才刚做完，这次又把你请来了。虽然，你已经是引退之身了。”

虽然都是女性，但身体内部传来的是令人动摇的声音，甘甜的体香令扶琳不寒而栗。

“沈老大既然亲自邀请，理当随时效劳。不过，到底是谁没有了？”

“冰妮。”

“冰妮？”

“哎，我的宠姬啊。就像名字一般，虽是冰，但是内心却有着深厚且真挚的感情，抱着就有如同热水般的温暖。没想到啊，这辈子再也无法跟她相遇了。”

“这个宠姬，怎么会？”

“被杀了。”

“被杀了？谁干的？”

“已经抓了几个嫌疑人。我想在明天的葬礼上，把真凶作为献给冰妮的供物，但是，谁才是真凶，大家都不知道。”

“那……”

“嗯，争取在葬礼开始前，借用你的慧眼，来找出真凶，如果无法知道真相，冰妮也得不到安息。”

说着，姓沈的举起一只手，在向谁发号施令。

只见舞台的幕布缓缓地升起。扶琳木讷地盯着。听说这个女人过了三十岁之后，同床的对象就不分男女了。若是这样，就算这个情人是个女人也没有什么不可思议的。

随着红色幕布的升起，逐渐出现了巨大的祭坛。后方则挂着白色的幕布，正前方摆放着一口棺材。棺材的上下左右放满了如小山般的鲜花。再看祭坛中央，耸立着一副壁画——特大的油画照。

扶琳一看到遗像，呼吸几欲停止。

“那……个……俪西！”

好不容易卷动了舌头，从喉咙里发出模糊的声音来。

“沈老大亲近的对象，莫非……”

“正是。”

俪西面不改色地答道。

“这张遗像就是老大的宠姬——冰妮小姐。艳丽的毛色，如同黑曜石般的眼睛，红珊瑚般的小舌头。完美无缺的美丽与可爱，倾国倾城，并且是出生高贵的金枝玉叶。彼时西太后葬礼的时候，她可是引导出殡的、有着‘宫廷狮子狗’系谱的名犬，真正的高贵京巴犬。”

*

京巴犬？

扶琳异常动摇，几乎就要用奇怪的叫声喊出来。狗……狗？这个疯狂的女人已经不满足人类，开始涉足动物了——不，等一下，这个暂且不说，问题是，遗像中的狗就是“那只狗”！

遗像中所画的与那个少女饲养的狗非常相似。当然，从画作中可能还无法完全认出，但是那个挂着奇怪的、附着铃铛的项圈着实令人记忆深刻。那个叫做双叶的女孩子的小狗，实际上是姓沈的狗？说起来她确实说是“捡到的”，不，不，但是，真有这样的巧合？

“小姚，其实我们这边对于冰妮的过世也有一定的责任。之前推荐过日本的观光住宿地吧，其实今年春天，我们带着冰妮也一起去那里玩了，由于踏足异国之地，不熟悉。就在逗留期间，我们可爱的公主就丢了。”

不，难道不是单纯的巧合？

扶琳已经意识到了整个事件的始末——都是冲着自己来的。整件事的元凶就是这个女人，向双叶母女推荐了相同的住宿地。而且，赠送给双叶的沉香正是她的爱用品。甚至，住宿地的赏梅圣地也是她推荐的，到访的时间也重合。

也就是说小狗从姓沈的女人身边走丢后，依靠着沉香的味道寻找主人。结果，嗅到了有同样味道的双叶她们的车，就上了她们的车。

“收到噩耗是前两天。日本警方在冰妮尸检的时候发现了识别身份的微型芯片。如果发现的话还在世也就算了……可恶，一群废物。为了泄愤，我给他们警方提供了几条不正确的情报。哎呀，还是火大。”

——冷静。

不管情况如何，扶琳先提醒自己。

不能因为内心焦急而露出马脚。关键在于事件跟自己有关，这一点对方是否已经察觉。如果对方有所察觉，那么势必就是一场鸿门宴。

“嘎啦”、“轰隆”、“嘎啦”，传来运送东西的声音。

剧场的入口处，姓沈的手下牵引着一个大铁笼子出来。笼子里关了人，所有人均用铁索绑着，眼睛被蒙上，嘴巴被堵住。

虽然只能看到面部，扶琳还是察觉到了笼子里的人是谁。她们是使用了怎样的手段，让那个事件的关系者受到了囚犯般的“待遇”。

新娘、纪纱子、爱美珂、绢亚、新娘的伯母时子、翠生、还有双叶。

共七人。

无论是哪一个人都软弱无力，也没有要出声的样子。也许是被注射了某种药物。

宛如黑市内被当作物品买卖的奴隶。

“……怎么了？小姚？”

姓沈的低声私语，这个权力者的声音传进扶琳的耳朵。

“没。是……”

扶琳咽了一下口水。

“觉得冰妮还有眼前的这些人有点眼熟。”

“眼熟？为什么？”

“我认识的朋友，呃，饲养着一只狗，跟您的宠姬很像……然后，因为那个朋友的关系，还参加了一场婚礼，在那场婚礼上，看到过这些人的面孔。

“你说什么！”

姓沈的突然两手用力压住扶琳的两肩。

“小姚啊，你终于还是说出来了，我可怜的冰妮遭遇到的惨事。也就是说，冰妮死的时候你就在现场是吗？这也是一种宿缘吧。”

沈老大用手腕抱住扶琳的颈部，突然像是虚脱般的垂下身体。

扶琳立刻警戒起来。不过，对方貌似只是单纯地寻求拥抱。扶琳非常警戒地受着对方的爱抚，谨慎地观察着。

陷阱？不是，从刚才沈老大的台词来看，没有十分做作。现在传给自己体感的呜咽和震动也不是演技，还有，除却对方的叹息，也没有特别的拐弯抹角要套话的样子。

还没有察觉……吗？

嘎啦……嘎啦……

俪西不知从哪里推了一辆银色的手推车出来。手推车上摆放着一个银色的托盘。托盘上整齐地放着各种各样的工具——针筒、钢丝锯、铁钳、镊子、铁制钉耙、注射器、打火机、酒精。这些不是木匠就是牙科医生要使用的工具

“老佛爷，差不多可以开始询问了吧。就请享用快乐且短暂的一晚。”

也许还没有察觉。

看着俪西富有生气的笑脸，扶琳得出了这个结论。

原本扶琳要杀俵屋家的成员，是因为他们的投资诈骗行为把自己的公司也圈进去了，他们甚至还知道了洗钱的事情，便利用起来加以威胁。但是，整个计划只有自己和前社长知道，而自己对沈老大也只说了前社长贪污的事情。

但是，实际上那个前社长还活着。在逼其跳下悬崖的中途，拉了一张网，然后将其拉了上来，取而代之的是扔了一具假人下去。因为姓沈的也派了手下来参与处刑计划，所以，只能背地里偷偷地进行。特别等到天黑，也是为了隐藏自己要使用的手法。

为了要使整件事显得更加逼真，那个男人直到跳下悬崖的前一刻都不知情。为什么要这么做，因为他还有利用价值。但是，目前那个男人正逍遥海外，如果真的被姓沈的逮到了，负责监视他的人应该会跟扶琳联系。

而且，如果沈老大怀疑自己是凶手的话，绝不会如此绕圈。一定是直接抓人询问。没问题，嫌疑还没有落到自己的头上。若是这样……

俪西蹲下身来，从手推车的中部格挡上取出了金属制的漏斗和喷壶。

“果然是水？”

扶琳盯着刚刚取出的两样工具。

“不，是金。”

将拷问道具比作“金木水火土”，是从何时变成两人之间的习惯？俪西再次将托盘上摆放的工具摆齐，毕恭毕敬地看向扶琳。扶琳伸手从众多工具中取出镊子。

“就一个？”

扶琳点点头，肌白如雪的女人双手叉着柳腰，深深地行了一礼。

只见沈老大伸出食指。

指向笼中的一名囚犯。

双叶。

沈老大的手下立刻将少女从笼中拖了出来。扶琳此时内心完全不知所措，只是一味地凝视着。怎么办？就这样继续佯装下去？但是，如果这样的话，被沈老大点名的人就将成为自己的替罪羊。而且，如果这样下去，第一个牺牲的就将是……

少女的身体被拉上了舞台。扶琳的头脑已无法与身体统一协调，只得踏上了台阶。不知是否因为站在少女跟前，让其感受到了人的气息，少女抬起被蒙住眼睛和塞住嘴巴的头来。扶琳跪下身体，伸出手，谨慎地帮少女解开蒙眼布和堵嘴物。

解开蒙眼布之后，眼前是一双哭肿得像两个栗子的双眼。无法想象少女如何忍得过这个恐惧的阶段，好似还在做梦的表情，呆呆地望着扶琳。

慢慢地，慢慢地，睁圆了双眼。

“……姐……姐？”

低吟着模糊的日语。

“来……救……我……了？”

“呵呵呵！”后面传来了俪西的笑声。

“那么老佛爷，首先，来一片指甲吧。”

——可恶！

就在这个关键时刻。

“等一下！”

幼小的声音响彻了整个剧场。

“我绝对不会原谅你们这些暴虐无道的行为！”

第十章

一声巨响从天花板处传来。

扶琳顺着声响抬头看去。低矮的二层看台处，有一个孩子的身影。右手拿着打火机，左手拿着一个圆筒形物品，从看台扶手的空隙处紧盯着下层的一举一动。

八星。

“沈雯娟！快点把你抓的人放了！要不然，我手上这个炸弹就……”

“啪嗒。”随着声响，只见八星手上的打火机飞了出去。

一把白色的扇子好像张开的蝶翼，横向如同飞燕般将小朋友手上的火种击落。与此同时，另一个白色的身影也跳上二层看台。俪西将桌子还是什么物品作为垫脚物，不知何时飞跃到了二层。

八星慌忙将包挂在肩上，俪西弯下身，亮出手肘，对着八星的腹部就是一击。可怜的少年张着嘴巴，弓起身体。女人接着踢出一脚弧线，将少年的圆筒形物品踢飞，掉落到一层。咔嚓！随着木材破裂的声音，接着还有一个物体“轰”的一声落下。

桌子破裂了，八星躺在碎木屑间，传来一声声呻吟。

那个白色的身影一跃而下，轻松着地，站在八星身旁。俪西俯视着少年，捡起白色扇子，遮在嘴前，装模作样地向扶琳这边看了过来。不过就在这一瞬间，扇子带起的灰尘，让俪西忍不住咳嗽起来。

“这个小子是怎么回事？”

沈老大正问着，旁侧的白人男性急忙用耳麦向什么人确认。

“雷达没有发现附近有别的船只。这个可疑人物应该是躲在我们的船上来的。”

“日本警方有没有什么动静？”

“没有什么特别的动静。我认为这个人是单独行动。这里又是公海，警方也未必能够掌握到嫌疑人的行踪。”

扶琳放下握着镊子的手，与俪西擦肩而过，走向从二层看台落下的八星，毫无表情地向下俯视他。碎木屑中，少年痛苦地躺在那里。

“扶……琳……姐。”

八星抬起流着血的头部，用日语问道。

“为……为什么你会在这里……”

“就当是人情世故！好了，比起这个，我更想知道那个男人跟你一起来了吗？”

“请，请帮忙……再怎么说，双叶，双叶……她是无辜的。”

“是我在问你话！你的师傅是不是也跟你一样藏在这艘船的某处？”

“师傅……他不在。”

八星用力咬了咬嘴唇，说道。

“师傅现在身处海外……因为是紧急情况，我只是把我所知道的情报全部告诉了他。”

——那家伙不在啊。

杂乱的脚步声从剧场的入口处纷沓而至，围住八星。就在一瞬间，八星的双手便被从后绑了起来。八星用力抵抗着粗暴强壮的大人们，倔强地向扶琳伸出脑袋拼命叫道：

“扶琳姐！她们都是无辜的！求你了，把双叶她们放了，你跟沈雯娟再说说吧……”

扶琳沉默地向下看着八星，嘴里衔着空烟管。对不起，很可惜这样的请求只能当成耳边风。如果那些人无辜，就会对自己造成巨大的麻烦。

“扶琳姐……”

要避免这次的灾祸，只能寻找替罪羊。既然那个侦探不在，暂时就不用担心会暴露。不过，自己的处境依然十分危险。所以，要让那些人中的某人替自己顶罪。

“扶琳姐。”

因此，与少年敌对已是不可避免。怪就怪你自己鲁莽。为什么非要孤身一人闯入虎穴。就算你有一枚炸弹又能把对手怎么样？没有日本警方一起行动的情况下，那么也应该首先瞄准船的控制室进行攻击。

“扶琳姐！跟师傅最近的一次通话里，师傅说得再明显不过了。

这次的事件是奇迹！也就是说没有凶手！若是谁因为任何理由而受到处罚，那就是冤罪！”

听到这话的扶琳，取下了在嘴里衔着左右摇晃的烟管。

——什么？

——奇迹？

八星找到机会，对着沈老大其中一名手下的胳膊咬下去。

“哇”的一声悲鸣。被咬的男人借着一股怒气猛揍八星。或许这也在八星的计算范围之内，只见他被揍飞出去以后，啐了口血，双手虽然被反手绑住，却顺势跑了起来，目标就是姓沈的女人。

“啊哇哇哇！”八星的怒吼声喧嚣而上。白人男性迅速地挡在沈老大和八星的中间。八星见势突然改成滑跪的姿势停在了白人男性面前，打开双膝，正坐下去，猛地将头抬起来。

“沈雯娟，恕我冒昧，容我谏言一句。”

这真是从心灵深处发出的声响。

“你简直是狂妄自大，不仁不义。将仁义变为拷问，这是知恩图报吗？”

扶琳也将目光转向了沈雯娟。犹如男装丽人般的大佬，此刻正翘着二郎腿坐在观众席的桌旁，面对少年无礼的言语，丝毫没有动怒，只是像看着什么珍奇物品般地盯着八星。

“说明白点，小子。”

“我说你忘恩负义。夫老狐不忘故丘，白龟报毛宝之恩。畜生尚且如此，何况人伦！”

“忘恩负义？我？什么时候的事？对谁？”

“就是现在，对那个叫双叶的女孩。她是无辜的！她反而还是你那个宠姬的大恩人！你的宠姬在走投无路的时候，出手保护并且救了你宠姬的不是别人，就是她。你对于有恩于你的人，就是这样对待的吗？进行残酷的拷问？”

“这个女孩不仅拐走了我的爱妾，而且还是毒杀她的大罪人。我诛杀她有何不妥？”

“不！那根本不是诱拐，而是庇护！她的爱你为何就感觉不到呢？沈雯娟！你是不是老糊涂了，忠奸都不分了。”

蠢货！扶琳眉头紧缩起来。在这个女人面前是绝对不能提及年龄相关的话题。

“……哦。”

不出所料，那个女人发出如寒冰一般的冷气。

“这话听起来真是刺耳啊。嗯，岁月不饶人。但是，小子，退一百步来说，就算这个女孩子保护了我的冰妮，但是，这之后的毒杀该怎么说？”

“这也不能怪罪于她。要怪就该怪罪魁祸首的元凶。”

“事件的始作俑者也有可能是这个女孩子。”

“不可能。因为我可以证明她的清白。”

沈老大的数名手下靠近八星，准备抓住他。姓沈的手一挥，让他们不要动。然后，手肘撑在桌子上，手掌托着下巴，脸上浮现出笑容。

“那好吧，我就给你申述的机会。你就用你的三寸不烂之舌，来证明这个女孩的清白。如果你能证明，我当然也可以考虑不追究。如果不能证明——你懂的，跟我玩诡辩的罪名可是很重的。你同样也会受到相应的重罚。”

八星深深地吸了一口气。

“沈老大，你的恩情我深深地记下了。”

扶琳对于现场局势的演变多少有点意外和惊讶。

哦，原来如此，触怒对方，反而得到了阐述的机会。

这是一步算错就有可能没命的赌局，要在这场博弈中胜出，除了大心脏还要有强大的运气。

但是，如果按照八星的理论，被逼入绝境的就是扶琳了。因为少年已经将七个人的嫌疑全都排除过了。那么，他的论点如果得到姓沈的认可，嫌疑就必将转向那七人以外。

最后，要是某人被当成嫌疑人的话……

在沈老大的指示下，绑住八星双手的绳子被解开了。接着，送上了椅子和毛巾，全身的伤势也大致处理了一下。

沈老大的手下送上饮料，但是八星没有喝，而是打开腰包取出自己的瓶装矿泉水。喝下一大口，然后，从腰包里的别处取出捆好的卡片。

“那么，沈老大。现在就由我来证明……”

八星巧妙地利用卡片的图案，滔滔不绝地再次证明起双叶的清白。

糟糕！扶琳越来越焦急。如果按照现在的情形下去，全员被证明无罪的话，能够代替自己做替罪羊的人选就没了。若不能抓紧准备对策的话……

就在八星讲到一半的时候，沈老大突然举起一只手。

“等一下，小子。我问你一个问题，你的这个证明，莫非都是建立在‘新娘嫁祸于人’的前提上？”

八星听言，停下了陈述。

“呃，是，是的，怎么了？”

只见沈老大的表情变得扫兴。

“只有这种程度的论据。你就敢跟我反抗？不过，你刚毅的勇气还是让我佩服。”

沈老大叹了口气，摇摇头说道。

“小子，不瞒你说，你所说的我们这边已经完全论证过了。我们当然也不能藐视王法。虽然还没有对那七人进行直接询问。不过建立在现有情报的基础上，我们大致已经完成了粗略的审议。

“其实对于你的证明，我们已经发现了致命的漏洞。是吧，我亲爱的达令！”

姓沈的朝旁边望去。视线那边是前面提到的那个白人男性，只见他报以微笑还礼。

致命的……漏洞？

就在此时，八星轻叫一声，睁圆双眼，紧盯着白人男性的脸。

从八星的嘴巴里发出了难以置信语气的日语。

“莫非，你……你是埃利奥·波尔特奥尼？”

*

知道姓名？

还是打过照面的人？扶琳再次调动自己的记忆。从姓名上来看是意大利人。年龄在二十到三十岁之间，有一双纯真的蓝眼睛，粗粗的眉毛，短短的胡须还流露出些许野性，总体来说是个优雅知性的男人。

被叫做埃利奥的男人，听到八星的问题后，只是歪着脑袋。就在扶琳思考他是不是听不懂日语的时候，只见这个男人起身向八星方向走去，站在少年面前，往下看去，并同时用日语反问八星：

“你怎么知道我的名字？”

八星半张着嘴，抬起头与其对视。

“我以前在师傅的相册里，看到过你的照片，比现在要年轻一些，不过说起来，你应该是加布里埃尔的手下……”

“你的师傅？他是谁？哦，要说知道我和加布里埃尔的日本人——上苙？”

“没错，蓝发侦探。但是，作为加布里埃尔手下的你为何会在这里？”

埃利奥并未回答这个问题。只是耸耸肩，笑着。

只见沈老大焦躁起来。大声叫道：

“俪西！过来翻译，听不懂这野小子的语言。”

俪西匆忙一溜烟小跑到沈老大身旁，贴近直起身来的沈老大的耳边。从保镖到翻译，真是个即插即用、使用方便的“女人”。

“哦，孩子。原来你小子认识那个蓝发。”

沈老大仿佛很愉快般的笑了起来。

“关于蓝发的传闻可是各处都听得到。不管怎么说，他可是那个加布里埃尔的眼中钉。能够成为那个大恶人的眼中钉，到底是个怎样的男人，我也是非常想见他一见。啊，顺便说下，这个就是从加布里埃尔那里得到的赔偿品。”

说着，用下巴向埃利奥做了个指示。

“之前跟他们做生意的时候，他破坏了规矩。我接受了对方的赔偿。其实对于那个意大利人来说，无论多少赔偿金都是九牛一毛，不过那些赔偿中包含了冰妮，也就算了。那可是价值千金的狗。”

这个叫做加布里埃尔的人，是梵蒂冈教宗的最高顾问。

表面上是梵蒂冈教廷所属虔诚的基督徒，暗地里属于黑手党，真令人替他羞愧。因此，沈雯娟才会和他频繁地发生各种纠纷。

机缘巧合之下，他因某事跟那个蓝发侦探形成了对立关系。因此，那个侦探有没有事都要插一手。不过，加布里埃尔那边现在也可以看作是沈雯娟的所有物了。就在不久前，她又把钱送到了最高顾问手上。

埃利奥回到沈老大的身旁。姓沈的起身站到了男人的身后，手脚如同蜘蛛般从后缠住埃利奥，然后两人脸蹭着脸，姓沈的手指也没闲着，拨弄着埃利奥的短发。

“埃利奥，就由你来说吧，这个乳臭未干的小子，到底哪里不足。”

埃利奥先是闭上双眼，再慢慢地睁开他那双蓝色的眼睛。

“谨遵沈老大的命令，献丑了。”

他突然用一本正经的中文开始了陈述。

“这个少年的主张——伴娘和新娘不可能成为共犯。论点大致如下。假设新娘是凶手，但新娘没有给任何人偷取和调包自己所携带砒霜的机会。而这一点正和凶手寻找替罪羊的意图相反。”

犹如机械般毫无感情的声音，淡淡地编织着话语。

“但是，新娘真的没有给任何人偷取砒霜的机会吗？”

“嘟呜。”船内响起轮船换气的声音。

“新娘在结婚仪式前一天外出，而且将行李箱放在房内。对于到那一刻都十分谨慎的新娘，这个行为显然十分异常。”

“不，不是你说的那样。她知道那时候整个宅院没有人。与其说她将行李箱留在屋内，不如说是她瞄准了这个可以出去的机会。”

“果真如此吗？”

埃利奥反问了八星之后，温和地将沈老大缠住自己的手拿开。

朝着八星的位置走去。男人一走起来，胸前的某种物件闪闪发光，是一个宝剑型的银色挂件。作为男性的装饰品，只有这个物品有些莫名的俗气。

埃利奥与八星的眼神对峙起来。过了几分钟，又继续用中文说：

“少年，你叫什么名字？”

“……八星。”

“八星，嗯，听着。你的反证有一个漏洞。刚才你在论述里提到‘新娘无法预测其他三人会提早回家’。实际上，新娘绝对有可能会预测到。”

“为何？俵屋家的三名女性会在婚礼的前一天提前回家，无论哪一件事都是新娘无法预测的。爱美珂身体不适、绢亚和男朋友吵架后分开、纪纱子阿姨坐的电车延误。”

埃利奥暂不出声，只是低头望着八星。

“要我说，这叫本职。”

本职？

“认为毒药仅仅以毒杀为目的的人，绝对是个外行。”

仅以毒杀为目的？外行？

“真正精通毒物的人，会根据毒药的性质通过不同的途径来使用。举个例子，阿托品是一种如果使用过量，会产生幻觉并且造成呼吸麻痹，甚至死亡的神经性毒药。但是，适量的药量也会被使用。像是眼药水、肠胃药，甚至麻醉前都会用到。再比如说沙林，作为有机磷系会导致中毒，但也被用作治疗药。

“事实上，阿托品还有散瞳作用。也就是说可以利用散瞳的药效，达到隐藏犯罪的目的，确有这样的事例。

“一八九二年，安娜·布坎南杀人事件。女性被害人被吗啡所杀，吗啡中毒者最明显的症状是瞳孔收缩。这起事件的凶手是医生，因为知道阿托品的药效，为了不让警方察觉被害人是吗啡中毒，所以特意使用了阿托品让被害人的瞳孔散开。”

“啪啪啪啪。”有东西散落在八星的脚边。

卡片。小朋友弯下身去逐一捡起散落在地上的卡片，然后软绵无力地蹲在地上。

“难道……难道……”

“那么我们回到这次的事件。其中最值得怀疑的就是大妹的身体不适。许多中毒症状都会在初期呈现出与感冒相似的情况。由于大妹在婚礼前一天的中午吃了冷冻比萨，若是有人在这上面动手脚的话，就有可能人为造成大妹身体不适。

“在食用后数小时内出现症状。大妹症状较轻，经过一晚就能恢复。这种程度的毒性最多也就是食物中毒。

“有可能引发食物中毒的有竹荚鱼和青花鱼引起的组胺中毒，土豆发芽形成的茄碱。或者轻度的沙门氏菌也可以列为候补。不过，或许最符合条件的应该是‘黄色葡萄球菌’吧。

“这种菌所产生的毒素，即使加热后也不会消失，无臭无味保存方便。而且也是日常生活中一种很容易就能繁殖的菌种，入手也相当简单。要说具体手段，只要将被这种菌污染的芝士粉撒在比萨上。然后等到对方食用完毕，剩下的只需等大家外出后处理掉就好了。”

八星像个蹴鞠般地蹲着。好一阵，埃利奥毫无感情的瞳孔映射出他的背影。埃利奥做出双手插兜的动作，转过身去。

“也就是说，小子，你的论据到此崩溃了。八星，你的反证尚有不足。”

就在埃利奥转身离去的时候，他背后的八星啪擦一声，手上紧紧地握住了一张卡片。

哈哈哈哈哈！爽朗的大笑声传遍船舱。

“来吧，小子，让我见识见识你的反驳。可以给你一点思考时间。无论你用什么样的谬论、诡辩都随你，胡搅蛮缠也可以。但有一件事你可别忘了。你可是主张那个少女是无辜的，所以不能让我对她留有一丁点猜疑。只要有疑问我就拷问。”

哐噹。感觉到整个船都在摇晃。

大概是受到了一阵高浪的拍打。扶琳抬头仰望天花板，只见高挂在上的枝形吊灯在微微摇晃。扶琳喘了口气，重新将手中的烟管衔在嘴里。

接着将目光投向俪西，伸出手指示意让其过来。俪西像一只小狗般轻巧地小跑过来。动作十分熟练地不知从身上何处，如同变戏法般取出了火柴，麻利地擦亮火柴递给扶琳。

“俪西，那男人是什么来头？”

扶琳接过火，点上。问道。

“那个男人？那是加布里埃尔养着的杀手。”

“杀手？不仅仅是情人咯。”

“驯熟之虎也可骑玩是吧。当然，他也是老大的闺蜜对象，还擅长贩毒。利用他暗杀的本领已经干掉了老大的好几个商业对手。听说非常得到老大的器重。但是，就算这样，他得到的宠爱度连冰妮的脚趾头都够不上。”

也就是说,姓沈的从加布里埃尔那里拿到的赔偿品不是“玩具”，而是“道具”。

“但……是……”

扶琳的耳朵传入细细的声音。八星像一个馒头般拱着身体，看起来誓不罢休。

“新娘……新娘她是否具备如此精深的毒药相关知识……”

“她带着毒药的相关参考资料。而且黄色葡萄球菌引起的食物中毒现象一般家庭也经常发生，这种程度的知识只要上网随时可以查到。”

“那么，新娘是在什么时间点做的手脚？”

“新娘动手的最晚时机是在彩排的时候。大妹在彩排之前，为了常温解冻比萨，而将比萨从冰箱里取出放在厨房，时间绰绰有余。也许是新娘目睹了大妹从厨房出入，急忙想到了这个计划。”

“那新娘为何会突然想到这个计划？”

“这还用说，当然是为了嫁祸给大妹。如果是结婚仪式前一天突然下决心犯罪，那么造成毒药被偷取的假象只有这个时机。而且，这个心境的变化，对于结婚仪式前，情绪不稳定的新娘来说，也十分说得通。”

白费工夫。

扶琳听着两人的一问一答，眼睛看着远处，嘴里吐出一口烟。

这样假设来假设去毫无意义，这种程度的问题一周前就论证过了。关键在于无法证明犯罪。

有怀疑就拷问。

即使留有一丁点疑问，就会对嫌疑人进行拷问。是这个意思吧。

就好比是中世纪的魔女审判。对于政敌和抵抗势力吹毛求疵，把他们送上拷问台是这个女人的常用手段。比如雇了一个烧菜口味较重的厨师，如果雇主死了，那么这名厨师就难逃干系。再比如说有人踢倒了走廊里的瓶子，造成某人摔倒致死，那么踢倒瓶子的人就难逃干系。要想摆脱这两种情况的嫌疑，就必须完全证明自己的清白。但是，如果真凶本来就不存在，那么剩下的证明手段就只有不得不寻找替罪羊？或者，断绝这两种可能性的存在。那么，就必须千方百计地让沈老大认同某个结论。

同理。

扶琳想到了此时此刻不在现场的蓝发侦探，那个侦探秉承着自己的信念——要证明“这个世界上存在奇迹”，然后，通过奇迹的证明，否定奇迹以外的手段。也就是说这次事件必须使用“全盘否定人类智慧可以企及或者有可能性达成的情况”这种宛如天方夜谭的方法。

追究嫌疑人的一方，只需要从犯罪的“可能性”寻找启示。反过来为嫌疑人辩护的一方，就必须严密论证说明“可能性”不存在。与普通的裁判刚好相反，不能证明发生了事件，而是要论证事件不存在。

换句话说，也可称为“恶魔的证明”。

之前跟着师傅的这个小子，对于布满荆棘的艰难道路，也一定早已耳濡目染。所谓“可能性”，就像是水龙头，拧一拧就能出水。无论编织出怎样的逻辑之网，都无法捕尽所有的鱼，从网眼里跑掉的漏网之鱼终归会有的。

突破口只有一点……就是刚才少年提到过的。

那个蓝发侦探说的“奇迹”？

“……你准备好了吗？小子。已经过了 7 分 30 秒啦。”

沈老大抱着看好戏的表情煽动着他。八星将腰包里的卡片全数铺在地上，努力地在其中寻找。试图要从这些卡片里面寻找灵感。此时就像是小孩子一样，无可奈何。

终于，沈雯娟看着怀表，无情地宣告：

“时间到了。”

八星一手握拳，朝地板上敲去。

客舱里传来沈老大从心底发出的哄笑声。吩咐埃利奥走近，在其耳边轻声交代了什么。不出多时，只见埃利奥推着一个载有酒类和菜肴的小推车走了过来。

埃利奥为沈老大倒了杯酒，再帮她试过了毒。她单手握着红酒杯，优雅地坐回到椅子上。做好十足的观剧准备，开始下令。

“开始处置这个小子。小姚，请开始你的‘表演’。”

没有是与非。

扶琳脸上的表情再次消失。朝着坐在地上的双叶走去。双叶如同早上刚刚睡醒眯着朦胧的睡眼，弱弱地用日语问道：

“那个……你们在说什么？”

然后，转过头去，看到远处正伏在地上哭泣的八星，继续问道：

“为什么小联在哭？”

由于之前的对话都是中文的缘故。双叶一时半会还无法理解情况。反倒是有利有弊。

“老佛爷。”

俪西拉了一把折叠椅过来。

粗暴地揪住少女的领子，拎起来，要将她扔出去一般，将少女“扔”在椅子上。双叶因为被灌了药，带着疲惫的身体，毫无抵抗力地坐在了椅子上。扶琳在如同人偶般的少女膝边蹲下身，好似要替家里猫咪剪指甲一样，轻轻地抬起少女的一只手。

那只芊芊玉手。若是用力不当，甚至会让手指骨骨折吧。

扶琳盯着少女的手看了整整十秒。

“怎么了？”

“没什么。”

又过了一会儿，扶琳向沈老大低下头去。

“沈老大，姚扶琳不才，虽才从一线退下，手段却似乎已经有点钝了。对方又是如此纤弱的女孩儿，还没怎么利用就变成尸体有些可惜了。能否先给我来一个身强力壮的试试手？”

“哦，你的意思是想从其他人开始拷问？无所谓，你说从谁开始就从谁开始。”

旁边的俪西带着讽刺意味插进话来。

“哟，老佛爷，莫非你对这个女孩儿起了怜悯之心？”

白痴，要你多嘴！

扶琳无视俪西的蠢话，站起身来。要是这点程度就起了怜悯之心，那过去犯下的罪行岂不是早就可以寻短见了。自己提出这个建议并非出于怜悯。

而是单纯的——害怕。

扶琳担心在拷问过程中，小姑娘会泄露出多余的信息。

她当时是亲手倒的酒。可能会察觉到与婚礼举行当天有什么不同。

当然，就算是多么细微的点也不能疏忽，毕竟对手是沈老大。要是针头下去有任何细小的闪失，可是要赔上性命的。而那个叫做埃利奥的男人，实力如何也是未知数。更加谨慎才是安全上策。

幸运的是，替罪羊还有几个。这批人充其量只是普通人或是恶党，来点狠的就能迫使他们自白。不过，其中俵屋家的那对姐妹挺棘手的，放弃。之后，只需要在逻辑上说得通，能够说服沈老大……

“更待何时。”

阴沉的声音传来，扶琳驻足。

“看起来，老佛爷确实有点懈怠，和以前比起来迟钝了。但是，锈了的刀磨一下便可再用。老佛爷您这把名刀，焉需回炉重铸？”

扶琳注意到俪西一只手已经拿了钢丝锯，另一只手揪着少女的头发，宛如冥府幽鬼般向扶琳投去目光。

“老佛爷，您请看。就由我俪西之手代为演示。将老佛爷传授于我的技艺再还于您。喔唷，这不就所谓班门弄斧了嘛，还是孔子的不耻下问？不管这么多了，有一点，您可以把我当成正在教授小猫捕食的母猫，可算是神奇的启蒙课。”

扶琳张着的嘴如同一只木鱼。

为什么……会变成现在这种情况？

自己避开对女孩儿拷问的做法，在俪西的眼里就是软弱，反而令她发怒了吗？可恶，真是难办。

这么说来，这个女人对于自己脱离组织早就不爽，只要有机会就会想方设法把自己拉回组织。原本硬是将这个女人拉入组织的也不是别人，正是扶琳自己。然后，自己随便拍拍屁股走人，甚至现在还带着善良怜悯之心，这才惹得她发怒吧。

“扶琳姐……”

舞台下传来声音。

“拜托了，现在不知道师傅在哪里，但是他一定在救我们的路上。而且，师傅也说了，这次事件是奇迹。所以，即使日本警察不出动，但只要师傅来到这里，也一定可以证明我们所有人是无罪的。所以……”

所以什么！扶琳忍着逐渐严重的头痛。现在哭诉有什么用？好烦，这女人烦，这小子也烦。

八星拖着重伤之躯来到舞台边，强忍伤痛笑着抬起头来。

“所以，长久以来，为了争取时间……我一直在练习……”

扶琳表情逐渐凝固。

什么?

只听天花板上传来某种撞击的声音。

大家条件反射地抬头向上看去。枝形吊灯附近，像一只鸟的黑影浮在空中。不，不是鸟，是某种机器。呈 X 形。还带有螺旋桨的小型飞行物体。那是——

无人驾驶飞机。

“蠢货，联。扶琳的拷问可不只是打屁股那么简单，就连牙科医生都不敢去看的你，干吗要去受她的折磨呢。”

同样也抬起头的八星，一扫脸上的阴霾。

“师傅——”

师，师傅?

随着轰隆隆地翅膀振动的声音，无人机开始降落。扶琳呆若木鸡般紧盯着无人机。沈老大的手下们也是神情紧张地看着这个可疑机器，女首领命令手下不要动，静观其变。

无人机在沈老大头上位置降下后，不再下降，而是在空中悬停。又传出了没有任何紧张感的声音。

“沈老大，对不起，处在比你高的位置。我这边只有一个要求。

就是立刻释放联和其他被你抓的人。”

沈老大一副无精打采的样子，只是抬起头来向上望去。

“你是什么人？”

“上苙丞。那个少年的保护人。”

“哦，原来你就是蓝发侦探啊。刚才还听到过你的传闻。但是以这种方式出现，根本看不出你是蓝发啊。”

“沈老大，你应该注意到使用飞行器的时候是看不到我本人的。对了，我听加布里埃尔说过你的事情。听说你因为失去了爱犬，每晚哭泣到天明。我也收到了那个家伙的委托，希望我能够安慰受伤的你。所以，如果你接受了这个提议，我们就把酒言欢到天明怎样？”

“嗯，很有诱惑力的提案——喝你个头。毕竟这里面有杀害我宠姬的大罪人。还有那边的小子，不仅嘲弄我，还说大话要证明那个女孩儿的清白，结果还失败了。这个责任可逃不掉。”

“你是说联的反证漏洞？”

好似刀剑砍在盾牌上的铿锵作响，蓝发尖锐的反击声音响彻当场。

“那种可能性我早已料及。”

*

话音刚落，沈老大的表情明显严峻起来。

扶琳眯起天生的三白眼。许久没有听到侦探的这句招牌台词。没想到在这里又听到了。

“哦？所有的可能性已经思索完成？蓝发，可别逞强哦。”

“不好意思，实际上我确实已经料及所有的可能性。对了，沈老大，说起来，是谁发现了联的反证漏洞？”

说完，来自意大利的男人动作迅捷地抢到飞行器的镜头前。

“上苙，是我。”

“诶！这不是……埃利奥吗？哦，听说加布里埃尔的赔偿品，啊，原来如此，是指你啊，原来如此。难怪那家伙还兴高采烈地告诉我沈老大的居住地……”

从两个人的口气听来，哪像是有敌对意味的对手，更像是旧友叙旧。

良好的沟通之后，埃利奥斩断了双方温和的交流，说道：

“上苙，你说出这句台词，是不是要来反证我的假设？”

“当然。你听好了，埃利奥——这次事件是奇迹。没有人类智慧介入的余地。”

“你这家伙又来了……”

埃利奥苦笑着。

“寒暄到此结束，说吧，我哪里看漏了。”

“埃利奥，你唯一看漏的点，就是——”

轰隆隆，轰隆隆。飞行器震动翅膀的声音。

“结婚仪式前一天，星期五是‘可燃垃圾回收日’。”

良久，剧场内沉默的帷幕降下。

“……上苙。你的幽默我始终不懂。”

“这并非幽默，而是论据。说起来，意大利并没有按照星期几划分垃圾分类的习惯。因此，没有考虑到这一点也很正常……

“不过你要是知道日本的这个习惯，那么我的反证就容易理解了。埃利奥，你听好了，事件发生地的垃圾回收方式是按户回收，也就是从下午开始，垃圾回收车把每户人家放在门口的垃圾挨家挨户地回收。那么，婚礼仪式前一天的星期五，垃圾回收车也一定会停在俵屋家门口。但是，从俵屋家大妹的证言来看，监控系统没有拍到下午的大门口有车停留。那么，换句话说，那天俵屋家没有要丢掉的可燃垃圾。”

埃利奥皱起眉头。同样，还没理解上苙丞意图的扶琳也锁起眉头来。

“那又能证明什么？她们家的那个女仆不仅不擅长料理家务事，也不会做菜，经常跑超市还有便当店。所以，偶然不丢垃圾也是稀松平常之事。”

“不，在这个时间段可不平常。因为结婚仪式前一天的午饭，大妹仅仅吃了半个比萨，便把剩余的比萨丢在了洗物槽里。而从再前一天的行为习惯来看，丢比萨的时间点是在女仆收拾整理厨房之前，而女仆离开宅院是中午前，垃圾回收车过来是下午。所以，没有垃圾丢出来是很不自然的。”

“……那或许就没去管那洗物槽里的半个比萨。”

“厨房是要迎接新娘的，而且电视台还在直播结婚仪式。所以，不可能把垃圾就那样扔在洗物槽里不管。即使不是因为这些事，现在可是夏天。纸屑什么的或许好一点，把容易腐坏的生活垃圾放着不扔，可是要发臭的，谁忍受得了。”

“那么，女仆把垃圾带走了如何？或者埋在宅院的庭院里。”

“连做饭都不怎么积极的女仆，还会特意将生活垃圾带走，而不放在门口？而且，再根据小妹的证言，若是在宅院挖个坑，一定会被主人注意到。何况结婚仪式就在第二天举行，这天又是普通的垃圾回收日，完全没必要将垃圾丢在庭院里。”

无人机随着对话，像是开心般地上下浮动。

“也就是说，在此期间，洗物槽的比萨消失了。那么，消失去哪儿了？要说食物消失的理由，只有一个是吧——谁吃掉了。”

埃利奥又锁起眉头来。

“丢在洗物槽的吃剩下的比萨？这又不是贫民窟，要吃这种东西的人——”

埃利奥说到这里，停了下来，抬头向无人机望去。

“啊！莫非——”

“正是，埃利奥。吃掉剩下食物的并非人类。那么，必然是人类以外的动物。

“说起前一天待在宅院内的动物，就只有伴娘养的狗，因此，一定是那只狗吃掉了剩下的比萨。

“但是，小狗次日还健康地参加了结婚仪式。那么，引发人类食物中毒的东西十有八九都会‘人畜共同感染’，也就是说引发人类食物中毒，小狗同样也会中毒。况且，少女养的这条狗不常去捡拾东西吃，肠胃道功能很弱，如果食物中毒必定就会腹泻。既然小狗吃了没有任何症状，那么，这就是比萨没有被动过手脚的证据。

“也就是说，比萨没有被下毒。进而可以证明新娘在主观上判断大妹会提早回家这样的假设和论据不存在。”

埃利奥沉默不语。意大利男人用手托着下巴，眼神盯着上方，“呵”的笑了一声。伸出手，做了一个赶走无人机的动作。

“……蓝发，别张口闭口的狗、狗、狗！”

扶琳才缓过神来。

什么？结束了？

这也未免太简单了。他登场前的骚动简直就是小儿科。这就是这个侦探的破坏力。

但是，这场压轴戏比预想的要早，反而让扶琳的立场变得更加复杂。

“师——傅！”“师——傅！”八星像是追逐弹球般地伸出手去抓无人机，扶琳斜视着八星，嘴里吸吮着烟管，努力在脑中整理陷入混乱的思考。

现在要注意的是侦探反证，要避免对少女的询问。

但是，这个侦探的登场，让事件真相大白于天下的危险性急剧增加。

这是第一个麻烦。如果对方是普通的侦探也就到此而止。偏偏这个侦探，绝对会让事情变得更加棘手。

刚才，那小子说过了，侦探已经宣告这个事件是奇迹。

也就是这个事件不存在凶手。

令扶琳感到混乱的就是这里。难道这次自己没有犯罪?

不可能啊。自己是这起事件的始作俑者，不会有错。事件顺利地按照当初的计划施行，并且毫无差错地杀死对方，而且，也得到了共犯的报告。如果凶手不是自己的话，简直就比亚当和夏娃还无辜。

既然侦探做出这样的发言，理由可能有两个。

其一，侦探还未发现事情的真相。

或者……

发现了自己是凶手，在包庇?

那个侦探因为执着于奇迹，视野变得狭窄，所以，“未发现事情真相”也是十分有可能的。但是，如果对方是因为第二点而撒谎的话……

扶琳咋舌。

真是令人讨厌的发言。

如果是第二点的话，便可利用这个男的，也就是“友”。但是，如果是第一种可能的话，若是在议论中途发现真相，这个男人毫无疑问就是要封口的妨碍者。也就是“敌”。

是敌是友，硬币的两面，到底赌哪一面？

正在思前想后的时候，只见俪西从舞台上轻巧敏捷地一跃而下。用白扇掩住嘴边，轻快地走近到无人机旁。

“亲爱的，好久不见。”

听到俪西这么一说，扶琳想起来了。以前发生过一次和奇迹有关的事件，这个女人和侦探对决过一次。从那次起，这个女人就看上了侦探，一直想把侦探“剥了皮”做自己的情夫。莫非，这也是侦探逃亡海外的理由？

“……这不是俪西吗？你也在啊。不，其实这个可能性我也考虑进去了。”

“老师，我相信您一定会考虑到所有可能性。不过，今日今时，您为何要用这种方式登场？”

“哦，这事啊，我现在正在租来的船上，向你们这边赶来，不过按照现在的航速，估计也要花上几个小时。所以，我就急着用上了无人机。我的船最快航速为三十海里，换成时速最高速是五十五公里，而这架改造过的无人机时速可达一百四十公里。”

“哦，原来如此啊。”

话音刚落，俪西一个转身，背对无人机，高高跃起。

只见发如龙须飘动，空中翻一个跟头。伸出脚弓，高过头部，漂亮的一脚将无人机踢翻在地。就在无人机落在地上之时，俪西穿着的高跟皮鞋的鞋跟立刻跟上，一脚将无人机踩得粉碎。

“我的爱人，你真是能干。虽说这是你的魅力所在，不过现状对我俪西来说有点棘手。你要还想这么喋喋不休，还是等你本尊现身之后再说吧。再会。”

扶琳惊讶得下巴都要掉下来了。

第三只眼！

好了，侦探被强行退场，无人机暂时被排除了，现场的情况又回到原样。

其实不管侦探到不到现场，要做的事情都不会变，就是捏造一个合适的凶手，来场误杀就解决了。这样的话，就算那个侦探晚点参加进来，说了什么，也无济于事了。他再怎么拘泥于奇迹证明，也不过是老调重弹，没准还会增加牺牲者。

然后，这个俪西……就是刚才，做出那个无法理解的动作的女人。

她是会偶然做出很出格动作的女人，如何应付她令人困惑。她就像一颗定时炸弹。但是，这个女人……为何要踢掉侦探的无人机?

想到这里，扶琳意识到了某件事。

我明白了。藏在你瞳孔后面的计划，可不是用扇子就能遮挡住的。

扶琳突然打了个寒战。

那个眼神瞪着扶琳，一股不服输的劲头，扶琳对视了一下，立刻别过头去。俪西朝着沈老大的方向走去。在女首领面前双膝跪地，两手在胸前合十，向沈老大做出礼拜的姿势。

“沈老大，属下疏忽大意了。但是，那种来路不明的飞行物，还是尽早铲除为好，也是为了您的贵体。

“另外，事到如今，这次事件的真相，俪西已经知道了。属下请愿，给我陈述的机会。”

沈老大酌着酒，眉眼处已略微泛红。趾高气扬地点了点头。

“好，好！洗耳恭听。”

俪西深深再行一礼，起身，回到舞台。走到折叠椅旁边，折叠椅上坐着如同牵线木偶般的双叶。她的手向双叶的那一头乌黑亮丽的秀发伸去，轻轻地用手指上下梳理着双叶的发丝。

“好了，各位，因得到老大的旨意，有幸得到论证的机会。虽然可能会污了各位耳朵，还请给我一点时间，静静听我道来。如此，我就开始说了。就在刚才，俪西得到了天启，做出了此等设想。”

第十一章

片刻之间，俪西好似灵魂出窍，紧盯着天花板上的枝形吊灯。

然后，摇头晃脑般的走向舞台最前端。抛了个眼神给扶琳，视线对接。

微笑。

“那么各位，献丑了……”

将扇子在自己的胸前打开，脸转回观众席。

“我有一个心腹，名叫莹花。这姑娘人如其名，好似绚烂之花，但其心却犹如饲养的毒蜂。无论晴雨，总是带着爱用的伞，遇到事情，便将伞刺向对方。莹花的恶习，总是令我感到非常棘手。说起她那把伞，伞头上安装了带有强烈毒性的蓖麻毒的胶囊。”

这种女人不能任其自由。

“令我头痛的是，莹花从不考虑这种行为的前后因果。实在是一个行动草率欠缺考虑的女孩。我引用这些话只是想说在这个世界上，不是所有的杀人犯都是准备完毕，考虑周全才犯下罪行的。其中也不乏做好被人责备与指责的觉悟再犯下罪行的犯人。”

满身伤痕的八星靠着桌子支撑起身来。进行反论。

“你的意思是凶手明知道会被警察逮捕，还仍旧打算进行毒杀的准备？但是，俪西小姐，这点已经否定了。新娘以外的人，没有必要使用新娘随身携带的砒霜。如果凶手是新娘，她在旅行箱被发现的时候就该供认的。”

“不能一概而论呢？女人心易变。如果犯下罪行之后，新娘的想法变化了呢……”

“这不是突发事件。先不去管有没有共犯，至少新娘在离开宅院前，到新娘之路开始前，无论如何都要准备好砒霜。也就是杀人的准备。要让具有强烈杀意的凶手改变想法，不太容易……”

“我想说，或许可以。”

俪西说着，再次望向扶琳。

这女人怎么了？扶琳回了一个锐利的眼神，俪西浅浅一笑。缓缓地将手放在自己的衬衣胸前，自上向下将衬衣的纽扣一粒一粒解开。直到解开肚脐位置的纽扣，将衣领向一边扯开，肩膀暴露在灯光之下。苍白的脖子和锁骨，在舞台追光灯的闪耀下，散发着妖艳气息。

“老佛爷，请仔细观赏。”

湿润的女声。

“观赏我的肌肤之白。”

这女人到底要说什么。

“我，俪西，就像各位看到的，肌肤如此之白。不过，这并非与生俱来的肤色。因为，我从幼小的时候，就开始口服毒素，也许是受了影响。”

话音刚落，埃利奥惊讶的叫声就传了过来。

“你、莫……莫非你是 Arsenic Eater（砒霜食用者）？”

“没错，我就是真正的现役砒霜食用者。所谓砒霜食用者，就是将砒霜作为日常的食物服用，对砒霜产生耐毒性。养育我的母亲是个多少有点精神疾病的女人，每天都在我的奶粉里混入砒霜。但是，听说这个砒霜，如果少量食用的话，反而会促进健康，最主要据说还有美白的功能。

“很久以前，意大利便有商人贩卖混合砒霜与水的美白化妆水‘托夫纳水’。还有，我们国家的华南、华中地区，以前也有给幼小女孩使用砒霜，使其肤白胜雪，养育成肌白美女的风俗。所以，托了这个的福，我俪西的美丽可是有被老佛爷从头到脚宠爱的自信。”

扶琳心想，管她这个女人肤白肤黑，才不会爱呢。俪西系上纽扣，打开扇子，又迅速地收了起来。然后，手指迅速地触碰扇子底部，又将扇子举过头顶，抬头张嘴。

从扇子底部撒下白色粉末，落在俪西的舌尖。女人做了一个吞咽的动作。再次用手指触碰了跟之前一样的扇子部位。

“美中不足的是有时要像这样摄入砒霜，否则身体会出现脱瘾症状。说到这里，我想说的，相信你们已经猜到了——就是砒霜免疫。

“你们也看到了，俵屋家的一群女人，无论哪一个都有不输给我的如雪肌肤。那么是否也能这么考虑？无法如意，厌恶婚姻的新娘，做好了被逮捕的觉悟，对伴娘少女使坏，使其在不知真相的情况下，让她在酒中混入砒霜。但是，新娘的母亲和两个姐妹因为对于砒霜有免疫力，所以免于被毒死的命运，新娘伯母没有喝捡了一条命。当然，新娘是装喝的。”

沉默。一会儿，八星露出了极其少见的烦躁情绪。

“俪西小姐，你是在说笑吗？无论怎么假设，实在是荒唐无稽之谈。”

“荒唐无稽之谈？哦，是吧。人体可以产生砒霜免疫力，我想刚才我已经亲身示范过了。”

“像你这样是特例中的特例。要说拿你做例子本来就很勉强。为什么这些现代日本的普通妇女和女孩子，要将砒霜作为日常食用的物品？”

“正是因为现代才更有可能。最近网络上经常卖一些奇奇怪怪的美容品，假如说她们接触到了一种‘中国古代传来的令人惊讶的美白秘籍’，在其中发现了某种加入砒霜的药物，然后便开始摄取。”

“所以，那就请你把现货拿来看看呀。而且，如果是新娘做好了被发现的心理准备，那么到目前为止，新娘还没自白就无法解释了！而且，双叶也不可能在这种状态下还保持沉默。”

“带现货过来是不是有点本末倒置了，要力证自身清白的是她们这些人。所以，我为什么要帮他们去证明那种药不存在。另外，新娘没有自白也再明白不过了。因为要杀的对象还有人没死，她想知道原因。所以，新娘一直保持沉默。再则加上如今被绑架的状态，理应处于不想自首的心境。而心地善良的双叶同情可怜的新娘，避开对其不利的证言。说到这里，还有什么不能理解的吗？”

“这种牵强附会的解释随便你怎么说。我说一个前提，你所说的这些就无法成立。她们对砒霜是不是有免疫力，检查一下不就完了？”

“哎呀，你小子还在抬杠。”

俪西说完突然迅速转向沈老大，拱手作揖。

“沈老大，我们的议论正陷入僵局，我想申请一个简单的审判方法。让那几个有嫌疑的人，喝下我带的砒霜。她们若是都安然无恙，那么，就可以证明我的假设是正确的。”

扶琳从烟管里喷出一大口烟，听到这话，突然“咳咳咳”地咳嗽起来。

等……等一下。

这算是什么提案?

“啊？啊？你，你在说什么，俪西小姐。”

耳旁传来八星急切的声音。

“这么做的话，那些人会死的!”

“这可不是我骄傲自大，我对于自身的假设还是很有自信的。因此，生来胆小的本人对于现今的假设多少有点自知之明的。再像之前那样争论毫无意义，不试着拉开新的序幕怎么能行。就像赌骰子的玩法，不掷出去就不会知道是单还是双。”

“这不是自信不自信的问题！这明摆着会死人啊！”

“这种说法我也会啊，这不明摆着有人会活下来嘛。算了吧，你跟我一样都是推测。不是凭声音的大小就能决定事情的真伪……”

“沈老大，请你三思啊。”

感觉到交涉无望的八星，慌忙地跑到沈老大的脚跟前，双膝下跪，叩首行礼。

“无罪也死！有罪也死！哪有这种蛮不讲理的裁决？那无论如何都是死罪，这场审议本身的意义何在？”

“胡说八道！无论如何都是死罪这样的解释算是曲解了我的用意好吧。但是，如果我的假设没错，俵屋家的那群女人会继续长时间地生存下去，而只有策划整个谋杀案的新娘和其协助者受到死刑。这没有任何处理不当的地方。这才是神的裁决，裁决工具就是砒霜。”

沈老大貌似醉眼朦胧地望向天花板好一阵时间。轻声说道：

“说来，要处理难事，牺牲也在所难免。俪西，动手吧。”

八星呆若木鸡般地跪在地上。俪西在舞台上向沈老大深深地鞠了一躬，低下脸望向扶琳。

头发后面是一副胜利者的笑脸。

完了！

扶琳忽然意识到——俪西的这个假设是无法证明出犯人的。

她的本意其实是通过这样的判定方式，将在场的俵屋家三人全部干掉。这才是俪西真正想要设下的陷阱。

在此之后，再通过吹毛求疵的手段将嫌疑的矛头指向双叶，将少女玩弄于自己的股掌之间，这家伙一定是早就打好了这个算盘。

对于俪西异常的执念，比起现在的困局更令自己胆寒。这个女人从最初自己避开拷问开始，就耿耿于怀了吧。自己在双叶身上表现出的踌躇，甚至是“关怀”。对她而言，这些举动所显现出的人性令她失望。等等，或者只是单纯的，对于双叶的嫉妒？

沈老大将酒杯举到和眼睛齐平，有点心不在焉地低声道：

“俪西，有个礼物要送给你。失去冰妮以后，我那如寒冬般的心，感受到了一点春风的暖意。埃利奥，趁着这个机会，就给俪西的假设取个名字吧，如果这就是事件的真相，我想把这个名字添加到冰妮的挽歌中。”

埃利奥站在沈老大的身旁，闭上蓝色的眼睛。

“嗯，说到用毒药养育女孩子们，脑中首先浮现的是《红字》的作者霍桑，这个有名的美国作家写过一部奇特的短篇集——《拉帕奇尼的女儿》。”

埃利奥用毫无感情的声音说道：

“故事讲了一位奇人植物学家，将自己的女儿改造成‘具有毒性’的故事。只谈及毒药免疫力的话，其实与小亚细亚本都王国国王——米特拉达梯六世的轶闻更为接近。这个国王因为害怕被毒杀，就在平时服用毒药让身体适应毒性。那就引用这段轶闻……”

埃利奥睁开眼睛，发出低沉地、好似在耳旁倾诉的温柔声音，用意大利语命名道：

“毒妇新娘与谴责她的米特拉达梯的女儿们。”

*

毒妇新娘与谴责她的米特拉达梯的女儿们——

有这样的无稽之谈吗！

扶琳心中咒骂。不过眼下不是去纠结名字好坏的时候。问题在于这个假设根本就不可能是对的。

要否定这个假设非常简单。只要说明嫌疑人没有对于毒药的免疫力就可以了。

不过，麻烦的是这个证明的手段直接关系到嫌疑人的生死。

要是交给警方，倒是还有多种多样的检验方法。但是在姓沈的女人——这个被怪物所支配的魔境内，世俗的常识是完全行不通的。

被巧妙地欺骗了……

从扶琳的立场来说，无论嫌疑人中的谁被当成替罪羊，都无法活下去。他们不能也无法主动做出自白。而且，八星已经证实过他们的清白，就算自己强硬地进行拷问引出证言，也不过是从伪解答到原先证明的循环而已。

但是，如果现在进行俪西的砒霜耐毒验证，俵屋家的女人们就会死，仅仅留下一个结果——俪西的假设是错的。

换句话说，事件依旧没有解决，只是嫌疑人的数量减少了。而且，到了这个时候，剩下的嫌疑人就只有新娘、双叶、新娘的伯母和翠生四个人。在她们这些人里，能够拿到毒药的只有新娘，可以接触到酒器的只有双叶。那么，作为替罪羊的对象也就差不多仅限于这两人了。

从施虐狂沈老大和俪西的嫉妒心来考虑，接下来，对于少女的盘问是不可避免的。

结果，要是那个姑娘信口雌黄说出什么……

“要试的话，拿一个人试试如何？”

扶琳小声地向俪西说道。于是，她睁开眼睛看着扶琳，绽开灿烂的笑容，说道：

“老佛爷啊，您可真是仁慈。不过呢，从我的立场考虑来说，这样对于检验来说是不充分的。

“耐药性本来就与身体状况有关。个体的死亡可能会受到偶然性和运气不好的影响。要验证我的假设真伪，必须还是要三个人一起试，别无他法。三个人要是都死了，那么我就必须撤回我所说的话……”

这可是谬论的顶点。即使是实验用的小白鼠，也不会被如此对待。

“……请等一下。”

看起来八星又要再次提出反对意见。

“即使不进行这样的验证，要推翻你的假设也很容易。如果爱美珂她们对于砒霜有免疫力，为何她们不自己阐明？”

八星用手撑着膝盖，缓缓地站起身来，慢慢地拖着腿向扶琳的方向移动。

“如果按照你的假设，正常情况下她们一定会把新娘作为犯人谴责、追究她的责任。爱美珂最初被怀疑的时候，她有过证言，‘喝了’被认为放了砒霜的酒。但是，如果在这时候她主张自己具有砒霜免疫力，不就可以把这个嫌疑从自己身上完美地挪开么？”

八星一股气势直逼俪西，用力地伸出食指，指向对方。

“事实是她们并没有提出这样的证言，也就是说她们对于砒霜没有免疫力，这就是最有力的证据！”

哦？这是扶琳所期待的反击。

于是，扶琳摆出像是哪里看戏时学来的，端起手撑着脸颊。

“哦，是，是的，没错。的确是合理的指摘。”

俪西将小指放在自己的嘴唇上，看上去在思考，接着，咧嘴微笑起来。

“那么反过来说吧。”

“反过来？”

“嗯，是啊，在酒中混入毒药的是俵屋家的人。本来被杀的是新娘这边的人。俵屋家三名女性，本打算借着杀掉那令人讨厌的新娘和她亲属的机会，顺带将关系不和的兄弟、丈夫一起干掉，就在酒中放入毒药。

“那么，我刚才的假设需要做出一些变更——‘新娘企图殉情’。这样，如果新娘死了，就可以把所有的罪名都推在新娘的头上，从而逃脱罪名。这就是这次事件的真相。

“之后再用钱买通伴娘，让她帮忙做伪证。但是，本来预计要杀害的新娘却没死，这让俵屋一伙非常惊讶。只有暂时隐藏她们所具有的毒药免疫力，观察案情会如何发展。另一方面，新娘还被蒙在鼓里，仅仅只是震惊。这样话就都说得通了。”

“但是，如果这样，新娘就没有砒霜免疫力？”

话到这里，戛然而止，一副吃惊的表情。俪西可不会放过这种可乘之机，故意睁大了眼睛，洁白的手挡住自己的嘴巴。

“哎呀！哎呀！什么啊，呵呵，嗯嗯，确实如你所说——恐怕新娘也有砒霜免疫力。说起来，那个新娘也有宛如象牙般洁白的肌肤呢。砒霜也是时常随身携带的，也就是说那个小行李箱就是个化妆箱。也罢也罢，才刚改了假设的标题名，这不，就多了一个要验证的对象。”

八星哑然，听到这话以后都站不稳了，几近崩溃。

扶琳的心中也是六神无主。这个很难打败的女人，显现出一副越来越狠毒的一面。

哪里是顺着八星的反论，明明就是通过反击增加了一名扫除对象。俪西到底已经考虑到了哪一步呢？

但是，八星也应该明白的。诡辩也好，谬论也罢，眼下都是这个女人一个人的舞台。要是再被她抓住某个谬论，在眼下这种情况，即使再怎么反抗也只是增加伤口的撕裂程度。

“小联，小联，求求你，告诉我，这是哪里？现在，在这里干什么？为何那里挂着麦麦的照片？小联，你回答呀。”

应该是药效有点过去了，缓过神来的双叶带着胆怯的表情吵闹起来。沈老大的表情也已经逐渐阴沉。俪西立刻将扇子压在少女的嘴巴上，大声叫她闭嘴。双叶虽然不懂中文，但被这股气势压倒了，刚还流着眼泪，即刻就沉默下来。

扶琳目光斜视地看着俪西再次将少女的眼睛蒙上、堵上嘴巴，然后从舞台的台阶上走了下来。

嘴上依然衔着烟管，向倒下的八星走去，低下头看着茫然若失的孩子。粘着汗水和血水的头发之间，可以窥察到那张幼稚的脸庞。

八星抬起那张已经万分疲惫的脸，用日语低声说道：

“扶琳姐……”

“孩子，差不多可以了，放弃吧。”

“求求你，求求你，扶琳姐。一点点，就一点点，再等一会儿。”

“很难。俪西已经摩拳擦掌准备好了，沈老大的酒杯也要空了。所以，你也做好心理准备吧。”

就在这时，扶琳身后传来带有嘲笑意味的中文。

“怎么了，小姚？莫非你对这小子也产生感情了？”

沈老大喝上一口酒，向扶琳投去笑脸。不过，眼神中多少还是带点试探的意味。扶琳赶紧为自己辩解，打算敷衍过去。

“不，只是突然想起这个小子还问我借了钱。”。

话音刚落，只听身后传来“咚”的一声，像是激烈击打地板的声音。

“一会儿！再等一会儿！师傅就来了！师傅来了的话，所有事情都可以解决了。那……”

对于少年的呐喊，舞台上的俪西用冰冷的声音回道：

“这样很难看啊，小子。那只是浪费时间，你可没有这样的面子。而且，那位先生也说过，还需要几个小时才能到。几个小时，可不是一会儿。”

“那么十分钟，不，五分钟也行！俪西小姐，就请给我一点时间吧！我会找到砒霜免疫力实验以外的鉴别方法……”

“这个假设只能直接验证嫌疑人的身体，别无他法。放弃，放弃吧。”

“不，绝不放弃！我绝对不会放弃！因为，师傅说过！这次事件是奇迹！所以，一定会有解答，也有否定的方法！师傅已经全部说通了！所以，作为弟子的我也一定相信他！！”

傻瓜！

扶琳隔着八星回过头去，三白眼眯成了一条缝。

什么追赶师傅的道路。真是偷鸡不成反蚀一把米。要是相信那个侦探的证明，就等同于相信奇迹的存在。在从心底疯狂支持那个男人开始，你这小子已经和蓝发是一丘之貉。

首先，这个假设无需怎么思考，很容易就能判定结果。只要调查嫌疑人的身体就可以了。而那个男人要进行否定的话，就要想出不借助耐毒测试以外的方法，怎么可能——

“联，你说得没错。”

就在这时，已经听惯了的熟悉声音响彻全场。

“不可以放弃。你距离终点只剩那么一点点了。从现在起就要将军了。沈老大，不好意思。接下来，这个剧场内的灯光，还有音响都会变成演唱会模式。要是跟你们的兴趣不符，尽管捂住耳朵！”

*

下一个瞬间。

场内亮起令人目眩的闪光，同时伴随而来轰隆巨响。

扶琳勉强作出反应，闭上眼捂住耳。终于，光与声的风暴过去，扶琳战战兢兢地将手从耳朵上拿开，鼓膜中依然是“嗡嗡嗡”的耳鸣作响，旁边传来的都是“啊啊”“哎哟哎哟”，好似念咒般的声音。

Stun grenades——爆音弹。只有光和声音的手榴弹。能够产生让人昏厥的效果，却没有对物体的破坏力，多被用于镇压恐怖袭击，让对手无力的可携带式武器。

无论如何，那个男人也不该使用这样的东西！

扶琳满肚子的怒火也不知要往哪里发，蹒跚地站起身来。睁开被闪到的眼睛，扫视周围，只见不知何时，舞台的前部伸展部分，站着一个看起来十分英气的男人。

细长的身材、眉清目秀的容貌、两只不同色的眼瞳，胸前垂下一串玫瑰念珠，上身穿着棉麻衬衣，下身是夏天薄款长裤，全身都是普通的夏季搭配，而外面则披了一件红色西装大衣，戴着白色手套。如同都市传说中变态的通用装束。

然而，比起这些，更具特征的就是他那一头散发着金属光泽的蓝发。

而且，不知为何，他全身都湿透了。水滴从侦探的额头上滴落，他用手指轻轻地将水滴弹开，向着沈老大方向轻轻地施以一礼。

“沈老大，初次拜访。”

沈老大将手从耳朵上拿开，一脸不悦地说道：

“还真是过于吵闹的登场方式！蓝发侦探。”

“话虽如此，这里都是您的手下？我闯进来被抓住也没什么，不过，初次见面的我要是被戴副手铐，就有点不太像样了。您说是吧。”

“这么注意形象的话，就别是这副落汤鸡的样子。剧场里有燕尾服，还有领结。”

“那就借给我吧。湿成这样也很麻烦。”

只听舞台边缘传来“啪嗒啪嗒”的脚步声，俪西手中拿着毛巾，一路小跑到侦探的身旁。

“亲爱的……为什么你这么快就到了？不是还要坐几个小时的船……莫非？你游过来的？”

侦探倾过身体。

“我又不是人鱼啊！我只是问游艇上的人借了水上摩托，拼了老命开过来的。多亏了这个时间潮水涨潮。”

接过俪西拿过来的毛巾，侦探擦拭身体的空当，轻飘飘地说着。不知是哪里体验到的即视感，这个男人简直就是女人难①和水难②的面相。

“嗯、嗯、嗯、哇！哇！哇！啊啊啊！”传来了大哭的声音。

“师傅……师傅……师傅……”

八星一边放肆地大声哭喊，一边踉跄地登上舞台。刚跨上台阶的最后一阶，就拼尽全力地向侦探跑了过去，紧紧地一把搂住侦探的腰。侦探伸出一只手轻轻地抚摸着八星的头，温柔地安慰他。

“联，你坚持得太久了。”

说完，侦探那双异色瞳向扶琳这边看过来。

在这瞬间，扶琳突然感觉双肩一沉。怎么？已经发现自己是凶手了？不过，侦探只是让少年递给扶琳一张纸。纸上写了一些数字和条目。

扶琳不明所以地说了句“什么东西？”

“追加融资的申请。租用大型游艇一天五十万、购入改造无人机一百六十万、沉入海底的水上摩托赔偿金二百三十万、登船用绳索以及绳索发射装置十五万，共计四百五十五万。四舍五入算个整数，就算五百万也行。记在一直以来的那个户头上，拜托了。”

真是个十足的白痴。师徒俩一个德行。

侦探安抚着抽泣的八星，等他冷静下来之后，对俪西的方向问道：

“俪西，我这个原弟子满身是伤……莫非是你弄的？”

“唉呀？这不是踩空了从栏杆那里摔下来的吗？说起来，老师，俪西眼下正在忙着处理杂事呢。等这些事处理好了，我马上飞奔到您跟前解释。好吧，请，这船上有露天浴室，您可以在那里等……”

“又来了，又要强制将人退场。不过，无人机还留有信息发射功能。我来这里的途中，可是把剧场内交谈的内容听得一清二楚。俪西，你可是一点都没变啊，想怎么来就怎么来，想干什么就干什么。但是——”

头上顶着毛巾的侦探，很随意地说了一句：

“那种可能性我早已料及。”

——瞬间，现场的气氛好似轮船撞上冰山般的凝固了。

“呃……老师，您的意思是所有的设想都已经考虑好了？”

终于，俪西唉声叹气地打破了沉默。

“但是，话说回来，要说这么多荒诞无稽的可能性都要考虑到，是不是有些开玩笑过头了？”

“你说得没错。”蓝发本人还承认了？

“就说砒霜免疫力这个设想就有问题。比如说‘为了将俵屋家三个目标人物一网打尽，在酒里下毒，而新娘会注意到有人偷了自己的毒药，而凶手当然也会警惕新娘，从而做出假装喝下酒的举动’。在这种情况下，除了爱美珂说出‘喝下了’之外，还有一点矛盾。”

侦探停下了叙述，而是将目光对准了少年。

“好，联。你好不容易用自己的力量走到了这一步。试试看走出最后一步。”

说完，只见正在用纸巾擦着鼻子的八星，睁大眼睛，露出不可思议的表情。

“啊？您的意思是我来代替师傅继续做下面的叙述？”

“不行吗？”

侦探巡视了一番，舞台中央的折叠椅上，坐着软弱无力的少女双叶。这时候，八星的脸蛋已经逐渐变红。

“好的！我来，请让我来！”

“就该这样。要不要提示？”

“不要……不，不，还是请给我提示吧。”

“提示就是——呃，在这之前，我去你家蹭饭的时候，试着想一想你的母亲让你注意的事情。你忽视了多少次？就是你吃东西的时候，衣服老是沾到污渍……”

“我？母亲对我说的话？注意什么？”

用纸巾擦着鼻子的手停了下来，原地一屁股胡乱地坐了下来，“哦……”“啊……”低声自言起来。

“啊！原来如此！”

哈哈哈哈哈大笑起来，随着笑声，身体也不禁摆动起来。

“原来如此,原来如此！如此简单,好一个螳螂捕蝉,黄雀在后！”

说完，少年兴奋地跃起站起身来。也许是之前受伤的影响，这力道十足的起身，让八星的肋骨疼痛起来，只见他用一只手捂着肋骨处，脸上依然洋溢着笑容，再次挺起胸膛，伸出另一只手指着俪西，用中文说道：

“俪西姐。你的假设存在矛盾！如果爱美珂她们直接将毒药混入酒中，说明她们有意杀掉新娘的伯母。但是，她们当时认为新娘伯母穿的和服寒酸，而特意给她借来并换上了高级和服。砒霜中毒的初期症状是呕吐、腹泻。如果是用砒霜进行毒杀，毫无疑问她的全身必将满是呕吐物和排泄物。

“爱美珂仅仅是看到双叶碰了一下新娘的和服，就一个劲地说三道四，可以看出性格相当吝啬。而且，作为为了达到自己的目的不惜杀掉哥哥和父亲的利己主义者，也不会特意让别人换上高级和服吧。毕竟事件发生以后，和服和整个仪式都会遭殃的。

“所以，这么说吧，即使俵屋家三人和新娘具有砒霜免疫力，如果下毒的是新娘一方，那无法说明俵屋家为何不去告发，而俵屋家一方给新娘的伯母换上高级和服，也是无法解释的事实。因此，这个假设无论如何都有矛盾产生！因此，你的‘砒霜免疫力’假设不成立！以上，反证结束！”

朝气蓬勃的声音，令到昏暗的天花板都产生反响。

咋舌。俪西收起了扇子。

弟子红着脸望向师傅的脸。侦探的眼神依旧看着前面，只是伸出手去，来回抚摸着弟子的脑袋，好似陀螺般的转来转去。八星乐呵呵地笑逐颜开。

扶琳苦笑着，再次点燃灭了的烟管。都是些什么空谈，先是互吹，然后吹得大了，再用棍棒互相殴打的感觉。

不过，这小子干得还不错。至少为扶琳自己争取了时间，也暂时避开了危机，都想给他点零花钱了。但是，很可惜的是……全程都用中文对话，八星的活跃无法传达给现场的双叶。

【注释】

① 女人难：指命犯桃花。

② 水难：指因水而遭受到的灾难。

第十二章

扶琳嘴里衔着烟管，再次重新分析起目前的状况。

首先，目前仅仅暂时逃过了替罪羊全灭的危机。依然不能掉以轻心，自己的处境还是相当危险。

而且，终于，侦探本人也到了现场。除非毒死他，否则已经无法强制将这个人退场了。目前必须要搞清侦探是敌是友。

“他就是蓝发？”

沈老大缓缓开口。

“经常听闻你的传言。你小子好像无论如何都要证明世上存在‘奇迹’，满世界乱飞啊。作为愚蠢轶闻的源头，我倒是很想看看你到底有多蠢……”

沈老大暂且做出轻视的姿态观察着侦探，随后露出微笑。

“实际见面之后我才发现，你小子看上去还挺正经的。本来我还在想小姚是怎么被小白脸诳骗的呢？”

我可没有被骗。扶琳心想。

“我可没有骗她。她仅仅是对我进行了经济援助。”

我又不是自愿的。扶琳心想。

“哈哈哈！”沈老大笑得很开心。

“她可是得到一个大客户啊。不过，小姚也是恋爱不顺，男人缘可差了。说起来，你的恋母情结没问题吧……”

扶琳听闻此话紧缩双眉。话里有话。只见侦探的表情也严肃起来。

“这是从加布里埃尔那里听来的？”

“嗯。你的母亲以前是一位修女吧，貌似因为加布里埃尔的横插一手，将你母亲踢出了圣女候补名单，他看穿了你母亲的戏法……”

“才不是戏法。那是‘奇迹’！要说戏法，加布里埃尔才是在搞戏法。”

“我就说吧，这就是你到现在还未‘断奶’的铁证。你啊，就是无法承认现实，为了让仍旧不死心的母亲能够再度列圣，才跟加布里埃尔设下这个无聊的赌局——如果你能证明奇迹的存在。”

倒也没错，这的确是侦探固执于证明奇迹存在的主要动机。

加布里埃尔供职于天主教教会总部所在的梵蒂冈法王厅，是进行奇迹认定的“列圣省”的审查委员。

很久以前，在侦探还很小的时候，他的母亲就致力于揭开众多“奇迹”并被列为圣女候补。然而，就是因为这位加布里埃尔的个人意见而废除了那些认定。由此，原来的“奇迹圣女”一夜之间就被贬为“稀世诈骗犯”，受尽世人的诽谤中伤的侦探之母，从人们的视野里完全消失了。为了挽回母亲的名誉，侦探和加布里埃尔设下赌局，这也是他为何如此热衷于“奇迹的证明”的原因。

侦探紧紧地盯着沈老大。

“姓沈的，你知道了那么多，就早说嘛。我是在探求奇迹，并且现在可以宣布，探求到今天为止。听好了，沈老大，埃利奥也说了，这次的事件是奇迹。既然是神的旨意，那么去追究人的责任是毫无结果的。狗的死亡也是神的意思，你还是放弃吧，请速速释放人质们。”

“毫无成果只是你的妄言。这就是一起‘毒杀事件’，哪里是什么奇迹。”

“这个事件的背景可看作是‘加寿美神’的庇佑。‘加寿美神’是发生事件之地从古至今守护女性的神，被世世代代崇敬的守护圣人。在基督教看来，‘加寿美神’可谓是日本的‘依溺斯’①，反抗不期望的婚姻，带着纯洁的意志而殉道的圣人。这次的事件正是她的力量显圣了。”

“依……溺……这是什么？算了，说起来，为何日本古代的传说会和基督教有关系？莫非，‘加寿美神’是基督徒？没有这个可能吧。”

“虽是基督教未曾传播之地，不过神所创造的奇迹未必不能使用基督教的教义来阐述。神的旨意，被当地的宗教、当地的语言来诠释的例子比比皆是。而当地的民俗文化被基督教体系再次解释的案例也数不胜数。”

扶琳再次将眉头紧锁，吸着烟管。自己对于宗教的解释不感兴趣。问题在于侦探是不是认真的。

目前可能产生两种结果。

如果侦探当真没有发现自己所犯下的罪行，而把事件认定为“奇迹”，那么会不会在议论中发现真正的凶手？或者说，在姓沈的那群人面前提出与真相有关的提示。到了那个时候，就必须尽早击溃这个男人，他就是“敌”。

如果他已经发现自己犯下的罪行，因为要庇护自己，从而撒谎说这个事件是“奇迹”，那么这个男人就是“友”。

要判定侦探是敌是友，首先就要知道“侦探是否已经发现自己所犯下的罪行”。扶琳继续吸着烟管，装作若无其事的样子观察着。表面上依然看不出什么。男人一副飘飘然的态度，根本无法窥知他的内心深处。扶琳再次看向他先前递过来的小纸条，也没有发现有什么特别的信息。

“果然还是没有发现吧？但是，姓沈的也需要戒备，万万不可轻举妄动。”扶琳思考着。

“对了，扶琳，我想起一件比较在意的事。”

说完，侦探突然朝着扶琳的方向望过来。

“你是不是在事发之前，就已经认识俵屋家的人了？”

那个瞬间，扶琳感觉到自己的心脏停止了跳动。

“……为什么这么说，我……”

“是这样的，在联的报告书中，有一份俵屋家不动产公司贸易客户的列表。上面有你那家皮包公司的名字。由于联并不知道这家公司是你名下的，所以，我想他肯定是遗漏了什么……”

“小姚，这是什么情况！”

沈老大厉声责问。全场安静下来。扶琳拼命抑制自己快要跳出喉咙的心。

“……我也是第一次听到这样的事。具体业务我都是交给前任经理去打理的。原来和俵屋家还有业务往来，我也是刚刚才知道的。”

“好吧，你要是还不知道的话，那我就给你一个忠告。如果真的和俵屋他们的公司有投资合作，我劝你还是早点撤资。他们无疑存在诈骗行为。特别是最近关于水源地开发的投资更是危险。”

侦探随便丢了这么一句话，又转向沈老大的方向。扶琳将烟管从口中取出放下，她的手正在颤抖。

刚才的询问是什么情况？眼下的场合、眼下的状况，这个男人是出于什么意图来问自己的？

通常来说，要是侦探有心庇护扶琳，就不该在此时此刻特意提出引起别人对自己怀疑的发言。

另一种想法是侦探已经注意到了扶琳的所作所为，打算暗示自己，所以才会做出这样的发言。不，等一下，这种方式也许会增加沈老大的怀疑，风险是不是太高了？眼下只要回答稍有不慎，就会陷入危机。比起这种铤而走险的方式，像之前那样递送纸条，或者还有很多方法。

也就是说，果然——

扶琳嘴角扬起微笑。这个男人果然还没有注意到。而这也是可能性最大的答案。他太执着于奇迹而使得视线变得狭窄起来，所谓当局者迷，即使是很简单的可能性，他也有可能看漏了。

再深入考虑的话，如果打算庇护自己的话，接下来就会使八星那边的人质陷于困境。这个男人的天秤，到底是会倾向于债主，还是可爱的前弟子。结果是一目了然的。

这个侦探是——“敌”。

*

扶琳逐渐涌上一股失望感，她自己也很惊讶，不过随即便调整好了心情。

既然如此，那就必须先下手为强。

扶琳再次将烟管衔在嘴里，向舞台边走去。舞台上，俪西正在玩弄着双叶的头发，扶琳在舞台下做了一个下颚上抬的动作。

“俪西，过来一下。”

砒霜女带着幽怨的眼神紧紧地盯着扶琳，将脸朝旁边别了过去。

“你要来拆台就尽管上来。还是说你要在这个少女的面前，显露出老佛爷的真面目？”

“我只是想去下化妆间。请你带个路。”

“请不要把我当成侍女。我已经不是老佛爷的部下或是其他……”

只见扶琳轻巧地跃上舞台，大摇大摆地走近俪西，一把抓住她的头发。

“叫你带路，就请你好好带。”

因为额头前的头发被扶琳抓住，俪西想挣脱就只能仰起头来。这样的姿势保持了一会儿，她微微地转过头去，黑眼珠对着扶琳的脸，瞪着她。终于，轻声地说了一句“请放手”。

松手之后，俪西立刻转过身去，背对扶琳。挺起身，垂着头，默默地用手捋起乱了的头发。

抬起头来，简短地说了一句“往这边走”，头也不回，迈开步子走了起来。扶琳双手叉腰，望其背影，叹了口气。然后，向沈老大行了一礼，追着俪西走了过去。

*

铺设着豪华的大理石，法式沙龙风格的化妆间。

扶琳一进去就将俪西猛地按在洗手台上。

俪西纤细的身体被扶琳按在洗手台，肩膀撞到化妆镜上。面对迫近的扶琳，俪西也是腰部一扭，踢出一脚作为回应。说时迟那时快，扶琳挡住俪西左脚攻击的同时，伸出右手直击对方的脖子，卡住了俪西的咽喉，将其顶在了化妆镜上，同时剥夺了对方自由呼吸的权利。

“喂，从刚才就一直唧唧歪歪，现在可以听从我的指示了？”

一边说着，一边用右手大拇指顶在俪西的咽喉处，像是在手机上打字一般开始按压。

——ting wo shuo。

押话。

盲文。这是利用汉语的拼音，通过按压的位置和拼音对应，来沟通和理解意思。曾经扶琳和俪西两人搭档的时候，为了在紧急时刻使用而被迫创作出来的，也是两个人的秘密通话方法。

俪西吃了一惊，不过表情立刻消失，也伸出手，触碰扶琳的侧腹部。

“劳烦有了赘肉的老佛爷，现场指挥交给您了。请吩咐现在已经老老实实的我。”

俪西的手指在扶琳的侧腹部游走。

——zhe yang ke yi le ma？

“所以我现在正在减肥。我想尽早恢复过去那样的敏捷。好了，别说些无关痛痒的话了！”

——wo shi xiong shou。

俪西双眼圆睁。眼睫毛微微一颤，再次用力游动指尖。

——yuan lai ru ci wo ming bai le。

这个女人优秀的洞察力，真是值得扶琳松手表扬一番。刚才寥寥几句就已经掌握了整个事件，刚才险恶的表情也变得缓和，放在侧腹部的手的触感也变得柔和起来。

——dui na ge nü hai de xun wen shi bu dui de？

——mei cuo。

——na ge nü hai shi gong fan？

——bu shi。

这样的自白等同于赌博。虽说这个女人似乎还有自己的打算，不过还是有百分之九十九的胜算让她站在自己一边，不管怎么说，她是那种如同外汇一样涨跌无法预测的女人。甚至还会超过预期，从沈老大那边策反都是有可能性的。

所以必须下定决心，如果继续放任这个女人是非常危险的。

而且，眼下影响推理的诡计提示已经被挖出了好几个。

下了毒的酒。高级和服。无论哪项都是自己所运用诡计的构成要素。

如果这个女人继续今天的节奏，喋喋不休地说个没完，也许在某个环节就会被抓住漏洞。与其如此，不如将她变为自己一方更为有利。

不过，当着姓沈的面，不可能明目张胆地请求俪西帮忙。化妆间里也可能会有窃听装置，还是小心谨慎为好。因此，才会特意选择使用押话，来阐明秘密。

唉，不管如何，眼下暂且还是进入临战状态。然后，就看侦探是什么反应了。扶琳想着，调整了一下心绪，准备放开俪西，突然感觉腰部被什么东西缠住了。

视线落到腰部，只见俪西的两条腿紧紧地像蟹钳般缠住了自己。

砒霜女面红耳赤，朝着扶琳的侧腹部点起字来。

——bu kuai dian hui qu fan er hui yin qi huai yi。

咋舌。扶琳心想，这个女人真是麻烦到了极点。

*

回到剧场，屋内充斥着紧张的气氛。

而且是异样的紧张感。舞台上站着埃利奥，还有侦探，两个人稍微留了一点距离在对峙着。埃利奥在扶琳的右手边，侦探在左手边。

侦探背后的舞台边缘处，八星正在照看双叶，给她喝着矿泉水。双叶坐的椅子貌似也被他一起移到了那边。端坐在观众席上的沈老大，面前摆着红酒和菜肴，自己的膝盖上枕着琵琶，无聊地拨弄着琵琶弦，发出胡乱的音符声。

扶琳跟着俪西来到沈老大的身边，女首领睁开半醉的眼睛，向着站在身后的俪西瞥了一眼，露出猥琐的笑容。

“完事了？”

这话什么意思？沈老大使了个眼色，让扶琳过去站到她身前。姓沈的继续笑着，给旁边的另一个酒杯内倒入酒。

催促扶琳将酒拿起来。沈老大带头将酒杯举起示意干杯，扶琳不失时机地问道：

“现在是什么情况？”

“嗯？现在？就在刚刚，埃利奥披露了新的假设。接着轮到蓝发侦探拆招了。看起来，现在还处于深思熟虑之中……”

……深思熟虑？

就在一片陷入僵局的沉默中，八星略带困惑的声音划破了寂静。

“师傅，为什么？为什么你什么都不说？”

什么都不说？扶琳紧锁起双眉。侦探还没有做出反论吗？明明已经听了对方的假设，为何？

难道！

“这个假设，是不是超出了他的设想？”

俪西轻轻地念叨了一句，正巧也是扶琳心中所想。沈老大朝着俪西看过去，摇摇头说：

“不，埃利奥提出假设之后，那个蓝发确确实实地说了一句‘那种可能性早已料及’。但是，他在后面加了一句‘但是……’，至此之后，再无他言。”

那种可能性早已料及……

但是？

扶琳越发混乱。到底是怎么回事？也就是说思索了这个可能性，却还没有反证的准备？但是，如果是这种情况，这个男人断然不会称此事件为“奇迹”。

“师傅……师傅！为什么你不否定他！这个假设你一定也有考虑到不是吗？那又为何！”

八星悲痛地喊道。叫声在船舱内的天井处回荡。不过，面对弟子的呼喊，师傅依然无动于衷。侦探一手握拳，顶着下颚，像是在鉴赏绘画一般，紧紧地盯着空中的某一个点。注视着，就这样一个人默默地毫无声响地注视着，伫立着。

*

扶琳装出一副事不关己的样子，慢慢地将酒含在嘴里。

“这到底是怎么一回事？”

心中的疑问却早已是如风暴漩涡般袭来。侦探已经宣称这个事件是“奇迹”，所以，想到的可能性已经可以全部否定了。那么，只需要提出反证不就好了，没有理由再深思熟虑了。

难道埃利奥说的是真相？这样的话，姓沈的不可能会放过自己。

侦探也许是意识到自己的推理有漏洞，正在深思熟虑思考着如何修正，应该就是这种情况。而且，侦探也没有什么焦虑的样子。他经常摆出“忧思默考”——陷入深度思考时候的姿势也都没有出现。

可恶，到底是怎么回事，实在无法猜透那个男人的想法。

“……那个，沈老大。把那位侦探逼入绝境的，究竟是怎样的假设？”

俪西将酒杯和脑袋同时微微倾斜，向沈老大提问。只见沈老大将裹着芝士的萨拉米香肠放入口中，再喝下一口酒，回答道：

“人彘。”

人彘?

“人彘——就是吕后想方设法折磨戚夫人的那个极其惨绝人寰的刑罚。”

俪西也伸出手拿了一片开放式三明治。

“汉高祖刘邦的皇后被称为吕后，戚夫人是刘邦的侧室。但是，吕后十分嫉妒戚夫人受到高祖的宠爱多于自己，于是，在高祖死后，为了报复就抓住戚夫人，并用残忍的手段将其处刑。

“处刑手法，根据《史记》记载，首先砍掉戚夫人的双手双脚，挖去眼珠。然后，将毒灌入耳中，哑药灌入喉中，使其耳聋声无。最后，将她残缺不齐的身躯扔到猪圈的厕所，称为人彘——‘人猪’。

“不过，俵屋家的厕所确实用水冲洗过了？”

“和厕所没有关系，埃利奥只是跟我们举个例子。真麻烦，埃利奥，你来解释。”

站在舞台上的埃利奥听到有人叫他，向这边望过来。精气神俱佳但缺少些许霸气的面庞，在灯光照明不太足的舞台上若隐若现。

“谨遵沈老大之令，在下再次奉上个人臆断。”

略显干涩的声音。

“这件奇妙的飞石杀人，凶手到底是怎么做到的？暂且我们把关注点放在被害者是通过怎样的途径服下毒的。方法有三种，无非是混入酒中、涂抹酒器、其他手段。”

扶琳听到这话，身体一紧。如果在这个假设中，他选择的是“混入酒中”，那这家伙就距离真相很近了。

“我的假设是从‘其他手段’为切入点。”

“哦耶！”扶琳内心好似捏紧了拳头。这样的话，这个假设暂时就不会击穿事件的真相。可以安心地做一个听众。

但是，其他手段？

“接下来，就是下毒的时机，也可以分为三个时机。无非传杯之前、之中、之后。我的假设选择的是‘之中’。”

再次安下心来。时机也有出入。也就是可以预见这个男人的假设是错误的。但是如此一来，为何侦探不否定呢？

还有，传杯‘之中’？那么这个时间点既不会接触到酒也不会接触到酒器，那要如何做到？

这时候，只见埃利奥抬起头来，望向舞台上的横梁。

“要说具体的方法，简单至极。古时日本的房屋都是木造结构，尽可能不使用钉子，而仅仅将木材进行裁剪、拼插、再放置在天花板上。也就是说，有可移动的可能。而且，俵屋家大座敷的天花板是涂成黑色的。即使天花板的木头之间产生些许间隙，一般也很难发现。”

扶琳像鱼嘴般的张开了嘴。

天花板？他说天花板？

喂，喂。莫非……

“加上天花板本来就比较低。如果调整坐垫的位置，将被害者的坐席诱导到正逢天花板间隙处，又算准了被害者三人都是男人般的豪爽喝酒模样，必会仰起头大口畅饮。也就是说，对天花板是毫无防备的。”

“这样的话，我们看看是不是这样操作的。首先，凶手在传杯的过程中，悄悄地置身于天花板中，瞄准时机，当被害者张开嘴的时候投下砒霜。”

一阵不明所以的晕眩。

当然，不可能是醉酒的眩晕感。这种恶心感比起宿醉更令人深刻。比起荒诞无稽，该说是完全不可能实现的吧。从物理上也是不可能实现的。套用日本的谚语，叫做“从二层滴下来的眼药水”——形容从楼上滴眼药不见成效，远水救不了近火。

就算天花板再低，这种方法的成功概率也不足万分之一。

于是，扶琳摇了摇头，忽又突然停下。

但是，等一下！

这个假设的凶手是谁……

“好了，要说这个问题，就在于能使用这个手法的人是谁？不过，由于处在传杯之中，旁观者不算在内。还有，要偷偷地在大宅内的天花板上做手脚，就必须是从前就对房屋构造熟知的人。也就是——仅限于这所住宅的住客们。

“一直住在大宅，而且，没有必要在传杯的时候出场的人物。满足这个条件的人物，只有一个！”

埃利奥摆出一副死鱼般的表情，平静地说出了那个名字。

“女仆——珠代！”

——这个名字被拽出来了。

*

扶琳一言不发地将红酒杯放在了桌上。

取而代之的是将烟管再次拿在手上。俪西很有眼色地为扶琳点起了烟。扶琳作为回礼，轻轻地拍了拍俪西的肩膀。然后，静静地深吸一口烟，五脏六腑迅速地感受到了烟的味道，自己双手环抱起来。

……这点同意，珠代是共犯。

不过手法完全不是这样。不，与其说手法，还是突然被言中的冲击更大。

就在调查俵屋家周边的时候，认识了这个女人，然后就出手笼络了她。不知是不是臭味相投，这臭名昭著的一家人，招的女仆也是半斤八两，多少存了一点钱的她很轻易地就花费殆尽。当自己被催债的人逼得十万火急时候，就开始对俵屋家的财产下手。

顺便说下，看中山崎也是在此次调查期间。具体不再详细阐述，多说只是浪费口舌。回到假设，像这种荒唐无稽的胡言乱语，要是在警察的搜查会议，一定会被说是痴人说梦笑笑而已。但是，眼下是姓沈的女人的地盘，是她执牛耳控妖魔的伏魔殿。世俗的常识在这里完全无用。

但是，不能乱了方寸！

目前，还没有任何的破绽。

只见埃利奥面朝沈老大，深深低下头来，拱手作揖。

“再次道歉，沈老大。在下埃利奥直到刚才，对于这个可能性还处于徘徊之际。因此，嫌疑人也无法确定……”

“好，追加逮捕这个女人。你先详细地说明一下。”

话音刚落，俪西绕到扶琳背后，贴着她的身体。

——zen me yang？

扶琳感觉到手指在自己的腰间比划，用了之前两人使用的“押话”。她考虑了一会儿，握住俪西的手。

——ji po ta！

这个男人指出的嫌疑人有可能拆穿扶琳的谎言。不过，这个男人的假设却非常粗糙。可以反驳的地方太多。那么，侦探沉默的理由到底是什么呢，要是那个女仆被抓，自己也就完了。因此，无论如何都要马上击破这个假设。

俪西嘻嘻两声，笑着离开扶琳的身体，“啪”地一声打开白色扇子，遮住脸部，朝着舞台走去。

“哎——呀——呀。”

俪西发出逗笑般的声音，从阶梯登上舞台，直面埃利奥站好。

“哎呀，哎呀，哎呀。关于您的这个假设，实在有点太不实际。您说一介女仆躲在天花板？瞄准时机，放下砒霜，毒从口入？哎呀，哎呀，这怎么说都……”

俪西一只手叉腰，握着扇子的手腕一抖，稍稍抬起下颚。

“愚弄人也要有个限度！”

这句话你也有脸说！扶琳听到这句话后的脸立刻抽搐起来。

“像这样夸夸其谈、龟毛兔角[②]的假设，在场的人谁会相信。从天花板掉落到嘴里，要如何精确算准落差，这可和将鸡蛋敲碎倒进碗里的道理不一样。而且，您的这个假设，就连满足假设的条件都是缺失的。女仆何时、怎样从新娘那里偷取砒霜？她要嫁祸的对象是谁？第一动机是……”

受到俪西连珠炮般的攻击，埃利奥瞥了一眼沈老大。这是在确认是否可以将俪西作为对手吧。埃利奥深知俪西是沈老大的人，虽然作为组织成员太过随性，也过于放任自我。不过在这个场合下，即使她与埃利奥处于敌对状态，充其量也只是燃起了对抗之心而已，不用太过于担心。

如同埃利奥预想的，沈老大点头表示赞同，于是，埃利奥的眼神重又回到俪西身上。

“砒霜落下的手法暂且不表，后述。首先，要说明的是砒霜的入手方法，女仆没有偷取砒霜。而是事后调包。”

“调包？”

“没错。事件中所使用的砒霜是从其他渠道入手的。在事发后，将使用的砒霜和新娘携带的砒霜进行调包。女仆并未陪同俵屋家人去医院，而是一个人留在了宅内，因此，调包的时间太充足了。要嫁祸的对象当然就是新娘。她计划的是新娘和伴娘共犯论。动机的话直接询问本人就可以，我只能举例来说，女仆对俵屋家的金银珠宝、手表，还有装饰日本画用的金箔下手了，怕被俵屋家的人发现，干脆就杀了他们，像这样与金钱有关的动机都有可能。”

俪西依然保持一副笑呵呵从容不迫的样子。

“这些具体理由之后调整也可以。但是，最关键的还是物理上的实行可能性。就是怎样让砒霜落下的问题。拜托，难道您认为世间万物从上落下都是规规整整地垂直下落的吗？啊呀，啊呀，真的是太天真无邪了。真空的状态另当别论，普通空间内空气是有阻力的。即使是圆形药丸也好，毒药滴状物也好，落下之际会受到空气阻力的作用，产生或左或右的偏离，更有可能会落到鼻尖这样的位置。”

真是擅长嘲讽别人的女人。顺便说下，这个女人对于破坏人体有着浓厚兴趣。所以，多少具备一些物理的常识。

“如果在意空气阻力，那么我告诉你，改变物体形状就行。粉末状物体若凝固成针状，像弓箭一般形成一个尾翼，如此一来，正是由于尾翼的作用，轨道的直线推进也进一步加强。”

稍有动摇的俪西，微微地将扇子抬起。扶琳也是有点惊讶，甚至有点呆住了。没想到，双方将物理方面作为了正面对抗的切入点。

“但是，即便如此，只要从旁吹过一阵小风，就结束了。”

“没有收到当时有强风的证言。风铃，或者可以证实风是否存在的电视影像或者声音，大座敷里都没有。”

“不能证明风的存在？哎哟哟，我再次建议您啊，找一个医术高明的眼科医生去检查下眼球……”

听到俪西说到这里，扶琳突然转念一想。“啊，哦，原来如此。”马上反应过来。夏季根本少不了风的吹拂？

“埃利奥，你忘了吗？空调。放置在那个古色古香的座敷中、明显格格不入的物品，如果你没有注意，那可真是白内障或者即将失明，又或者脑子有什么毛病啊。而且，那台空调还有去除花粉的功能，带有去除花粉功能的空调，大多都具有室内气流交换的功能。因此，改变风的流向，理论上是完全可行的。”

扶琳情不自禁地笑了起来。这叫什么——追加得分。本来瞄准垂直落下的这个点就有点欠缺考虑，还把风搬出来。

传来“铮铮”几声，来自一旁的某人拨弄琵琶所发出的响声。

“哎哟，俪西啊，你这表现让我很意外啊，太没水平了。完全跟那小鬼一模一样的攻击手段啊。”扶琳睁大眼睛看着沈老大。

跟八星一模一样的攻击手段?

这时，舞台上的埃利奥迈开步子，不知要走向何处。

只见他走到舞台的里侧，背向着带有光泽的白色幕布。仔细看，不知为何，他的一只手拿着空的红酒杯，正要说明什么。

“与其说我在回击八星的时候已经用过了，不如说我的说明还有不足的地方。”

面对俪西的煽动，埃利奥也要迎击了吧。不过听起来口气有点发虚。

“说从上垂直落下的表达其实不准确。正确来说是从上往下伸出一根很难用眼睛发现的透明、细长的管子，向着目标人物接近。然后，在透明管最前端，将准备好的砒霜做成极小的球状吸附上去，只要掌握吹箭的要领，一吹便可使砒霜落下，如此一来，就不会受到风的影响。”

俪西转过身去，全身流露出嘲笑的神情。

“这不又胡说了。居然说什么透明，再怎么透明也不可能，就说你手上的玻璃杯，只要我仔细看就能看得清清楚楚，若是在里面加上一根管子，一定会更引人注目的。”

“你可以看到这个吗？”

说着，埃利奥迅速将玻璃杯聚过头。

同时，无数的聚光灯“啪啪啪啪”的打出灯光，扶琳勉强睁开眼睛。在强烈的照射光和白幕的反射光的照耀之中，玻璃杯的轮廓在光中逐渐溶解消失。

“Glare（眩目）现象。”

埃利奥自己也承受在强光之中，开始用淡淡的口气继续说明。

“当看到令人目眩的光时，就会产生视觉障碍的现象。其中比较有名的例子是当汽车在夜晚行驶途中，若遇见对向车开着前灯，就会出现看不到路人这样的‘蒸发现象’。其实就是因为目眩造成了无法看见。天花板上的透明管就是基于这样的生理反应而隐藏了起来。”

“眩目现象？但是，那个时候有这样的光……吗？”

说着说着，俪西突然停了下来。

“哦，你说的是摄影吧？”

“正是。在座敷中进行了电视台的直播。照明作为屋内摄影的附属。而且，新郎的父亲和姐妹还跟摄影工作人员要求强光。也就是说，当场的照明相当强烈。”

“但是，摄影工作人员站的位置是大座敷的下间。照明若是从下间打出，光感的是从上间到下间传播的，也就是集中在最西侧的新郎新娘。那么，其他人的目光……”

“光源分为直接光源和间接光源。而如果新郎新娘背后能反射光的话，也是光源。说起日式婚礼的附属物就是——”

“……金屏风。”

俪西自问自答起来。

“原来如此。那个金屏风在摄影照明的作用下，好似镜面反射，造成下间的观众目眩。但是，这个反射光能令人目眩到那种程度吗？”

“这个可以通过查看当时电视台的录像确认。金屏风露出的一部分有一只白鸢，而在拍摄的影像中，这只白鸢有部分是欠缺的，即便后期数码处理也是无法复原的。”

“那么，座敷的南北方向如何？分别落座在新郎新娘左右两侧的亲族们，既不面对照明那侧，也不在金屏风的对侧。”

“南侧是开放式的外廊，强烈的光照射进来。还有反射在围墙、屋顶的反射光。所以，根据这种情况，眼睛会被晒得恍惚的便是坐在北侧的新郎亲族。接着，新娘亲族的身后，便是极尽奢华的涂金拉门。正是这种上了金子的拉门，反射了阳光，将位于南侧的新郎亲族们的视力剥夺了。

“所以，东南西北，无论哪个方向，都必定有光源的存在。”

“照你这么说，天花板呢？如果喝酒的时候向上仰起头，眼睛也要……”

“天花板上只是普通的照明设备。不过照明度要亮到能够隐藏天花板的陈旧之处。那就成了炫目的 LED 顶灯。”

俪西无言以对。

“退一百步来说，就像我的这个玻璃杯一样，如果稍微挪开一些位置，物体也有可能会变得看不见。”

埃利奥貌似选择了一句谨慎的表达方式，语速也逐渐放慢下来。

“那么，如果是近距离怎么办？我认为再怎么样，头顶上有根管子垂下来，当事人或者在其左右的人也都会注意到的。”

“‘选择性注意’，这是一个心理学用词。人在自己没有注意到的事态下，令人意外的是会彻底地不去注意这个事态。有一个有名的实验，实验参加人员被安排观看篮球比赛的视频，然后被指示数传球的次数，就在大家闷头计数的中途，在他们的视线中穿行过一只猩猩，然而，很多人并没有注意到。因此，放到这个场合，婚礼就像在数传球次数，猩猩就是透明的管子。”

俪西的脸色越加难看。这个女人捏造是非、捏造谬论很在行。但要她用理论攻破谬论，也就是换下位置，就很难发挥她的本领了。

但是，也不能说是俪西能力不足。毕竟无论光再如何炫目，有东西从头上下来也很难注意不到吧。反而是对手的理论在通常情况下更加说不通。

不过，眼下不是研究假设的时候，而是要消除怀疑。一般程度的反论，可能无法打动沈老大，换来清白。如果是别的场合只要说不可能注意不到透明管子就行，但在这里却可以展示没有注意到透明管子的可能性。因为现在不是在阐述犯罪的“事实”，而是“疑点”的立证。为了假设的成立，只要展示有根据和说服力的“可能性”就足够了。

论证和否定结合，正是“奇迹的证明”。

看着俪西陷入沉思的表情，过了好久，只见她“啪”的一声，将扇子折起收了起来。

“说来说去，果然还是会注意到……”

“西王母，这是怎么了？这就束手无策了？你这种程度的反论不可能击溃我的假设。”

“我想你是理解错了我刚说的那句话的主语。我刚刚要说的是关于凶手的心理。这个假设中，混杂着自然光和人工光，这两种光有着决定性的差异。就是自然光是无法控制的事实。

“从庭院里照射过来的反射光，会因为云的运动而时隐时现。那么，坐在南北两侧的人，是否会注意到天花板垂下之物全凭运气。还有，凶手案发前要准备砒霜，还要移开天花板某处。准备这么周到的犯案凶手，怎么会把胜负压在运气的成分上。”

俪西扬起收好的折扇，好似一把短刀刺向埃利奥的咽喉。

“否决！这个杀人手法，不仅我等在场听众会起疑，就连凶手都会怀疑其可实现性。如此粗糙的手法，凶手竟然会认为被害者们注意不到垂下的管子。简直就是破罐子破摔的心理，比我听到老猫孵鸡蛋还愚蠢可笑。”

哦，原来如此，扶琳在心中做了一个拍打膝盖的姿势。

任谁听了都会起疑的犯罪手法，反过来用在凶手的心理上。如果凶手是经过周密的计划，准备砒霜，隐藏在天花板上，利用摄影照明和金屏风的反射，这些全都计算进去。很难想像凶手竟然会忽视自然光的不确定性。这么说来，沈老大也可以接受了吧，像这种反论也很符合她的胃口。

然而，埃利奥听闻之后，只是嗤笑一声。

“和八星一样。你这女人还真是顽固。”

和八星一样？

埃利奥扬起手。聚光灯灭，舞台恢复了昏暗的光线。意大利男人的右手拨弄着胸前的挂饰，终于轻声地嘟哝一句：

“毒药只用于毒杀都还算是外行——”

咦？扶琳双眼圆睁。这个男人之前也说过这句话……

“真正精通毒物者，会根据毒药的性质，通过不同的途径来使用。比如说阿托品、眼药水、肠胃药、麻醉前辅助药物。事实上，阿托品的散瞳作用——也就是利用药效使瞳孔放大，用以掩盖犯罪手法的事例也是有的。”

“哦，哦，咦？”扶琳闭上眼睛，紧锁住了眉头。

什么情况？记忆出错了吗？明明好像就在不多久之前听到了同样的口述。

就在扶琳睁开双眼的同时，俪西似乎也同样注意到了什么，只听她小声从舞台上传来“哦”了一声。

散瞳作用。

“瞳孔本身是做光量调节之用。光线明亮的时候收缩，昏暗的时候打开。但如果在药物的散瞳作用下，瞳孔收缩打开的调节机能就会丧失，人对强光的感知与视界也会随之变得不太敏锐。

“如果是持有驾照的人，在接受眼科检查的时候，也会有这方面知识的讲解和提醒。而具有散瞳功能的药，通常是针对眼睛疲惫的眼科处方药，一般人也能轻松入手。俵屋家全体都有花粉症，事发当日，女仆只需拿出这些药物。这样的话，女仆便可给他们使用带有散瞳作用的眼药水，事后处理也很容易。

“如果在使用眼药水之后，突然发现天气不适宜，也能采取暂缓犯罪的行动。也就是说，女仆是非常具有犯罪可能性的。”

俪西听完，表情狰狞起来。

“但是，使用这个眼药水的只有俵屋家人。”

“新娘的父亲和伯母均患有白内障。要说这种病的话，是上了年纪的通病，这从新娘伯母那里很容易就可以确认。另外，新娘由于在仪式上带着绵帽子，视野狭窄，脸部要抬起也不方便。”

“只要调查女仆的病历，是否有配过眼药水不就清楚了。”

“这种药一般人也很容易入手。而且，药贩子通过黑市贩卖的可能性也很大。贩卖处方药也不是什么奇怪的事。”

“那，透明管的入手和处理？而且，如果藏匿于天花板上，必定会留有痕迹。”

“透明管的材质可选用细细的丙烯酸管，这也是在生活超市可以买到的，事后多剪几次就可以处理了。天花板之前为了大座敷的照明进行过修整工事，工作人员去过天花板，所以要说痕迹，其实很难辨别。”

“那，狗……不，冰妮小姐为何会亡故？女仆没有连同冰妮小姐一起杀死的理由。要说嫁祸新娘，也就是‘奇数位杀害论’，根据这个理论，那么新郎的大妹爱美珂也理应一同被杀。”

“这两者表里一致。女仆当然也准备了给爱美珂落下的砒霜。不过，却没能顺利地按照上述方法进行。因为，爱美珂的饮酒方式和其他男人们不一样，她没有仰起头来，只是将酒杯放在嘴边啜饮，那么，要计算落下的时机和位置就变得非常困难。于是，失败了。砒霜被留在了酒杯的‘瀑布口’，冰妮小姐误舔舐了酒杯这部分的毒药。而冰妮小姐和伴娘闯入的时间点，则可以参考‘狗故意闯入论’，女仆意识到可以嫁祸给新娘和伴娘，便继续展开犯罪。”

俪西的追击到此而止。好似弹尽粮绝。女人咋了咋舌，打开白扇，遮住自己下半张脸，用一种憎恨的眼神死死地盯着男人。

埃利奥的视线一如之前，从正面看上去依然毫无表情，依然用淡淡的口吻接着说道：

“总结一下。根据我这个拙论，这个事件可以说是胆大心细，通过精密的计算之后达成的毒杀事件。

“事件的全貌如下。首先犯人是女仆。可能是与金钱有关的动机。打算趁着结婚仪式杀害三名被害人。

“女仆在事前从某处拿到了砒霜和散瞳药，然后准备了透明的细长丙烯酸管。仪式前日，在彩排之后潜入天花板，调整天花板的缝隙并准备丙烯酸管的位置，为第二天的犯罪‘彩排’。

“仪式当日。女仆首先在仪式开始之前，给了俵屋家全体人员号称‘花粉症用’的具有散瞳作用的眼药水。等到大座敷开始进行结婚仪式，便悄悄离开，侵入天花板。看准时机从缝隙中放下透明管，利用携带的砒霜将三名被害人以及冰妮小姐毒杀。之后，趁着场面大乱之际，迅速从天花板返回。透明管暂且搁置在天花板上，自己返回大座敷，根据现场情况再做下一步行动。

“事发后，女仆一人留守宅院，便回到天花板上回收透明管，再赶赴新娘的房间，通过三乘三所有密码解锁方式打开新娘的行李箱，取出新娘随身携带的小瓶并调包成自己携带的小瓶。事发后一天早上，出门去买早点的时候，将证物——透明管、砒霜、散瞳药带出宅院，放在屋外某个地方暂时保管，等待日后回收和处理。以上所述便是我设想的具体犯罪经过。”

埃利奥向前迈出一步。

“堂堂白昼，在电视镜头前，在众目睽睽之下，现场直播放毒入口的毒杀，真有如此胆大包天的毒杀方法吗？然而，为了这个犯罪所预先开始的布局，实则是非常细心、合理。暗杀者隐藏于天花板之上，浅息消音，利用光影和药物蒙蔽众人的眼睛，使用无味的砒霜封住了目标人物的口鼻，而在婚礼现场众人的身体其实不也是被限制的嘛。

“眼睛、耳朵、鼻子、舌头，然后，四肢活动。四感和四肢的自由，被这一场毒杀剥夺了，这不正是——”

旁边的沈老大此时插话。

“人彘是吧。”

埃利奥听是沈老大插话，气势上稍有减弱，吞吞吐吐地苦笑着望向沈老大。

“莎士比亚也经常引用一些例子。如果沈老大喜欢这样的比喻，我就再多举几个。”

“别把人说得跟个暴君似的。哎，痛失冰妮让我的心如何承受。这只是怨恨这个世界的咒骂。不过呢，书写哀歌的话，带点情绪会更好。好，埃利奥，就请你为这个假设加上一个华丽的名字吧。”

接收到沈老大的命令，埃利奥先鞠躬行礼，闭上蓝色的眼睛，片刻过后。

“说到金屏风，让我想起了故乡威尼斯的圣马可大教堂的黄金屏风。”

说完，意大利人睁开眼睛，露出沉稳的笑容。

“黄金天花板，黄金墙壁，奔流着炫目的金黄色，象征着至高神之国的大圣堂里，祭坛背后耸立着镶嵌着数量繁多的宝石，金色的屏风。

“当然，规模和尺寸大相径庭，但是，耀眼夺目的璀璨黄金夺目和假设一致。所以，如果要给我的假设取名——”

表情、声音、感情又一次集体消失，脸上只残留着虚无的表情，再次说道：

“‘黄金屏风的婚礼。某隐匿于光，藏于天花板的暗杀者——’”

*

面无表情、吸着烟管的扶琳，感觉到胃部越来越冷。

按照这个局势下去——不妙！

要是这样发展下去，女仆被抓住是迟早的事。然后，接受审问，吐出真相，揭露出所有的答案只是时间问题。

扶琳瞥了一眼侦探。但是，蓝发男人依然静止一般的伫立在舞台的一侧，沉默不语。可恶！为什么不行动！

“上苙！”

这个时候，同样有点不耐烦的埃利奥也开口向侦探发问。

“为什么你还在沉默？这个可能性你也一定想到了吧。那为何不否定呢？还是说，你在……”

埃利奥拿起空玻璃杯向着侦探示意。

“谁？你在庇护谁？”

此时扶琳突然意识到什么。

啊，原来是这么回事。

虽然也可能是揣测，不过埃利奥的这一句话，让扶琳仿佛明白了侦探沉默的原因。果然，之前自己认为“侦探还未意识到真相”的判断是错误的。很可能侦探已经意识到自己就是凶手，当然，对埃利奥的假设的否定也早已准备妥当。

然而，当假设否定证明完毕，也就是自己——凶手暴露的那一刻。因此，他才会缄口不言吧。

所以，之前关于俵屋家的那个质问，果然是“我已经知道真相了”的暗示。如此目前的情况就都说得通了。

在反证的论述中很有可能暴露自己是真凶。本来至今为止的这一系列解说，只要找到凶手，就能轻而易举地做出反证。只要说出“凶手是姚扶琳，因此，其他人都是无辜的”，就能完成反证！自己的存在明明就是最确凿的反证中的物证。

然而，如果侦探要庇护自己，当然就不会使用这招。因此，他在踌躇新的反证。也就是说，他正在考虑不暴露自己是凶手的情况下，其他的反证方法。若是这样，长时间的深思熟虑也是可以理解的。

那也就是说侦探的“奇迹”宣言，是为了庇护自己的“谎言”。

侦探是——“友”。

“怎么样？上笠，被我说准了吧。”

埃利奥再添一把火。

“如果我的假设不对，你直说就行了。我觉得你已经发现了事件的真相，为了庇护凶手才不开口的？扭扭捏捏得像个女人一样的侦探。打算像罗密欧那样庇护朱丽叶。但是，这样下去真的好吗？这样下去女仆会死的！你是否要将女仆和你庇护的灵魂同时放上天秤？”

意大利人突然像变了一个人，连珠炮般地煽动起侦探。或许这才是埃利奥的本性？不过好像起了作用，终于，侦探有了反应。只见侦探将手从下颚移开，异色双瞳盯着埃利奥，像是刚从梦中醒来。

“……你在说什么？我完全没明白你的意思。”

说着，他迈开步子缓缓走向埃利奥。

“再说一遍，这个事件是奇迹！没有凶手！刚才只是在检讨几个证明而已。也是为了迎接与加布里埃尔的最终对决。”

侦探走到舞台中央，停下脚步。舞台灯光正好打在他胸口的玫瑰念珠上，熠熠生辉。

“那么，我再说一次，听好了，埃利奥。那种可能性我早已料及。而且，你的假设非常容易就可以否定。”

*

很容易就能否定……

果然如此？

他果然已经预料到了这个假设，当然否定也考虑好了。

但是，既然这样，为何不说？

既然反证的内容都想好了，那么……

“……新娘。”

日语，侦探开口说的是日语。

“在事发后的医院里，你注意到自己左脚的足袋湿了。而淋湿的部分延伸到了脚趾，还隐隐飘散着酒香。还有，被淋湿的部分染上了淡淡的粉红色。染成淡粉色的花瓣就附在足袋之上。”

说完，就停下来摆好姿势，锐利的眼神紧紧地盯着沈老大。

“反证完毕！”

沉默随之而来。扶琳用手搭着额头，头痛越来越厉害。

“喂，这也太简短了吧。还有，最主要的是你跟老大说日语是什么意思！”

“啊？沈老大听不懂日语？好吧，呃，结论的确下得有点着急。对不起，对不起，我按照顺序慢慢说。”

侦探像什么都没发生一般的平稳切换成中文。

“首先，关于新娘的足袋被淋湿的理由，我认为问题就出在新娘乘上救护车之前的那一刻穿上的——gum sandal(橡胶底凉鞋)。”

“橡胶底凉鞋？”

埃利奥鹦鹉学舌般反问回去。

“没错。只是轻轻地踩到液体，不会连脚趾都湿掉，若从上往下穿鞋的时候，碰到一点点液体不会湿到脚内侧。另外，若是手脚触碰到积有很多液体的地方，本人自然也会注意到是吧。

“而且，结婚当日宅院被打扫得异常整洁亮丽。为了不让和服弄脏，新娘连走路都是十分小心谨慎的。还有，新娘.之路的时候，正在火辣阳光照射下，长时间骑在牛背上，就算途中弄湿脚部，下来走路之前也会晒干。事发后，乘坐救护车到达医院，医院内的拖鞋也没有被弄湿的痕迹。因此，根据以上鉴定，弄湿橡胶底凉鞋的唯一机会，就只有新娘穿上凉鞋的时候。”

侦探要么不说，说起来就滔滔不绝。

“那么，为何橡胶底凉鞋会湿掉？天气这么炎热的夏天，即使衣物晒三个小时也就干了，要说凉鞋从被淋湿到新娘穿上，倒推时间计算的话，差不多是下午两点以后。也就是说在这个时间点之后，有人淋湿了凉鞋？爱美珂准备酒器的那会，新娘之路才刚开始，时间太早。而且，迎接新娘的时候，电视台在跟拍，也不可能。仪式开始前，参与者没有人离开过大座敷。事发以后，除了爱美珂与双叶，没有比新娘更早到达厨房后门的参与者，而她们两人这个时候正在收拾酒器，也没有其他行动。

“住在宅子里的其他人中，那就只有不必参加仪式，能够离开大座敷的人——女仆。”

埃利奥发出笑声，听到侦探跟自己说着相似的台词，是否已经觉得胜券在握了？

“那么，女仆到底是何时、怎样弄湿凉鞋的呢？首先，说到酒香，当然就会想到是被酒弄湿的凉鞋。就算鞋子被弄脏，刷洗之后放在日照充足的场所，很快就能晒干，然后摆成新娘容易穿上的方向即可。既然鞋还是湿的，那就说明女仆直到事发前，都是穿着这双鞋子进进出出的。

“然后，如果穿在脚上的凉鞋淋到酒，酒会从上部往下洒，积攒在鞋面上，不会影响到穿进去的内部，而且脚趾头那里是不会湿掉的。新娘可是从脚趾到脚内侧都湿了，只能说明女仆不知在哪里踩到了酒?

“话说回来，当时还是夏季，就算踩到没多久也会干的。不过，因为酒精会引来小虫，也不能放置在道路上晒。很难想象女仆会在大马路上淋湿凉鞋。不过，倒有一个人烟稀少的场所很适合。大家都想到了吧，正是‘加寿美神’的祠堂。”

侦探说到这里，突然停了下来，用手指拨弄起半干的、贴在前额上的头发。

“‘加寿美神’的祠堂前，有一个用岩床挖出来的简易水钵。那里面经常注入加寿美神喜好的酒。这里不像普通墓地那样讲究卫生，女仆基本不可能赤足踏入这里，所以，可以作为候补。”

“但是……”

埃利奥不失时机地提出异议。

“附着的颜色又怎么解释？新娘的足袋附着了花瓣的颜色。‘加寿美神’的祠堂周边的夹竹桃的颜色毋庸置疑是鲜红色，而新娘足袋染上的颜色是淡粉红色。颜色不符。”

“这没有什么稀奇的，鲜艳的颜色碰上酒褪色了。”

侦探丝毫不为所动地回了一句。

“用酒精给花褪色是很常见的手法。随后，颜色随着酒的移动，将新娘的足袋染成了粉红色。反之，若是宅院周边的纯白色夹竹桃就不会出现这种现象。而且，在这座小镇上盛开着红色夹竹桃的地方，只有‘加寿美神’祠堂周边。也就是说，足袋和花瓣的粉红色，其实是女仆踩到了‘加神美神’水钵中的酒，以上就是我对论据的补充说明。

“……明白了吗？埃利奥。那么我就继续说。场所既然固定下了。那么，时间又如何呢？根据爱美珂的证言，女仆往返祠堂的最快速度为三十分钟。根据前述，女仆若要外出，只能是在仪式开始以后。仪式开始时间是新娘到达大座敷的十六时零八分。不过，女仆曾出现在双叶准备传杯仪式之前的影像中，也就是十六时三十分之前。如此一来，想在仪式开始以后离开宅院完成往返是不可能的，只能在十六时三十分以后才能离开宅院。

“还有，另一方面，救护车到达的时间是十七时零一分。因为新娘坐上救护车，穿上凉鞋正是这个时间，所以，就算女仆离开，也一定要在这个时间点从祠堂返回宅院。也就是十六时三十分到十七时零一分之间，往返需要耗时三十分钟。如此一来，就能得出女仆的行动：她在十六时三十分离开宅院，然后踩到加寿美神祠堂前的水钵，十七时零一分左右返回。

“按照这样的推算，我们再来看下传杯的时间带，女仆当时并不在宅院内。换句话说，女仆隐藏于天花板上犯罪是不可能的。因此，埃利奥，你的假设无法成立。”

又是一次唐突断点。如爆炸产生的声浪般令扶琳丧失了听觉，“嗡嗡嗡”的杂音一直在冲击她的耳膜。

埃利奥并未动摇，依旧铿锵有力地反问道：

“那为何女仆特意要选在这个时候外出？”

“嗯，我考虑过很多种理由。比如受到了正造或广翔的吩咐去买东西，结果忘了。她害怕被苛责，就选在仪式结束前出去买东西。要去山另一头的城镇，需要绕道这个建有祠堂的山道。就在途中，通过手机终端的 one seg[③]或其他途径知道出事了，便慌慌张张地匆忙返回。”

“你怎么能证明？”

“外出的动机暂且不管，外出的事实已经证明过了。要否定你的假设，这个反论已经足够了。”

“但是，就算这是事实，还是存在不合理之处。为何女仆要去踩祠堂前的水钵？就算这个祠堂的位置稍稍远离道路，靠近里侧的路肩上，女仆也不会直接踩上去吧，我认为是不会去踩的。”

“要说原因的话，当然是因为女仆很着急。”

“着急？那换条路绕过去不就好了。”

“没有路可以绕。”

说完，侦探急匆匆地往舞台后面走去。

只见他从舞台后面拿出毛笔、墨壶，还有跟自己身高差不多长的宣纸，都是沈老大为了写哀歌准备的吧。

他将宣纸摆放在地上，身体开始大幅扭动，不知道他在纸上画着什么线。然后，单手将宣纸高高地举起。

“这是最短距离。祠堂就在S弯的内侧，沿着最短距离的内径行走的话，自然而然就会来到水钵的线路上，踩到的话也是很自然的。”

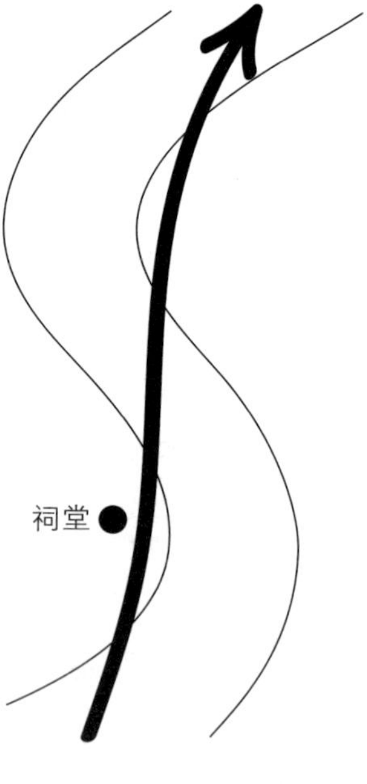

【S弯与祠堂】

寂静。埃利奥瞠目结舌，无法应答。是被侦探的解答说服了吗？还是说见到对方特意找出笔墨折腾一番，只是为了做出如此简单的说明而匪夷所思？

“沙沙沙”，只见侦探把宣纸举起，像举起旗子一般来回挥舞。然后随手将宣纸扔在地上。八星赶忙跑过来，将侦探扔在地上的宣纸回收起来。

侦探将笔和墨壶递给八星，再次转向埃利奥。

“以上……有何反论？”

埃利奥没有回答。单手握着胸前的挂件，直挺挺地站着，侧过脸去。

作止语默。投子认输。

胜负立判。

不经意间，扶琳感觉全身像泄了气的皮球。

为了应付厌倦感，扶琳轻轻地摩擦着手掌心和脚部，肌肉的紧张感也得以放松。感叹自己又捡回一条命。简直就像不断冲击心脏的推理小说创作评论会。这是自己从现役到隐退之后，好久没有体会过的紧张感，倒是有些许怀念的感觉。

但是，还是不明白。

这不就是十分普通的反证吗？在反证中，完全没有关于自己的暗示、提示。硬说的话，只有女仆算是有所关联，不过那也只是埃利奥提出的假设而已。弄湿新娘足袋的凉鞋跟自己完全没有关系。要从这一点顺藤摸瓜找到自己根本不可能。

为何！若是这种程度的反证，侦探为何要那样的踌躇？

就在此时。

“我说小姚啊。”

沈老大侧握着酒杯说道。

“你到底……在酒器上动了什么手脚？”

【注释】

① 依溺斯：基督教早期的圣女，因不愿意嫁给异教徒而被处死。后来人们在她遇难之地建造了纪念她的圣依溺斯蒙难堂。

② 龟毛兔角：龟生毛，兔生角。比喻不可能存在的事情。

③ one seg：静态数码电视。专门用于数字电视地面广播的服务。

第十三章

心脏如同冰冻的感觉。

什……么？

犹如暗夜中受到凶器的突然袭击。姓沈的嘴里说的是“酒器”，不是她手里握的玻璃酒杯。在这里说到酒器，只能是婚礼用的铫子。自己也的确在铫子上动了一些手脚。不过——

怎么回事？暴露了？

“呃……您到底要说什么？”

扶琳表面上还是故作镇定的样子。但是，手持的杯子里已经泛起涟漪，她依然装作若无其事地放下酒杯拿起烟管。可恶，冷静！对方只是巧妙地要套自己的话。

沈老大竖着立起中式琵琶，长长地叹了口气。

“互相揣摩对方的心思，可真是太累了。不过，你毕竟是我长年的伙伴，我就奉陪到底好了。最先让我起疑的是你不慎对那个小鬼说的一句话。”

扶琳闻言，拼命地追溯记忆。不慎讲出的……一句话？

“就是你说的哦。那个小鬼在跟俪西较劲时，你用日语说了一句‘你也做好心理准备吧’。日语中的‘也’，与汉语中的‘也’都有并列的意思。也就是除了小鬼之外，还有其他的人‘要做好心理准备’。

“起初，我还在想是不是指被绑架的那群日本人里的其中一人。但是，思来想去那些人里似乎没有人会中文，他们甚至连自己为何被绑架的理由都不甚了解。所以，做好心理准备也就无从谈起。而且，小姚，你自己也注意到了吧，所以才会无意识地使用这样的文脉，说出还有人要做好心理准备的话。”

“那……老大，您不是不懂日语吗？”

沈老大发出一阵滑稽的笑声。

“这不，这句话发生于我拜托俪西翻译的那段时间嘛。我只是不太明白下人的语言，我又没说自己不懂日语。那个时候只是有点听不清对话。还是你的声音听起来舒服，容易理解，当然，我说的‘下人’不包括你，不必多想。”

被——击败了。

是伪装吗？还是老年性听力衰退？

“算了，小姚，也别坏了你的心情。不好意思，对你隐瞒的事实。我呢，装作听不懂日语，也是出于好玩，想听听大家心里真实的话。这只是护身用的……你放心好了，你们之间的‘押话’我是一点都无法解读，那个等级是很高的。”

沈——雯娟。

被街头巷尾揶揄为“吕娥姁”的稀世恶女。

说到吕娥姁，就是前面提到“人彘”的话题中，那位汉高祖刘邦的正室吕后。吕后在刘邦死后，将威胁到儿子帝位的人逐一击杀，用计谋不管不顾地排斥异己。这个女人为了达成今日今时的地位，也经常使用各种手段，所以大家在暗地里都这么称呼她。

要说揣摩对方心思，扶琳根本不是这个女人的对手。

“那么，你到底要做好怎样的心理准备？从你前前后后的举动，特别是对那个少女的拷问态度来看，再明显不过了。起初，我真的认为你只是动了善心。毕竟你的本性是讲义气重情义的女人，即使你现今已经脱离了组织，也想竭力避免蛮横的行径，我也是可以理解的。但是，令我不解的是听了埃利奥假设以后的你的态度。小姚，你……为何没有阻止俪西的反证？”

沈老大终于起身移动椅子，向着扶琳的方向靠近。再次坐下，仍然将琵琶置于膝盖上，用套在手指上的琵琶义甲轻轻地弹了一下。

“你打算像庇护双叶那时一样，连同女仆也要庇护？小姚啊，你实在太具有博爱主义了。但是，不可能的！你绝对不是这么容易贱卖感情的人。你最初在拒绝拷问少女的时候，提出能否先给你来一个看上去身强力壮点的试试手？也就是说，对你而言，只要是拷问少女以外的人都是没问题的。俪西被你拐去化妆间私下对话，如此行动更是让人生疑。要想阻止俪西的行动随时都可以。但是，你为何对俪西的行动三缄其口，仅仅就是看着，又是为了什么？”

义指拨弄的琵琶声附和着话语声。

“俪西的反论本身没有什么不自然的地方。这个反复无常直性子的女孩，对埃利奥存有对抗心，想要反驳回去也是正常的。但是，在这种情况下，你不出来阻止却是不自然的。那么，这个违和点你要怎么解释？若非是善心泛滥，那就是庇护这两人的理由有什么共同点。我想到的共同点是她们两人都是女性。不过这么说的话，俵屋家剩下的人也都是女性。那么，少女和女仆除了性别以外，还有什么共同点？”

沈老大说着，义甲紧扣在琵琶弦上。

“于是，我注意到一点，就是两个人的共同点就是——全都触摸过酒器。”

铮……琵琶发出了一声迟缓有力的响声。

“少女与妇人。乍看貌似两人并无交集。然而，正因如此，这唯一的共同点反而突出。我猜难道是酒器上有什么秘密？然后，纯粹只是疑问，也许这是我的天性使然。事到如今，我怀疑的仍是些还未引起注意的细枝末节。对了，说来，小姚，你正好出现在婚礼的现场，只是偶然？你和那个少女是怎么认识的？你这个又宅又懒的女人，竟然会在这么炎热的夏天，跑去那种偏僻的村落里。曾经对参加他人婚礼毫无兴趣的人，却特意跑去参加婚礼的真正理由是——”

沈老大说到这里打住。好似沉浸在琵琶发出的余韵中，闭上眼睛。不久，半睁开眼睛继续说道：

“小姚啊，你应该明白了吧。你在那个时间点，就算是在形式上也该阻止俪西。”

扶琳的耳畔残留着沈老大的话和琵琶声的余韵，好似耳鸣般的持续着。

“恐……”

扶琳咽下口水，好不容易从喉咙里挤出声音来。

“沈老大，您说的这些话，恐怕只能被看作是无理的挑衅。”

“也许吧。好了，也别管那么多了，所有的事实只要逼问少女和女仆就可以了。首先，就来拷问这个少女，让她吐出真相。俪西……动手！”

俪西满脸困惑地向扶琳看过来。笨蛋！别看我！扶琳赶忙避开她的视线，心中骂声四起，同时对于自己的疏忽懊悔不已。

——确实自己疏忽了，疏忽的不是反证的内容，而是漏掉反证这个行为本身与自己有着息息相关的联系。

而且，被沈老大骗得晕头转向，还不慎说错了话。这不就是典型的自爆吗。假如那堆嫌疑者至少懂一点中文的话。不，至少自己假装去阻止俪西的话，那么，就又可以搪塞过去一关。

等一下，难道是这样的。侦探思索反论的理由？首先，通过自己的失言和沈老大的态度，发现沈老大的怀疑可能会引火烧身，然后，故意列举我和俵屋家的事情，暗中通知我沈老大可能已经起疑。之后，想要通过反论给予自己彻底消除疑惑的机会。但是，当埃利奥指出在庇护谁的时候，侦探认为不能再等下去，便毅然地进行了反证。

“等一下！沈老大。”

侦探拔高嗓门大声制止。

扶琳满脸倦容地抬起头来。难道——否定？事到如今还能否定？

但是，很可惜，我犯下的罪是千真万确的，扶琳心想。如果，你装作不知道我和俵屋家的关系，也许还能庇护我。不过覆水难收，你已经意识到了真相。那么也就是说，你所谓的奇迹宣言是“谎言”。而你却还要在目前的情况下进行否定，那就是否定事实。你这是要——

证明谎言。

侦探迈开步子，走到舞台延伸出去的部分。

停下的侦探用他的异色双瞳盯着扶琳，让扶琳全身都哆嗦起来。不要！我不想欠你人情。这样的行为你知道意味着什么？你居然要证明谎言，若是真的证明了谎言。你自己……你就算是承认自己的证明完全没有真实可言。那么谎言也好，事实也罢，即使能去证明，但虚假的证明又有何价值呢。相当于你把时至今日都在拼命积累“奇迹的证明”的经验都扔进臭水沟里去了。要用这样的代价来救我……我……我……

侦探缓缓地开口道：

“扶琳……”

不要！

“刚刚沈老大的话……是真的吗？”

——什么？

*

……这是什么情况？

这声音不是沈老大的，那个瞬间扶琳怀疑自己是不是耳背了。听错了吗？不，是幻听吧？这个男人……他刚才说了什么？

“这次事件真的是你干的吗？虽然让我难以置信，好吧……果然你和俵屋家是相识的……”

错，不是幻听。传到鼓膜内的台词就是字面的意思。不，没有什么隐含的意思吗？自己的理解是不是有偏差？然而，如果自己的理解没有问题，那侦探的发言就完全是字面上的叙述，这样的话——

难道——

这个男人——

没有意识到我是凶手？

“老佛爷！快逃！”

俪西大叫起来，从舞台一跃而下。

双腿着地的同时，从大腿的枪托内拔出手枪。但是，就在拿出手枪的瞬间，飞过来的某物将俪西手中的武器弹飞出去。那是中式琵琶。沈老大直接朝她扔了过去。

只见沈老大的手下们转瞬间便将其围了起来，数十支枪口对着她。俪西“啪”的一声撑开白扇，身旁的扶琳迅速伸出手握住其手腕。

“老佛爷……”

扶琳的眼神里没有流露出一点责难和哀怨，只是看着俪西。

人墙散开，沈老大走了过来。

“俪西啊，我对你的功绩可是有着相当高的评价。我就不怪你刚才用枪口对着我了，现在给你选择！是你来问罪这个算计着想要逃脱我们的女人，还是跟这个女人一起被问罪？”

还有这么一出？

俪西被沈老大的手下粗暴地按在了地板上，扶琳看着，笑了起来。原来如此，这就是故事的结局啊？这出狗的葬礼就是为了终结自己的生命而设的套。自己虽然也玩弄过很多人的生命于股掌之间，像我这样的极道恶人也终于要迎来死神，也算是绝妙的落幕了吧。

眼睛被蒙上，嘴巴被用防止自杀的马嚼子套上。最后，在还能讲话的时候，是否要抬起头跟蓝发男人说一句怨气深重的话呢？自己马上又收回了这个想法。不，算了。没有什么可跟他抱怨的。仅仅是与原本预想和期待的有所偏差而已。

本来跟这个男人仅仅是借贷关系而已。正是那些不像自己性格的越位思考，造成了某些环节出现漏洞。要怨的话不如怨恨自己。不好意思，还给你的证明造成了干扰。

抱歉，上苙。这次是我否定了你的奇迹。作为补偿，你这家伙借的钱就一笔勾销吧，请你原谅我……

"沈老大，你这是干什么？"

就在此时，站在舞台上的侦探插话了。

"实在太吵了，难道是香港电影里的武打练习？那这样吧，也给我两支枪耍耍，我也想要参加。不过，在此之前，我打算将眼下的线索梳理一下继续证明。

那么，沈老大，我要继续了啊。以下要说的就是关于你刚才的假设——"

侦探从舞台上傲视着沈老大。挂在胸前的玫瑰念珠，依然熠熠生辉地放着光芒。

"那种可能性我早已料及！"

*

……

别说脑袋一片混乱，连呼吸都快停止了。

这是怎么回事？

侦探显然没有把自己是凶手的"可能性"考虑进去。就在刚才，他得知扶琳是犯人的时候，脸上表情是那么惊讶。那为什么还要说已经料及？为什么？到底是怎么回事？

哈哈哈哈哈！听到一阵狂笑。

“怎么啦，扶琳！好可爱的惊悚表情。就像第一次看镜子时的柯基犬。哈哈，你现在的这个表情，真是不枉我扔了五百万漂洋过海来见你，太值了。”

侦探按了几下相机快门，笑声又起。

“好啦，放心吧。都说了这是奇迹。没有人为介入的余地。那么，我首先就来说明你设下的陷阱——”

*

侦探踱步来到舞台中央，转过身来面对观众席，一语连珠。

“扶琳，我就直截了当地说吧，你使用的手法关键在于，男女喝酒的姿势不同。这次事件，生者和死者有着很明显的划分。死者全部都是男性。如果我们多加注意仪式中男女的举动，就不难发现喝酒姿势的不同。男人喝酒一般是豪爽举杯痛饮。女人则保持优雅，而且为了不弄脏高级和服，甚至不能将酒杯倾斜，只能让嘴巴凑近酒杯啜饮。当然这也是正造当初设计仪式时的指示。你要利用的就是这个姿势的差别。

“那么，要怎样利用呢?

“很简单，只要把酒分为上下两层。

“通常酒精比水的质量要轻。有点辣口的日本酒也比水要轻，如果在水中放入什么可溶的液体就更加重了。所以，要溶化砒霜就必须先往容器里注水，再在水的上面注入酒。那么，就造成了酒杯上层是酒，下层是毒水的两层构造。这也是调制鸡尾酒时经常使用的手法。

“如果是被分成两层的酒杯，不倾斜酒杯而从上方直接啜饮的女性们就喝不到毒药。当然，男性们也未必会喝到致死的量，只要误差在可控范围之内就没有问题。还有，传杯过程中的酒杯被非常谨慎地保管着，所以其实没有那么容易就能铺设两层的。

“那么问题来了，两层酒杯是如何制作的？酒是在众目睽睽之下，由伴娘少女从铫子注入的。也就是说，酒杯是不可能在事发前就被动手脚的。不过，使用铫子往杯子里倒酒时候会将壶口倾斜，只要慢慢注入，就能完成先注入毒水，再注入酒的手法。也就是说只要搭配铫子就能形成这个两层的结构。

“那么，这种手法到底有可能实现吗？答案是肯定的。”

说着，侦探向八星使了一个眼神，少年屁颠屁颠地呈上了笔和纸。只见他立即在纸上画了起来。

“比如酒器是像这样的三层构造。酒器内分为三部分，靠近注入口的一侧注入毒水，第三隔层注入酒，第二隔层为空层。

“这样注入酒的话，首先靠近注入口一侧的毒水会先流出，第三隔层的酒会流入第二隔层。而后，当第一隔层的毒水流尽的时候，第二隔层的酒就会满杯，然后再流出的就只有酒了。

“实际操作的时候，倾斜角度的调整也是十分必要的。原理就是这样。不过还有一个问题，毒水流尽变成酒的时候，酒的流向可能会发生不自然的中断。恰好在那个时候，少女因为紧张而使注酒的动作变得僵硬笨拙，周遭众人也都是这样的看法吧。”

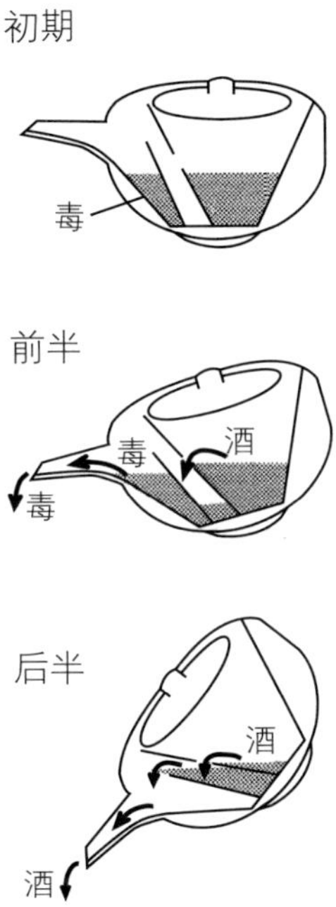

【关于酒器的手法（想像图）】

侦探再次将宣纸挥舞起来，甩干墨水，这次是向空中扔去。宣纸犹如白鹭优雅地在空中飞翔。轻柔地降落在沈老大的眼前。姓沈的粗暴地一把揪起宣纸，一言不发地盯着墨水画。

“但是，这么复杂的手法要怎样在铫子上实现？”

“方法本身很简单。首先，要制作有三个隔层的容器。这种国宝级别的酒器，去官方网站稍微查下就可以得到详细的制作数据，如今的 3D 打印机可以制作很复杂的工艺品。容器颜色要和与铫子一样，然后打开铫子的壶盖放入可脱嵌式的容器，这样就完成了。

“随后再对铫子动手。时机可以选在仪式前一天的彩排之后，女仆收拾整理铫子的时候。这个时候，铫子的最外侧隔层已然注入了砒霜。顺便说下，这时用的砒霜之后会被调包到新娘的行李箱。所以，用不着去偷新娘的砒霜。

“第二天取出铫子的是大妹，由于大妹前一天没有接触过铫子，所以没能察觉到重量的差异。国宝级的逸品放在托盘之上，需要集中精神十分谨慎地端着。因此，不会意识到里面已经被动了手脚。

“然后只需在传杯结束后，回收酒器内的东西，将新娘携带的砒霜替换成事件中使用的就结束了。

“以上，就是扶琳指使女仆所使用的手法。”

最后，视线与扶琳的眼神交汇到了一起。扶琳怔住发不出声。全部都如侦探所言。就像偷听到了这个计划一样，完全命中。

事件的起因就是那家皮包投资公司。

俵屋唆使那个前社长，骗他投资，使其动了公司的资金，造成公司的巨大损失。

如同侦探忠告的那样。这次被害的三人，俵屋正造与儿子广翔，还有共犯和田一平，甚至还知道了公司洗钱的事。那么处理掉他们就在所难免。而且，俵屋家的情况还没有传到沈老大的耳朵里，扶琳碍于颜面打算等到自己解决妥当，再亲自跟沈老大解释清楚。

最开始是想直截了当地杀了他们。就在优柔寡断之际，女仆提起了新娘结婚和砒霜的事。突然，吊起了她的玩心。顺便说下，这个诡计的灵感来自于“矿渣水坝”。铫子的三层构造其实就出自水坝的三层结构，毒水与酒的分离构造来自漂浮在水面上的油膜污染物。

虽然也想到了可能会失败，不过以后再找其他机会也无妨。就像刚刚侦探指出，出现点误差也无所谓。另外，调包新娘的砒霜则是为了将警方的视线转移到新娘身上，利用这段时间的空隙，好让女仆远走高飞。不过，最终目的是造成女仆携带财物逃跑，并在她的家中找到犯罪计划书与嵌套式酒器的既定事实。本打算事情会这样落下帷幕。

小狗的闯入明显是意料之外的事情。不过，新娘父亲能够一口气喝下了酒也是万幸。要不是那只狗伸出舌头舔了酒杯，接下来喝下的新娘伯母就会毙命，这个手法也会更容易被看破吧。那只狗的死因或许正是舔到了最外层的毒。

扶琳对于自己能想到如此手法也很震惊。当然多少也受到了蓝发侦探的影响。

当她反应过来的时候，侦探正紧紧地盯着自己。

“——干什么？”

“没什么……”

侦探呵呵两声，微笑着闭上眼睛。

“话说回来，扶琳，你也有那么点变了。换作以前的你，不会使用这么麻烦的手法。你会直接投毒，让在场的全员喝下，实施杀死几人都行的无差别杀人。我没能想到这件事是你干的，也是出于这个原因。不，准确地说是我知道俵屋家和你的公司有关联的那一刻想到的，但我始终认为这样的手法不像你的风格，就把这个可能性给排除了。”

啊，扶琳的脸蛋微微泛起红潮。这个男人什么意思，搞得自己好像什么都知道。

只见被解放了的俪西，又将扇子挡住嘴部，轻巧地迂回到侦探的正面，秀发柔软地披到肩膀，脑袋微微倾斜说道：

“那么老师，你说了那么多，不就是在说老佛爷有可能犯罪嘛。”

侦探依旧笑容满脸地摇摇头。

“不，俪西。她的计划没有成功。因为这个诡计失败了。”

*

“接下来，我来说明这个。”

扶琳觉得自己已经惊讶到了极点。侦探则表情严肃地继续证明。

“首先，女仆在仪式过程中曾出去过，去了加寿美神的祠堂。已经在前一回的否定中证明过。那么，她为何要外出呢？”

俪西似乎难以理解，只是眨着眼睛。

“呃，你当时说她去买东西。”

“嗯，那是指她并非犯人的情况下。如果她是实施犯罪的凶手，那么事情就不同了。在刚才那个假设中，传杯结束之后，女仆必须迅速回收铫子。

“如果事发以后，有人对于铫子产生疑问而加以调查的话，机关瞬间就会暴露。所以，要让犯罪取得成功，就要赶紧回收铫子。事发之后，现场乱作一团，回收铫子也并非难事，虽然风险还是有的。因为，在女仆回收之前，很有可能已经有人收拾好了铫子。

“好吧，换个说法，这次事件中到底发生了什么？女仆顺利回收了动过手脚的铫子吗？”

侦探跑去抓来正在不远处认真擦拭被墨水弄脏地板的八星，从他的背包中抽出一本笔记本。

“联。借我用一下。”

然后，“啪啦啪啦”地翻着笔记本，翻到要找的那页后，就用笔“刷刷刷”地记录着什么。接着，将写了什么的笔记本向着扶琳的方向高高举起。当然，由于字还是太小，看不清楚。

还是俪西反应快，从侦探手上抢过笔记本，送了过来。

【女仆的出入情况】

婚礼仪式的详细过程	
16:05	濑那进入厨房[爱美珂、绢亚（新郎小妹）、纪纱子（新郎母亲）三人共同迎接]
16:08 ≀ 16:30	濑那进入大座敷[在此之前先在“月之间”与一平（新娘父亲）和时子（新娘伯母）汇合]，媒人与两位亲家互打招呼致辞、交换嫁妆等 双叶（伴娘）将酒器从小间拿出，在众人面前从铫子向杯中注酒
	↑ 女仆离开宅院
16:33	广翔喝完杯中酒
16:35	正造喝完杯中酒
16:38	小狗闯入
16:39	一平喝完杯中酒
16:41	双叶暂将酒器放回小间
16:42	歌舞开始
16:42 ≀ 16:50	按照正造、广翔、一平先后倒下的顺序（距离广翔最先喝完杯中酒过了12分钟） 呼叫救护车，将无关人员请出宅院（被害者由翠生一人看护） 爱美珂和双叶一起将酒器放回储藏室
17:01	救护车到达（从呼叫救护车时过了15分钟。因为桥损坏迟了）
	↑ 女仆返回宅院

随着俪西一起贼头贼脑的八星，悄悄地来到扶琳的侧面，偷偷地看笔记本上的记录，怪腔怪调地异口同声地叫道：

“来——不及！”

“联，是的，没错。女仆返回宅院的时间是十七时零一分。但是，在此之前的十六时五十分，爱美珂和双叶已经将酒器放回了储藏室。也就是说女仆没能回收成功。而且，爱美珂她们还清洗了酒器，也没有发现有什么特别的东西，怎么回事？”

八星在扶琳的身边，听见她咽口水的声音。

“就是说……从一开始，这个诡计就没有成功？”

“正是。反过来说，女仆正是因为设置容器失败，才会在这个时间外出。

“如果外出的理由只是单纯的外出购物。那么女仆没有必要非走最短距离通过 S 弯，甚至用不着全力奔跑。

“以下是本人推测。假如女仆不是主犯，而是从犯。那么，女仆就是受了某人的指示。可是女仆却失败了，她将会受到处罚，当然只是假设。接下来的解释是否说得通呢？犯罪失败的女仆害怕受到指使者的处罚，就慌忙从宅院逃跑，但在逃跑途中，得知了三人被害的消息，确定不是谎言以后，便匆忙地折返回来。怎么样，扶琳，我的这个解释如何？”

面对着侦探寻求答案的脸，扶琳没有否认，默认就是承认。扶琳的确暗示过失败就要接受惩罚这样的话。当然，也有失败的话可能会被灭口的意思。倘若有何闪失，被警察抓住把柄遭到围攻，对扶琳而言是非常麻烦的事。

侦探继续说道。

“总结一下，当天女仆的行动轨迹。首先，暂且把幕后黑手称为X。这位X对俵屋家进行内部调查的时候，笼络上了女仆，并委托她进行此次犯罪。女仆则根据指示进行准备。但是，就在仪式的前一天，准备要对铫子动手脚，却失败了。原因嘛，比如说因为正造多管闲事，没能偷偷下手也很有可能。女仆只得寄望于第二天。但是，第二天果然还是找不到可以下手的间隙，就这样到了传杯时间。如此一来，预定的犯罪计划就无法进行了，女仆害怕幕后黑手的惩罚，便破罐子破摔迅速逃离宅院。

“女仆为了关注自己有没有暴露，随身带着手机，通过one seg观看仪式的进展。绕过山道，跑向山另一边的车站。特意逃往山道和远处的车站，就是为了避人耳目，不让对方追踪逃跑路径。

“就在逃跑途中，不小心踩到了加寿美神的水钵。可能是边跑边看手机，不小心踩了上去。然后，事件发生，她收到了三名被害人的死讯。虽然引发了她的混乱，不过暂且还能蒙混过去。最后，就这样慌慌张张地沿着来时之路返回了宅院。

“按照原本的计划，犯案之后，女仆应该把自己准备好的砒霜和新娘的砒霜进行调包。然而，实际事件中并没有使用到她准备的砒霜，那么调包的意义也就不存在了。也许是意识到了这一点，女仆把本用来调包的砒霜偷偷处理掉了。

“现在所阐述的女仆的行动，仅是依靠证据，拼凑起来的假想故事。但是，女仆预计要对铫子动手脚，结果却失败了，这是从多项事实中推断出来的论据。也就是说无论背景如何，这个诡计都不——”

“等一下，上苙。”

此时，扶琳拔高了嗓门。

高抬腿将椅子踢得飞了起来。毫无顾忌地步步紧逼舞台，从舞台下方抬头仰望台上的侦探，用一种挑衅的眼神盯着他。

“当真？你当真认为我不是凶手？”

侦探的异色瞳孔也静静地看着台下的扶琳。

“嗯，嗯，当真。你恐怕是被共犯的谎言骗了。你虽是这起杀人未遂事件的主谋，但不是杀人凶手。真正的犯人是加寿美神。”

“你疯了吗！你还真信！还真有人信这种迷惑世人的话！”

“沈老大。”

侦探看向正在发呆，又好像陷入思考的女头领。

“追到女仆的行踪了吗？”

沈老大抬起头来，唤了一名手下过来，在其耳边窃窃私语。手下用麦克风耳机确认之后，再回复她。女头领听后沉默不语。

“……貌似失踪了。”

扶琳转身，随着“哒哒哒”的鞋子声，迅速跑向自己放包的地方。

将包翻了个底朝天，抓出带有卫星功能的手机，迅速拨出一个电话号码。数秒之后，传来“对不起，您拨打的电话暂时无法接通”的声音。

“……哈哈。”

扶琳情不自禁地笑了起来。

幕后黑手——X？

事件背景——怎样？

这个侦探——

不仅没有指认我是凶手，还否定我的犯罪可能性——

忍不住往上涌的笑意，简直要笑到肚子痛。到底是什么情况。扶琳注意到一直盯着自己的侦探的视线，但是，依旧旁若无人地发出已经狂乱的笑声。终于，侦探不再看着扶琳，而是转向沈老大一侧，淡然地继续说道：

“反证结束。沈老大，我想请求你放了这些人。”

姓沈的发出严厉的声音回答：

“不行！这些人的嫌疑还没有洗清。”

“为什么？事件的真相都已经解开了。”

“那么凶手是谁？”

“没有凶手，这就是奇迹。硬要说的话，加寿美神就是凶手。”

“你是白痴啊！谁会相信这种骗人的话。”

“‘加寿美神’的奇迹虽然看似背离了基督教的救赎文脉，由于她的加护，将新娘的砒霜转移到了被害者体内，展现出了不祥之力。但是，没有经过洗礼，带着深刻罪行离开现世的‘加寿美神’的灵魂，以自己亡故之貌再现世间去完成新娘的愿望是不可能的。在这片土地上祭祀的‘加寿美神’，既是守护之神，也是诅咒之神。但是这种加护与超自然没有区别。”

“我不要听你的妄想。”

“这个妄想之外的诸多假设都已被否定。所有人为的可能性已经全部出现，放于新娘行李箱内的砒霜，不管怎样混入了被害者体内，这已经超出了人的智慧能考虑到的范畴。

“因此，剩下的可能性就只有‘奇迹’。不相信我证明的事实也没有办法。”

“证明？你到底证明了什么。仅仅是针对埃利奥和俪西假设的漏洞，吹毛求疵抓住话柄进行否定而已。就这种程度还说所有的可能性——”

“这样啊，果然还是有必要让你看看事件的全部。”

舞台上的侦探迅速转身。

“放在平常可以做成一份报告书，不过眼下就没有那个时间，但是——”

侦探举起手指着舞台后面，像是在指示八星什么。

“如果是此次事件的简要版，此时此刻就能写出来。”

啊？扶琳的笑声终于停了下来。

突然趋于沉默的剧场中，只见八星已经手捧笔和纸来了。侦探抄起两样工具比较一番，开口向原弟子索要毛刷，少年再次快步流星跑到舞台后面，出来时手里握着一把毛刷。

侦探接过之后，将折叠椅和墨汁壶夹在腋下，向舞台后方的白色幕布走去。在幕布前放下椅子，将毛刷在墨汁壶中浸润。然后，站上椅子，指示八星紧紧地压住白色幕布后，气势如虹地将毛刷在白色幕布上飞舞起来。

“‘不希望结婚的婚姻，即使牺牲性命也要抵抗’——实际上是基督教里的圣女传说中时常出现的主题。”

侦探手中的毛刷痛快地舞动着，好似杂谈般的语气继续说道。

“比如说圣依溺斯，是古罗马的殉教者。她拒绝了当时罗马帝国长官的求婚而受到拷问并处刑。还有圣阿加莎和圣玛格丽特，同样也是拒绝了罗马的掌权人而遭到杀害的圣女们。还有，以圣泉出名的圣维妮弗雷德，也是拒绝了权力者的求婚而遭到斩首。但是她的叔父圣布乌诺立刻缝合了她的首级，得以治愈，这种情况算是例外。

“但是，这里要引出的例证，还是‘胡须圣女维尔杰佛尔缇斯’①。英国人称她为安卡布儿②，德国人称她为库姆美尔尼斯③，荷兰人称她为洪特孔玛④，意大利人称她为利贝拉塔⑤。欧洲各地有各种叫法。她是葡萄牙的公主，并热心帮助基督徒。然而，就在其父王和他国的皇帝谈论政治婚姻之时，她因为长有胡须，致使最后联姻流产。恼羞成怒的国王将公主绑在柱子上，用矛将其处死。根据这个逸事，她用自己不幸的婚姻反而拯救了很多普天下的男男女女，成为了守护圣人，被广大的民众崇拜着——”

在白色幕布上跃动的毛刷，墨汁也随之舞动着。

“所以‘加寿美神’也可看作是‘日本版的圣维尔杰佛尔缇斯’，日本也有类似的民间故事，像是山口的姬山传说，她对本地的女性下的诅咒是‘不要生出像自己一般的美人’。可是像‘加寿美神’那样，最后杀死自己的结婚对象，放眼世界范围内，可能也是比较罕见的。所以，这次杀人的方式如此过激，真的只有可能是奇迹。”

自言自语地说着深入研究过的话。扶琳只是发着呆听着他的论述。侦探一个人喋喋不休地说个不停，最后终于停下了手。从椅子上跳下，宽广的白色幕布已经被中文埋没，变成文章的背景，侦探向沈老大行了一礼。

“好了，沈老大，还请您查收。”

*

■ 奇迹的证明（要旨）

证明如下：

（1）新娘严加看管的砒霜被凶手特意偷取并使用，作为物证的小瓶并未处理，凶手使用新娘砒霜的意图为——“寻找替罪羊“和“隐藏自己的罪行”。

（2）从砒霜之毒发作时间开始推算，被害者是在传杯中或者之后摄入砒霜。传杯过程中会摄入砒霜途径有酒杯、酒和直接摄入三种，如果是传杯之后，可以通过翠生摄入。

（3）摄入途径为酒杯的假设

酒杯质地为黑色，砒霜是白色，砒霜可能被投放在酒杯的银彩部分。

但是由于仪式当日，爱美珂彻底洗净过酒杯，所以，在仪式前投放砒霜是不可能的。还有，大座敷中的任何人都未曾进入过放置酒器的小间。根据这个情况，能够投放砒霜到酒器的只有仪式前接触过酒器的爱美珂、酒杯运送过程中触碰过的濑那和绢亚、仪式前和狗闯入时触碰过的双叶四人。

但是，爱美珂存活。看下仪式中的位子，濑那只能杀害正造，绢亚只能杀害一平。还有，如果是双叶在仪式开始前下毒，只能杀害广翔和正造。

根据以上考虑，这个时候各被害人的排列组合可参考以下表格。

还有“濑那和绢亚脚下踉跄”，“双叶的狗闯入”，包括后述的“翠生的看护”，除非当事人是共犯，否则无法预测。

没有列出的是事发后第二日讨论的其他实施犯罪手法。这时其

【实行犯罪的排列组合参照】

被害者	PATTERN（实施犯罪的、与各被害人如何被害的排列组合）								
	A	B	C	D	E	F	G	H	I
广翔	爱美珂	爱美珂	爱美珂	爱美珂	爱美珂	双叶	双叶	双叶	双叶
正造	爱美珂	爱美珂	爱美珂	濑那	濑那	濑那	濑那	双叶	双叶
一平	爱美珂	绢亚	双叶	绢亚	双叶	绢亚	双叶	绢亚	双叶
方法	奇数位杀害论（爱美珂单独犯罪论）	※爱美珂下了两人份的毒，绢亚下了一人份的毒	狗故意闯入论（爱美珂/双叶复数实施犯罪论）※爱美珂下了两人份的毒，双叶下了一人份的毒	一人之前犯罪论（爱美珂/濑那/绢亚复数实施犯罪论）	狗故意闯入论（爱美珂/濑那/双叶复数实施犯罪论）	一人之前犯罪论（双叶/濑那/绢亚复数实施犯罪论）	狗故意闯入论（濑那/双叶共犯论）	※双叶下了两人份的毒，绢亚下了一人份的毒	狗故意闯入论（双叶单独犯罪论）

实凶手选择了可能造成冤罪的剧本——“爱美珂或是双叶在事发前，将砒霜投放在银彩部分，位于奇数位的被害人被杀害”。因为B至H显示，排在后面的凶手无法得知前面的凶手如何下手，所以无法使用冤罪剧本，因此B至H均为共犯。

以此为前提，各个PATTERN逐一验证。

（3-1）PATTERN A、B、C、D、E——含爱美珂为实行犯的假设。

C由于双叶是共犯，因此无法嫁祸于她。除此之外，双叶是实施犯罪之人的时候，爱美珂必须主张“没有喝”，这与“发出声音喝下”的事实相反。

因此矛盾。

（3-2）PATTERN　F、H——含绢亚为实行犯的假设（已经否定的PATTERN除外）

绢亚在将酒杯递给一平之前，让狗喝了酒。如果这只狗未死，而一平死了，绢亚下毒的证据就确凿无疑了。此行为与隐藏犯罪意图相反。

因此矛盾。

（3-3）PATTERN　G——含濑那为实行犯的假设（已经否定的PATTERN除外）

濑那本人犯罪之后要嫁祸于人，就必须在事件发生之前留出让谁偷走砒霜、事件之后能够调包的缝隙。

但是，濑那在事件发生之前，从未让人靠近过小行李箱※1，事发之后也不知道谁会留守宅院，未必就能制造缝隙。此行为与隐藏犯罪意图相反。

因此矛盾。

※1事发前一天，如果濑那对爱美珂的午餐比萨下药，便有可能让爱美珂提早回来。但是，同食了这块比萨的狗没有异常情况，这个说法已被否定。

（3-4）PATTERN　I——含濑那为实行犯的假设（已经否定

的 PATTERN 除外）

由于双叶无法入手砒霜也无法进行调包工作，因此有人作为共犯是必要条件。从当时状况来看，可以在事发前入手砒霜的有濑那、爱美珂、绢亚、纪纱子。事发后能进行调包的只有珠代。共犯是其中哪一个？

但是，爱美珂、濑那、绢亚的凶手特性分别在（3–1）、（3–2）、（3–3）中用同样的理论否定。剩下的就是纪纱子或者是珠代。

（3–4–1）纪纱子为共犯的假设

这个时间点要找替罪羊的话，对象只能是爱美珂。但是，纪纱子要这么做的话，直接使用土仓内的砒霜更加容易。那么与事件中使用新娘的砒霜事实相反。

因此矛盾。

（3–4–2）珠代为双叶共犯的假设

事发后第二日，双叶去取狗的项圈时，双叶自己供述说“这里的女仆，不相信我是小狗的主人”。珠代和双叶同时参加仪式，当时没有必要装作互不相识。因此，珠代是真的不认识双叶本人，无法考虑两个人为共犯关系。

因此矛盾。

（4）摄入途径为酒的假设

可以分为对铫子动手脚与未对铫子动手脚的情况。

（4–1）未对铫子动手脚的假设

砒霜只能直接混入酒中，在这个假设下，除了时子之外，全员其他生存者必须作为共犯假装喝下酒。

※2 但是，当时无法预测“翠生的看护”，没有要嫁祸的对象。

因此矛盾。

※2 作为分支，假设爱美珂她们具有砒霜免疫力，而将砒霜混入酒内。那么，时子有可能中毒并呕吐弄脏爱美珂她们的高级和服，可以否定嫁祸时子的意图（关于砒霜免疫力的检查已经判明，详细叙述省略）。

（4–2）对铫子动手脚的假设

如果在事发前对铫子动过手脚，将酒和毒分开两层注入，有可能会发生仅毒杀举杯痛饮的三名被害人的情况，演变为选择性杀人（但是，无法更进一步区分三人）。

双叶取过铫子以后就去倒酒，没有设下机关的时间。由此可见，能动手脚的只有前一日的珠代或是当天做准备的爱美珂。

（4–2–1）珠代动手脚的假设

要对酒器动手脚的话，就必须亲自回收。但是通过濑那的足袋被弄湿，推测珠代在传杯之后，到急救车到达之前期间离开宅院。在此期间，爱美珂和双叶洗净了酒器，并放置到了储藏室里，未发现酒器有任何机关，这与对铫子动手脚的假设相反。

因此矛盾。

（4–2–2）爱美珂动手脚的假设

爱美珂是凶手的论断同（3–1）否定。

因此矛盾。

（5）摄入途径为直接摄入的假设

被害人用酒杯喝酒的时候，存在从天花板上直接投毒的可能性。但是，当时除了珠代，参加仪式的全体出席人员均在大座敷，另外，根据（4-2-1），推测珠代此时还在外面，能够使用这个手法犯罪的人物不存在。

因此矛盾。

（6）摄入途径为翠生的假设（翠生为实行犯的假设）

同（3-4）双叶的情况一致，翠生要入手砒霜必须有共犯。另外，爱美珂、濑那、绢亚的凶手嫌疑已被否定。剩下的共犯候补只有纪纱子或者是珠代。

（6-1）纪纱子为共犯的假设

这个假设，两个人的嫁祸对象只能是双叶或者爱美珂。

（6-1-1）嫁祸爱美珂的假设

同（3-4-1），不去使用土仓的砒霜与意图相反。

因此矛盾。

（6-1-2）嫁祸双叶的假设

纪纱子说“爱美珂发出声音啜饮”。爱美珂喝下酒，就否定了双叶犯罪的可能，与意图相反。

因此矛盾。

（6-2）珠代为共犯的假设

事发后第二天，根据爱美珂的供述“（珠代）认为翠生是无关的外人，而拒绝他进入洋馆”。珠代和翠生同时参加仪式，当时没有必要装作互不相识。因此，珠代是真的不认识翠生本人，无法考虑两个人为共犯关系。

因此矛盾。

（7）根据（3）、（4）、（5）、（6）、酒杯、酒、直接摄入、关于翠生（6）的四点，无论假设哪一种摄入途径，均会产生矛盾。

（8）另外，新娘行李箱内的砒霜不会因人为之外的理由，混入被害人的体内。

（9）根据以上几点的考察，人为或者非人为，涉及人类智慧的一切可能性，都已否定！

（10）根据以上现象。判定为奇迹。

*

"咚！"沈老大挥拳猛地往观众席的桌子上打去。

"不可能！要是基于这些理论倒是有可能。那么，为何我的冰妮死了？那个'女孩'又是因为什么冒犯了加寿美神呢？"

侦探脸上的表情不为所动。

"加寿美神既是守护之神也是诅咒之神。如果'加寿美神'憎恨世间所有男性，甚至是通过子宫来判断性别。而冰妮小姐恰好因为绝育手术而摘除子宫的话……"

"胡说八道！我怎么可能对冰妮做这么惨无人道的事情。"

"那么，'加寿美神'有洁癖，不允许品行不端、不检点的行为。比如说……”

“别胡说乱猜！我和冰妮断然不会有你想的那种关系！”

——啊？扶琳也有点浮想联翩。侦探也有点出乎意料地停下叙述。

只见沈老大两手捂脸，有点受惊似的细声说道：

“我只是，仅仅只是将冰妮抱在怀中睡觉……抱着她我才能睡得安稳……只有她不会对我说谎也不会对我有二心……她又特别灵敏，即使是睡眠之中，也能感知靠近的‘敌人’，发出警告的吠叫……”

现场被奇妙的气氛笼罩了。

扶琳有点丈二和尚摸不着头脑。“这又是什么情况”？对于沈老大突如其来的自白，虽然也是甚感意外。但这样的话，侦探的推理就偏离了。难道——

“……够了，上苙。不要再庇护我了！”

于是，埃利奥为何又在这个节骨眼上插话了？

不要再庇护我了？扶琳凝视着意大利人。埃利奥“腾”的一声，从舞台上一跃而下。朝着放着冰酒器的推车方向走去，拿起酒瓶，往酒杯中缓缓注入红酒。

“临时取消与那只狗共进晚餐其实是救了你的命，沈老大。”

埃利奥盯着沈老大开始叙述。

“我在那只狗的项圈铃铛上动了手脚。上面开了一个非常微小的洞，塞入一颗极小的糖。这颗糖的表面涂抹了油脂——难以水溶，但油脂形成的膜极易溶于酒。就是这样的表面涂层，那只狗只需将铃铛浸入酒中，数次之后，油脂和糖分解，其中的砒霜就会漏出来。还有，最好是加热后的酒。”

埃利奥一只手举着满溢的红酒，另一只手解开胸前的银色挂饰，将其放进了酒杯。

“这里说下，挂饰里的毒药种类是不同的。不过，设计的方法差不多。然而这个诡计居然在意想不到的地方出现了差池，让我追悔莫及，这也就是我的宿命吧。

“但是，新娘父亲的尸体检出了新娘的砒霜。可不是我的责任。日本警方也没有认为狗中毒的砒霜与新娘的砒霜一致，我想大概是逃过一劫。没想到，你半路杀出来了，上苙。关键时刻让你费神了，不好意思。跟你真是一场孽缘啊。”

“呵呵！”意大利人笑了起来，酒杯划着圆形搅动着里面的液体。

“沈老大，这下你明白了吧。加布里埃尔的真正目的是什么？顺便再说一句，我是听说加布里埃尔十分期待你跟宠物狗能在晚宴中共用一个杯子，才想到了这个手法。沈老大啊，果然，人和兽要划清界限啊。再这样下去，你总有一天会被别人取了性命，请收下我这份苦口婆心的劝告。总之，加布里埃尔献给你的供物，既不是安慰你的赏玩动物，也不是工作的道具。仅仅就是‘毒’。”

蓝色瞳孔中仿佛露出清新的笑意，意大利人将酒杯高高举起说道。

“好了，祝您身体健康，沈老大。上苙，无需临终圣礼[6]。永别。”

“不要！停下！埃利奥！”

侦探制止的声音响起的同时，埃利奥将红酒一口喝了下去。

意大利人静静地将酒杯放回推车上。数秒之后，痛苦地用手按住胸口。身体随之晃动起来，双手撑在推车上。不一会儿，随着一声巨响，倒了下来。

侦探立刻从舞台上跳下。像风一般跑到埃利奥的身旁，抱起他的身体。第一时间想呼唤什么，但又闭上了嘴，取而代之的是用手指抵着颈动脉测量。

过不多时，他把手指移开。慢慢地用那只手合上了埃利奥的双眼。

“……以上，证明结束！”

【注释】

① 维尔杰佛尔缇斯 : 即 Wilgefortis。

② 安卡布儿：即 Uncumber。

③ 库姆美尔尼斯：即 Kümmernis。

④ 洪特孔玛：即 Ontkommer。

⑤ 利贝拉塔：即 Liberata 。

⑥ 圣礼（sacrament）: 基督教中将无形的圣灵以可视的形式表现出来的手段或方法。

第十四章

从出租车里下来，一股夏天的热浪扑面而来。

脚边坑坑洼洼的，估计是昨天雨后残留下的水坑，水坑里散落着被打落的鲜红色夹竹桃之花。抬起头来，在一片绿色和自然风光中，有一抹不和谐的蓝色。蓝发侦探站在山路的 S 弯，眼神紧紧地向下盯着粗糙的石头祠堂。

女人让司机在一旁等待，走了过去。刚站到男人的身旁，他便朝女人看了过去。“扶琳，出租车钱你来付。”不等姚扶琳说话，他就说出了令人不愉快的话。

说完，男人蹲了下来，用打火机点燃了带来的线香。将线香供奉之后，双手合十。扶琳手叉腰看着他的一举一动。线香升起的白色烟雾袅袅，飘散在草丛的影子之间，鲜红色的花朵随风飘动，好似在嘲笑这个蓝发男人。

*

今晚，这个男人，就要出发去意大利了。

长年的缘分就要敲上休止符了。之前也提到过，侦探出于某种原因，与任职于梵蒂冈的教宗最高顾问——意大利人加布里埃尔，定下一场“奇迹是否存在”的赌局。因为本次事件有达成奇迹证明的机会，于是他决定亲自赴意大利进行对决。

参拜“加寿美神”也是图个心理安慰吧。又或是因为私自擅用加寿美神创造的“奇迹”而谢罪，这个理由也说得通。扶琳只是被叫来带路的。不过，这可不是免费的。

扶琳移动到树荫下，避开烈日阳光的直射。缓缓地开口问道：

“……对了，上苙。”

“什么事?

“沈老大跟我联系过了。那个意大利人的遗体貌似从港口消失了。你有没有什么线索? ”

侦探依旧维持着参拜的姿势，仅仅耸了耸肩膀。

“运送途中出了什么问题吧，船运时丢失货物是常有的事。”

扶琳靠近侦探，用手来回驱赶着豹脚蚊，嘴角扬起笑容。

果然如此，你们早就描绘好蓝图了吧。

那场纷争最后的疑问，现在也水落石出了。侦探那时庇护之人，不是自己，而是埃利奥。侦探为了救他的意大利老友，才演出了这么一场戏。

也就是说侦探达成奇迹证明的同时，他也意识到了狗的死是埃利奥动的手脚。加之，侦探不想再多出多余的牺牲者，因为烦恼怎样才能蒙混过关，才会在那个时候长时间沉默不语。

然而，埃利奥意识到了侦探的烦恼。于是，他假装煽动侦探，说了“扭扭捏捏像朱丽叶一样的侦探”，这是两人关于本次计划的暗号。戏剧《罗密欧与朱丽叶》中，喝下毒药的朱丽叶是假死。如果提到这个暗号，就说明形势已经极度危险。

事情经过应该就是这样。

因为三名被害人体内检测出新娘携带的砒霜，可以视为“加寿美神”所创造的奇迹。埃利奥毒死的只有那只小狗。

还有，因为侦探压根儿就没想过扶琳是凶手。所以，就随便地在沈老大面前吐露出自己和俵屋家的关系。现在全部搞清楚了，其实自己什么事情都没有，完全就是瞎操心。想到自己被侦探随意摆布，越想越气。不过，既然他否定了这次犯罪的全部可能性，就算知道扶琳是幕后黑手，其实也没有必要顾虑。

话说回来，他好像说过这样的犯罪不像是我干的。

我有改变那么多吗？

清风拂过，头上的夹竹桃枝叶摇摇晃晃，红色吹落之花被卷起，三两下便落在地上。这是“加寿美神”的血泪吧，又或是赠予的祝福之花。沉睡于祠堂中，自古时起就享有极高盛誉的女神，到底会用怎样的眼光来看待被凡人们搞得纷纷扰扰的本次事件呢？

想着想着，扶琳忽地抬起头来，眼瞳捕捉到树梢间白色的积雨云。

但是……这个家伙。

真的能够证明奇迹吗？

耳旁传来“沙沙”的声音。

扶琳探头望去，想看看是不是野狗出没，原来是人。只见有人拨开草丛遮住的山野小道入口，半老的女性走了出来。上身着灰鼠色衬衣，搭配米黄色裤子，不折不扣的乡村女性。

这女人好像是新娘的伯母。

名字是时子吧。女人也注意到了侦探和扶琳，就像野生的狸猫见到人类那般惊讶，瞬间停下脚步。然后，慌慌张张地低下头来。

侦探也起身打了声招呼。

“你好，你是时子吧？你从那里走过来要干什么？”

时子虽有开口，但更像是蠕动着嘴，声音含混不清，听都听不清楚。

“……你说你是在散步吗？对了，说起来，身体如何？听说你被下了猛药。”

“……说起这个……”

女人深深地低下头。

“听侄女濑那说了，非常感谢，承蒙关照。听说是您几位救了我们的命。但是，面对救命恩人，我却都没跟您打招呼……”

她的表情稍显凝重，只是不停地低头鞠躬。侦探赶忙摇手示意，嘴里说着“没事”“没关系”。扶琳沉默不语地退到了树荫下。自己曾经想夺取对方家人性命，现在有点抹不开面。

“所以，我想至少要说一句答谢的话。不巧，我没有您几位的联系方式。于是，就找到了侄女的伴娘，是叫双叶没错吧？通过这个女孩联系上了那个叫八星的孩子。然后，我立刻拨通了他的电话，因此得知各位当中有谁会来这里。我就像现在这样等着了……”

扶琳花了点时间才明白这个女人要说什么。不只是沈老大，就连自己听到有着特殊语言习惯的当地口音都费劲了。

侦探的回答相当爽朗。

“啊，您客气了。请别放在心上。准确地说，我只是将所有的可能性全盘说出来，能够帮助到你们也仅仅是举手之劳。”

“嗯，嗯，嗯。即使这样也很感谢您了。那个，通过电话，知道您们的行踪……然后……这辈子有一件事保密，就一个人带入坟墓了……但是，这个，听了您们的事情之后，我想，还是这么做吧，也许是一件好事……”

扶琳听闻此言，眉毛微微抽动起来。有一件事?

“那，那，那个……”

时子的表情变得痛苦起来。抬起头来说道：

“想知道事情的真相吗？”

瞬间。

侦探的表情结冰了。

接着，他慢慢地举起右手，放在脸前。虽是夏天，但仍旧戴着金丝镶边的白手套，遮住好似特制的翡翠般的右眼。

这动作是——

……忧思默考……

堵住右眼的视线，为了看穿看不到的东西。只睁开左眼，是为了捕捉无形之物。在遭遇到无法理解、难以看透、难以解答的事件之时，侦探首先就会摆出这种冥想的姿势来洞察事态的内部。

但是——

但是眼下出现这样的姿势——

“啊！啊……”

侦探保持着这个姿势，向前挪动了几步。

“啊！啊…………”

伴随着悲鸣般的声音，双膝跪倒在地，“趴嗒”溅起了水坑里的水花。水坑里泛起微波，摇曳着落花，好似献给躺在棺木里的侦探的花朵一般，围成了一个圈。

侦探好似力竭般的垂下头来。只有那一头金属质感的蓝发，好像具有其他意志般的在夏日艳阳下熠熠生辉。

*

“呃，那个，您怎么了？”

时子慌慌张张地发出声音询问侦探。侦探一点都不为所动。扶琳沉默不语，只是双手环抱。过了好一阵子。终于，听到一个低声沉吟起来。

“……Y？”

——Y？

“还有一个‘Y’。”

说着，侦探伸出单膝，手扶在膝盖上，硬撑着慢慢起身，踉跄地向后退了几步，向着草丛旁的路边，“咣”的一屁股坐了下去。好似全身脱力般地看着天空许久。

“……凶手是新娘的父亲。也就是你的弟弟。时子，我说得没错吧。”

什么？扶琳挑起一边的眉毛。新娘的伯母也是双眼圆睁，过了好一阵，才有点迟疑地点头。

“嗯……不过那个，你是怎么知道的？”

“你的登场说明了一切。原来是这样啊，我还是没有到达终点？我再次在事件的初步阶段忽略了什么……”

说完，三人又陷入了一阵沉默。扶琳知道再怎么等，这家伙也不会开口了。已经有点不耐烦的她身形一闪，从树荫底下站出来。时子刚想开口说什么，扶琳迅速避开她的眼神，或者说是无视，即刻站到了侦探的背后问道：

“到底是怎么回事？”

等待答案同样花费了一点时间。

“新娘的父亲也有犯罪的可能。”

沉重的口气。

“手法非常简单。就是我们讨论过的‘毒杯论’。新娘的父亲在酒杯的银彩部分涂上两人份的砒霜。然后，自己在两名被害人倒下引起骚动之后，自己喝下砒霜。或许他下的只有一人份的砒霜，却残留下了致死第二个人的量。投毒方法除此以外就没有时间来设计了。”

扶琳听着听着，露出一副惊讶的表情。

“新娘父亲向酒杯里投毒？那么是什么时候？怎么做到的？”

“投毒时机是新娘之路的时候，宅院内的众人都在房间里等待。当时新娘父亲避开众人耳目，潜入放置酒器的小屋投毒。”

“新娘之路的时候？但是，新娘父亲不是在途中参加仪式了吗？”

“从自己家去参加新娘之路仪式的男人不是他。”

侦探带着情绪倾诉着。

“那就是‘Y’。‘Y’的真身无论是谁都可以。新娘的父亲利用了这方土地传承的两个婚礼习俗——‘嫁女儿跪拜礼’和‘谩骂双亲’，巧妙地进行了身份替换。

“从时间来进行说明。这个诡计要从仪式的前一天，新娘父亲为了参加彩排而拜访宅院开始。彩排结束以后，新娘父亲没有离开宅院，而是藏身于院子里的夹竹桃树荫下，留在了宅院之中。”

“新娘父亲没有离开？但是，门口的防盗监控拍到了新娘伯母和父亲离开的画面——”

“我推测那是新娘伯母利用太阳伞和轮椅，一人分饰两角的伪装。从正门出来的时候，监控只能拍到背后的样子。伯母穿着新娘父亲的衣服，推着轮椅，自己上半身和轮椅的一部分用太阳伞遮住，从背后看上去，就是新娘父亲在推着伯母坐的轮椅。”

“但是，伯母的脚不是崴了吗？”

“崴脚是装的。”

侦探对着时子瞥了一眼。伯母娇小的肩膀缩了起来。

“嗯……实在是……”有点不知从何说起的回答。

侦探从时子的视线上移开。再次露出虚无的表情看向前方。

“然后，仪式的前一天下午。趁着新娘外出，宅院空无一人的时间，新娘父亲潜入新娘的居室，利用三乘三所有密码解锁方式打开新娘的行李箱，偷取砒霜。然后，在‘月之间’的壁橱里度过一晚。仪式当天，等到新娘之路开始，算准大妹去大座敷小间放置酒器的时机，从中庭的窗户潜入小间，将砒霜涂抹在酒杯上。

“接着，再度返回‘月之间’，再次藏于壁橱中。就在壁橱中等待代替自己去参加新娘之路仪式的男人——也就是‘Y’的到达。当Y抵达宅院，新娘父亲只需跟他交换，再以本人的身份去参加仪式。Y则可以趁着事件的混乱逃走。”

“但是，那个‘Y’是谁？跟新娘父亲长得一模一样的男人，不可能会有吧？”

“没必要长得一模一样。”

侦探马上接过扶琳的话茬做出解释。

“只要身高体重差不多就可以。因为整个婚礼仪式中有‘嫁女儿跪拜礼’和‘谩骂双亲’的环节。替换身份却没有暴露的可能性是很高的。首先，回到最初新娘之路开始前，新娘返回与父亲生活的家中，准备迎接的环节。父亲因为‘嫁女儿跪拜礼’要将脸贴在地上跪拜，女儿当时根本辨识不出父亲的脸。而在新娘之路途中的'谩骂双亲'环节，新娘父亲要接受谩骂和防止别人扔东西过来，必须保护好自己的身体，便很自然地用印有家徽的领口遮住头部。

"而且，父亲与平时所着衣物不同，当天穿的是正式场合的装束。在新娘之路途中也是独自脱离大部队，孤零零地走在最前面。如果，在新娘之路开始之前，父亲装作非常伤心的样子把自己关在家中，其他人也不会留意吧。当然，伯母也会进行协助。"

伯母注意到扶琳的视线，立刻转过头去。这个女人和新娘父亲联手？伯母不知是不是感受到了扶琳不友好的眼神，她的视线赶紧挪到了"加寿美神"祠堂前，跪下身来。

"怎么说呢……"

她静静地开口。

"厉害……我们从头到尾的所有行动都被您看穿了。您怎么会知道的那么详细？我啊，弟弟都不知道跟我说了几遍，我还是无法理解他的计划……"

时子伸出手去，摘下一片落在祠堂屋檐碎石上的落花。

"我还是不太明白其中一些细节。但是，我认为弟弟大概就是按您刚才所讲那么做的。差不多是在婚礼仪式前的第三天，我弟弟突然在深夜里跟我打了电话。我猜他一定是有什么重要的话要讲，电话那头传来孩子般哭泣的声音。'姐姐，对不起……'还有一句是'我再也忍受不下去了……'"

"忍受？"

女人的脸色变得更加难看。

“——就是那个俵屋。我那个笨蛋弟弟，借了他们家的钱，被当作狗一般要对他们家唯命是从。我不知道讲过多少次，让他尽快跟他们家断绝关系。而这次结婚的事情，终于让那孩子忍无可忍，差不多就是这样，哎，真是极大的累赘。”

伯母带着自嘲意味冷笑着。手伸到自己随身携带的手提袋里，取出罐装啤酒，打开啤酒后倒入水钵。然后，轻轻地说了一句似乎没什么用的话“对于加寿美神来说，果然还是日本酒比较好吧”。

侦探耷拉着脑袋问道。

“你弟弟从最初就想要嫁祸给自己的女儿吗？”

伯母听了这话，猛烈摇头否定。

“怎么可能！我弟弟的意思明明就是要嫁祸给俵屋家的大妹。他说砒霜也是要从土仓偷出来的，怎么会是我侄女的砒霜呢？”

“原来如此，好的，以下是我的推测，解释如下。”

侦探毫无感情地继续说道：

“也许新娘父亲一平最初是想偷土仓内的砒霜。但是发生了预想之外的情况，爱美珂她们提早回家，没办法才使用了女儿携带的砒霜作为替代。当然，仅仅是这个偷盗的行为，就足以让女儿受到怀疑。那么，自然就需要留下一件同样能让女儿洗清嫌疑的证物。比如说捡到的茶色头发放入行李箱之类的。”

扶琳歪着脑袋接话道：

“茶色头发？行李箱里有这样的东西吗？”

“新娘打开行李箱的时候的确没有发现。但是，这不是什么不可思议的事。我认为新娘父亲设计的伪证物，被女仆给拿走了。

“扶琳，根据你的计划，女仆最后必须要替换新娘的小瓶。然后，女仆也曾打开过一次新娘的行李箱。但是，她意识到你的计划没有成功，再调包也没有任何意义，便放弃了。就在此时，发现了放在里面的头发。

"因为新娘是黑发，大妹是茶色头发。所以，父亲本来打算将茶色头发放入行李箱内，用来嫁祸给大妹。但是，他却误算了女仆也是茶色头发。

"接着，女仆误以为是自己的头发掉在里面。就慌忙地将头发捡起来处理掉了。当然，仅仅是我个人的推测。”

时子盯着侦探好久。缓缓地站起身来，向着侦探再次深深地低下头来。比起最初寒暄的时间更长。

“承蒙您的解答，我心中最后的那块石头总算放下了。再次跟您对话之后，我想将事件原原本本地告诉侄女。我当初很担心当侄女知道父亲用的砒霜是自己的，她会作何感想。现在，我可以堂堂正正地跟她讲了。”

侦探的忧郁眼神依然没有挪动。

“不，该说谢谢的是我。但是，你对我们坦白没问题吗？要是让警方知道，你作为共犯也会……”

“呃，呵呵……”

女人硬挤出笑容，再次面向祠堂前跪下。

“呃，是啊，确实没错……可是，犯罪就是犯罪。”

话到一半，她稍微停顿了一下，好似要向祠堂寻求同意般的微笑着。

“而且，您帮助了我，有恩于我。所以，如果您要通知警方，告诉他们真相，就随您吧。

“但是，我们姐弟联手也不行啊，这么重要的事情，到最后还得依靠他人……”

寒蝉鸣泣之时，女人说完紧紧地盯着祠堂。

“说真的……我们姐弟如果像‘加寿美神’那样坚毅就好了。不过这次，我认为弟弟已足够努力。被俵屋家诈骗，让那孩子彻底失去了信心和自尊。要是自己变得颓废也就算了，俵屋家的人还唆使他去骗其他人，实在太过分了……

“所以，在我看来那孩子没救了，放弃了。但是，最后的最后，弟弟让我看到了他倔强的一面。跟我知道的他完全不一样。

“所以，没脸跟别人提起吧……也不太好意思说出口吧……”

姐姐面向石头祠堂，双手合十。

“终于，还是说出口了。弟弟，干得漂亮。”

*

小镇车站的站台上，响彻着爽朗的笑声。

盛夏艳阳照射下的是穿着薄款夏日校服，欢闹的高中女生。扶琳不明缘由地有点为她们的前途担忧起来，她坐在阴凉处的座椅上，没精打采地摇着手，给自己的脸蛋扇风。热死了，只有一个想法就是热。

但是，比起夏天的炎热更令其郁闷的是，隔壁那个闷闷不乐、堵心的蓝发男人。让人感觉像是到了冬天，体感温度下降了几度。比起那个，还是夏天更好。想到回家的旅途，居然要跟这样阴郁的人一路，越想越觉得胃里有什么东西在搅动。

“呃……说来不是挺好的吗，虽然没有奇迹，但是收获了美好的亲情。”

扶琳想安慰侦探，侦探回以她一个罕见的温柔笑容。

“哪来的什么美好亲情。这次事件只有私人恩怨和复仇。看见却装作看不见的消极主义。如果他真心为了女儿着想，他就该选择自我救赎这条路，作为姐姐也该本着不放弃的念头去支援弟弟。他仅仅是为了给自杀找个理由，利用女儿的婚礼罢了。”

“你对一个死人发什么火，让我看到了你可爱的一面哦。”

“对谁发火？话说这次事件中最可爱的还是你，不是吗？没有比那个时候受到惊吓的你更可爱的表情了。”

扶琳将烟管倒握，侦探见状马上倒头装睡。摆出一副任人宰割的姿态。

懒得理他，自己打开刚刚买的罐装乌龙茶。突然意识到站台上的高中女生们正在围观她们，轻声地议论着什么。赞赏，或是奇异的目光。随他去吧，本来一个引人注目的蓝发男人和一个中国女人，随便到日本哪个角落都会引来别人的目光。

背部依靠在座椅上，两脚互搭。隔壁闭着眼睛装睡的男人，突然说起话来。

“扶琳，回家的路上不顺道去泡个温泉吗？”

扶琳“噗”的一声，喷出一小口乌龙茶。

“为什么我要陪你去精神安慰的旅行？”

“理由不是明摆着嘛，我没有钱。”

“那我借你好了。对于已经借了一亿的对象，再追加几万日元，也没什么问题。”

“扶琳，你还不明白啊。现在我跟你借，这笔钱不就会出现额外的不必要的利息了嘛。但是，明天退房的时候再管你借今日的住宿费，一天的利息就省了。这就是平民的智慧。”

普通人不会没有计划地借一亿元。但是，即使立刻找到拒绝的借口也需要揣测他的想法。

“随便你。”姚扶琳丢下三个字，便再次啜饮起乌龙茶。但是，这个侦探也好，那个小孩子也罢，总有一种错觉，难道自己只是给他们带来便利的自动提款机?

要说起来，这个男人救了自己的命。也是事实。

如果侦探真的找到了事件的真相，真凶的亲属新娘和伯母，被那个姓沈的女人灭族的可能性非常高。换句话说，由于这个男人这次愚蠢地坚持他的奇迹证明，反而与事件吻合，才得以完美收场。

唉，生财有道，钱嘛，生不带来，死不带去。偶尔也要慰劳慰劳，互相吃个晚饭什么的。

再喝下一大口罐装茶，她抬起头来。望向车站屋檐遮断的地方，碧蓝色天空中，漂浮着朵朵白云。夏天的天空看起来是清新舒畅的。

在放松的心情中，扶琳终于问出了心中的疑问。

“……你准备继续这么做下去，直到找到你要的答案？”

侦探也如同往常一样反问。

“这么做下去？”

“不说也知道，不就是那个没有结果的挑战嘛。”

“当然，直至证明奇迹。”

“不可能的！”

“为何这么肯定？不可能性也是不可证明的。”

“你这次也失败了呀。”

“啊啊，嗯，这我承认。只能说明我还不够成熟。”

侦探握拳，关节发出“嘎嘎”的声音。

“我这次想到‘X’时就满足了。在此之前，居然还有‘Y’动了手，让我思虑不周。这才是我的败因。接下来要加强这方面的思考。”

“那么，下一次是‘Z’吗？罗马字母用完了，还有希腊字母，西里尔字母。这样的话，要无限延续下去了。”

侦探看着地面，苦笑起来。

“问题不是在于用来记号的数字。如果数字变化趋向于无限。

那么，这个场合下就是数字分配的问题了。不过，原本地球的人口是既定的，嫌疑人的数量无论多少，现在最大值也就是七十亿多一点。数量有限！”

扶琳一句话也说不出来，望着天空。

嫌疑人最大值……七十亿多一点。

这算什么愚蠢的台词。听起来虽是真理，却只能当作笑谈。当然，如果可以调查地球上现存的所有人口，无需设置“X”，就可以直接判定全部个体“所有的可能性”。也就是说，至少对于“人为的”可能性，侦探可以做到没有遗漏，竭尽所能地验证。

这是侦探保底的做法，也是通往奇迹证明的道路。

至少理论上是有可能达成奇迹证明的构成方法。

但是，这……

难道不就是人类所谓的不可能吗？

*

“下一次，一定……下一次，一定……下一次……”

听到诅咒一般的低声沉吟。扶琳的表情僵硬起来，为了分散一下情绪，将目光投向了车站站台。

车站内有五花八门的“X”记号，甚至能从视线范围内溢出。阳光中，吵吵嚷嚷的背着包的高中女生们。不远处频繁擦着汗水的，穿着西装的男性。在其身后推着手推车通过的老妇人。还有热闹追打的男学生们。

“列车马上就要进站了……”终于，电车即将到达的广播响起。扶琳看到侦探抬起头来，张口说着什么。但是，他的低吟被淹没在站台的纷纷扰扰之中。没有传进扶琳的耳中。

断想

——夹竹桃之花。落下。

受到昨晚一夜风雨的影响，如今已了无痕迹。现在能从这里望见庭院里的，只剩月影，坐在外廊上，垂下足尖，顺眼望去，后方房内射出的光亮照在地面上。白色落花好似足迹般星星点点。

明天，我，即将离开这里，离开这座宅院。

算上结婚这出戏，一切即将从头开始。不过，因为已经领取了结婚证，所以，还得再附上离婚证。这些对于现在的我来说都是细微的伤痕了。这种程度就能了结此事算很好了。就好似从悬崖上落下只受了点轻伤的感觉。

从伯母那里听了事件的真相。

那个父亲居然有如此胆魄地做了这件事，让我感到不可思议。现在回想起来，婚礼仪式举办那天的“月之间”，父亲两次下跪的景象。那个时候我听到的“对不起”，正是来自我那位真正的父亲留下的谢罪之言。

但是，到底是父亲的温柔还是父亲的自以为是？我到现在还无法判断。伯母对我说“要不要跟警察说出真相你自己决定”。突然又让我背负这么重大的责任，实在让我非常困惑。也许，现在的我，就像终于要一个人出去闯天下的孩子。虽然，必须下决断的时候总会到来。只是现在，片刻，让我在这个月光之庭中，在安稳平静的心境之中，爱惜着、守护着、孕育着新生的我，新生的我的萌芽。

——不过，那个蓝发男人究竟是何方神圣？

突然想起，在那艘神秘的船上，蓝发男人好似很愉快地涂写着什么。

似乎是承蒙他的帮助，我们最终才得以获救，事态具体的发展也不是很清楚。一方面是被告诫不允许对事件做任何调查。另外还有封口费，我的账户收到了一笔相当可观的费用，据说是绑架我们的人支付的钱。加上俵屋家的遗产分割，父亲留下的保险金。有这些钱的话，目前衣食无忧的生活可以持续一段时间吧。

无论哪件事，都是托了那个蓝发男人的福气。

我觉得，应该是吧。

不过，直到现在，我依然认为是“加寿美神”帮助了我。

如果那个蓝发男人是来帮助我的，那一定是“加寿美神”派来的。那人是她的使者。而那个救兵绝不是因为怜悯我而来——总是轻易逃避的我是不可原谅的。

严厉地苛责那不战即降的我。

夹竹桃确有杀人之毒。但是，那是防身之毒。夹竹桃为了打赢生存之战，拼命地给其“身躯”传递恐怖的毒素，为了那重要的枝叶不被贪欲的动物们吃到荒废，为了那重要躯干和根部被不会客气的虫儿们啃到残化腐蚀。

植物，对于植物来说还有战争。那么，人与人之间的战争发生必是理所当然。我的父亲，在男人的战争中节节败退。但是，最后的最后，他所展现出来的是强烈地吐露毒素的意志，这个方法正确与否暂且不管，仅仅就是这份精神。值得认同吧，作为女儿的我，打心底献上深深的认同感。

明天，我，即将离开这里，离开这座宅院。明天开始，我真正地就要一个人开始战斗。不知是否受到了这种意识的影响，兴奋不已的心情让今夜的我始终无法入睡。如此下去，即使东方既白的时刻到来，我仍然会这样坐在外廊之下吧。

我低下头，看着手中的小瓶。没办法了，还是借助这个的力量吧。不过，不能像之前那样服用过量。世间万物根据量可为药也可成毒。那么，我还是以药服药。手指转过小瓶，读着写在瓶子上的用药方法。成人——一天一次。一次两片。明白了，不会过量。

圣女的毒杯

coming soon……

推理
虚构
城平京
「怪异？妖怪？
都市传说？
犯人是否真的存在？」
本格推理大赏
受赏作

那位侦探的再登场
早已料及！
原书房、宝岛社、早川书房、文艺春秋
四大年度佳作榜全部入围
一切诡计皆不存在
.2016.
本格推理大赏
最终候补
《那种可能性早已料及》
井上真伪
MAGI INOUE

掟上今日子的备忘录

西尾维新
NISIOISIN

回归初心 献给读者的本格推理

一日失忆侦探
VS
一日解决案件

新垣结衣
领衔主演同名电视剧
火热播放

读过就会迷上推理
适合所有读者阅读的
百搭娱乐小说

图书在版编目（CIP）数据

圣女的毒杯 /（日）井上真伪著 ; 邵懿译. -- 北京 : 北京时代华文书局, 2018.12
ISBN 978-7-5699-2837-2

Ⅰ. ①圣… Ⅱ. ①井… ②邵… Ⅲ. ①推理小说—日本—现代
Ⅳ. ① I313.45

中国版本图书馆 CIP 数据核字（2018）第 271639 号

北京市版权著作权合同登记号 图字：01-2018-6093

圣女的毒杯
SHENGNÜ DE DUBEI

作　　者｜［日］井上真伪
译　　者｜邵　懿
封面绘制｜［日］丹地阳子

出 版 人｜王训海
策划编辑｜黄思远　欧阳博
责任编辑｜徐敏峰　韩　笑
版式设计｜刘艳秋
责任印刷｜刘　银　荆永华

出版发行｜北京时代华文书局 http://www.bjsdsj.com.cn
北京市东城区安定门外大街 136 号皇城国际大厦 A 座 8 楼
邮编：100011 电话：010-64267955　64267677　57735442
印　　刷｜北京盛通印刷股份有限公司 电话：010-52249888
（如发现印刷质量问题，请与印刷厂联系调换）
开　　本｜880mm×1230mm 1/32
印　　张｜10.5
字　　数｜250 千字
版　　次｜2019 年 7 月第 1 版 2019 年 7 月第 1 次印刷
书　　号｜ISBN 978-7-5699-2837-2
定　　价｜48.00 元